BASTIAN ZACH

O Tannen-grauen

ABGRÜNDIGE WEIHNACHTSZEIT Die Weihnachtszeit – festlich, hoffnungsvoll, romantisch. Doch manch eine Weihnachtsgeschichte ist so ganz anders, als man erwartet. Manchmal überraschend, zuweilen morbid und doch immer irgendwie verzaubernd: Ein Ehepaar, das den Heiligen Abend gemeinsam feiert und sich doch nur eines wünscht – das nächste Weihnachtsfest ohne den anderen. Ein Mädchen, das sich inmitten eines Schneesturms für die Heimkehr des Vaters in tödliche Gefahr begibt. Der Besuch der Schwiegermutter, der gänzlich unweihnachtlich verläuft. Ein Krampus wider Willen. Eine schaurig-schöne Gutenachtgeschichte über einen Spielzeugmacher. Eine junge Familie und eine Katze im Schnee, die keine ist. Und ein Karpfen im Schlafrock …

Jede der 12 morbiden Weihnachtsgeschichten ist anders: manchmal abgründig, manchmal fantastisch, aber immer mit viel Herz – und einem (bösen) Schmunzeln.

© Christine Hanschitz

Bastian Zach wurde 1973 in Leoben geboren und verbrachte seine Jugend in Salzburg. Das Studium an der Graphischen zog ihn nach Wien, als selbstständiger Schriftsteller und Drehbuchautor lebt und arbeitet er seither in der Hauptstadt. 2020 wurde sein Krimi-Debüt »Donaumelodien – Praterblut« für den Leo-Perutz-Preis nominiert. Die Liebe zu historischen Geschichten und zum besonderen Flair der Weihnachtszeit inspirierten ihn zu diesen Geschichten.

BASTIAN ZACH

O Tannen-grauen

MORBIDE WEIHNACHTSGESCHICHTEN

GMEINER

Personen und Handlung sind frei erfunden.
Ähnlichkeiten mit lebenden oder toten Personen
sind rein zufällig und nicht beabsichtigt.

Im Ehnried 5, 88605 Meßkirch
Telefon 07575/2095-0
info@gmeiner-verlag.de

1. Auflage 2022

Herstellung: Mirjam Hecht
Umschlaggestaltung: U.O.R.G. Lutz Eberle, Stuttgart
unter Verwendung eines Bildes von: © https://commons.wikimedia.org/
wiki/File:A_Merry_Christmas._(Sled_with_holly).jpg
Druck: CPI books GmbH, Leck
Printed in Germany
ISBN 978-3-8392-0283-8

In liebevoller Dankbarkeit an meine Mutter und meinen Vater, an meine Oma und meinen Opa, denen ich wunderbare Erinnerungen an das Weihnachtsfest verdanke.

Gewidmet all jenen,
die sich immer noch verzaubern lassen.

Inhalt

I.
Karpfen im Schlafrock

1912

O du fröhliche

(Text: Johannes Daniel Falk /
Heinrich Holzschuher, 19. Jhd.)

O du fröhliche, o du selige,
gnadenbringende Weihnachtszeit!
Welt ging verloren, Christ ist geboren:
Freue, freue dich, o Christenheit!

O du fröhliche, o du selige,
gnadenbringende Weihnachtszeit!
Christ ist erschienen, uns zu versühnen:
Freue, freue dich, o Christenheit!

O du fröhliche, o du selige,
gnadenbringende Weihnachtszeit!
Himmlische Heere jauchzen Dir Ehre:
Freue, freue dich, o Christenheit!

Das kreisrunde Loch inmitten des zugefrorenen Sees klaffte dunkel und unheilverkündend.

Rund um das Loch standen sich sechs Kinder gegenüber, zwei Jungen und vier Mädchen, die drei Paare bildeten. Argwöhnisch und neugierig zugleich beäugten sich die Gruppen gegenseitig.

Ein Junge und ein Mädchen hielten einen dicken Karpfen in Händen, der so groß war, dass sie ihn nur zu zweit stemmen konnten.

Zwei Mädchen trugen gemeinsam einen Schlafrock, in den etwas eingewickelt war, das tunlichst verborgen bleiben sollte.

Vor dem dritten Kinderpaar stand eine kleine Kiste auf der Eisdecke. Der Junge war klatschnass und zitterte wie Espenlaub, das Mädchen hatte eine Spitzhacke geschultert.

Keines der Kinder sprach ein Wort.

Kaum hatte die Mutter sie geweckt, sprangen Amalie und Theodor aus ihren Betten. Als stünde ihr Leben auf dem Spiel, liefen sie durch den Flur, durch das Speisezimmer, den Salon und die Bibliothek. Bei der Vorratskammer angekommen stießen sie die Tür auf und hasteten in den kalten Raum.

Dort, inmitten von Regalen voll Einmachgläsern und Körben, die von Winteräpfeln und Kartoffeln überquollen, stand ein großer, hölzerner Bottich. Bis oben hin mit klarem Wasser befüllt schwamm darin ein Karpfen im Kreis.

»Wie geht's dir heute, Wilhelm?«, fragte die neunjährige Amalie den Fisch aufgekratzt.

»Hast du gut geschlafen?«, wollte der zehnjährige Theodor wissen.

Fasziniert starrte das Geschwisterpaar auf das Tier, das offenbar unbeeindruckt gemächlich seine Runden drehte.

»Nun ist aber gut.«

Mit auf die Hüften gestützten Händen stand die Mutter vor der Tür. »Geht euch waschen und anziehen, das Frühstück ist fertig.«

»Bis später, Wilhelm!«, riefen die Kinder dem Karpfen zu und rannten aus dem Raum.

»Und lauft nicht so doll!«

Ein Lächeln im Gesicht der Mutter verriet jedoch, wie streng sie den Tadel meinte.

»Guten Morgen, mein Schatz.« Der Vater küsste seine Frau auf die Wange und lugte zum Bottich. »Wenn ich an heute Abend denke, läuft mir das Wasser im Mund zusammen.«

Die Mutter strich ihm über die Wange, die ein gepflegter Vollbart zierte. »Zuvor hast du aber noch eine Aufgabe, das weißt du?«

Der Mann nickte und machte ein Gesicht, als wäre ihm gerade der Weltschmerz aufgebürdet worden. »Nach dem Frühstück. Ich versprech's dir.«

Die Mutter nickte zufrieden und schloss die Tür zur Vorratskammer.

Hedwig und Ottilie schlenderten die Gasse zum Haus ihrer Eltern hinunter, während die Sonne an einem wolkenlosen Himmel strahlte. Die beißende Kälte schien den beiden elfjährigen Zwillingsschwestern nichts auszumachen, hatte ihnen doch ihre Großmutter zu ihrem Geburtstag im Oktober dicke wollene Hauben gestrickt, dazu zwei Schals und zwei Paar Fäustlinge. Da man die beiden Mädchen kaum voneinander zu unterscheiden vermochte, wählte die Großmutter für Hedwig eine gedämpfte grüne Wolle, für Ottilie eine gedämpfte braune.

Hedwig, die marginal Jüngere der beiden, brach einen großen Eiszapfen von einem Zaun ab und begann genüsslich daran zu lutschen.

»Igitt!«, kommentierte ihre Schwester und verzog dabei das Gesicht.

»Ich stelle mir einfach vor, dass es nach Erdbeeren schmeckt«, meinte die Jüngere schulterzuckend.

»Wie soll ein Eiszapfen nach Erdbeeren schmecken?«

»Warum denn nicht? Würde er nach Lebertran schmecken, würde ich ihn wohl kaum lutschen.«

Ottilie musste kichern. »Auch wieder wahr.«

Plötzlich blieb sie stehen, hielt ihre Schwester am Arm fest, sodass diese ebenfalls anhielt. Todernst zeigte sie auf den Gehweg, auf dem sich festgetretener Schnee und zugefrorene Pfützen abwechselten und über den quer der Schatten eines Laternenmastes fiel und eine Linie bildete.

»Ab hier gilt es«, meinte Ottilie verschwörerisch, entriss Hedwig den Eiszapfen und warf ihn weg. »Von hier bis zum Haus. Aber keine Eisbahn darf ausgelassen werden.«

»Natürlich nicht«, bestätigte Hedwig, als würde ihr jemand erklären, dass Vögel fliegen konnten.

»Drei – zwei – eins – fertig – Feuer – los!«

Die beiden Schwestern begannen zu laufen, als wäre der Teufel hinter ihnen her. Über jede Eisschicht schlitterten sie, dann rannten sie weiter bis zur nächsten vereisten Pfütze, über die sie dann wieder schlitterten.

Aufgrund der unterschiedlichen Anzahl an Schneestrecken und Schlitterbahnen lag einmal Ottilie vorn, dann wieder Hedwig. Jeder, der auf eines der beiden Mädchen gewettet hätte, würde atemlos mitfiebern, welche von beiden wohl den Sieg davontragen würde.

Kurz bevor die Schwestern ihr Zuhause erreicht hatten – ein kleines, hölzernes Haus aus verwittertem Holz –, sprang plötzlich ein Hund gegen den Lattenzaun, den das Nachbargrundstück umschloss.

Hedwig stolperte vor Schreck und stürzte. Ottilie konnte gerade noch bremsen.

Keifend und bellend wütete der Hund am Zaun, hetzte und geiferte in Richtung der Schwestern. Schnauze und Zähne erinnerten an einen Schäferhund, der kleinwüchsige Körperbau und das struppige Fell gehörten anderen Gattungen an.

»Du vermaledeites Vieh!«, schimpfte Ottilie und half ihrer Schwester auf. »Der Blitz soll dich treffen!«

In diesem Augenblick wurde die Tür des Hauses aufgestoßen, in dessen Vorgarten sich der Hund abarbeitete. Eine ältere Frau, in einen schmutzigen, mit Flicken übersäten Morgenrock gehüllt, starrte die beiden Mädchen feindselig an.

»Hört auf, meinen Caesar zu erschrecken, ihr Missgeburten!«

Hedwig und Ottilie standen wie angewurzelt da, beiden schlug das Herz bis zum Hals.

»Wir haben doch gar nicht –« Ottilie brach ab, wusste, dass es keinen Sinn haben würde, sich zu rechtfertigen. »Ihr Hund ist böse! Er weckt sogar unseren kleinen Bruder in der Nacht, weil er so viel bellt!«, rief sie aufgekratzt. »Jede Nacht!«

Die Frau spuckte aus. »Wird er schon nicht grundlos tun. Und jetzt zieht Leine, bevor ich das Gartentor aufmache und ihn auf euch hetze!«

Die beiden Schwestern machten sich davon, Hedwig humpelte.

»So ein Mistvieh«, schimpfte sie, immer noch zitternd vor Schreck.

Ottilie prüfte, ob die Frau bereits wieder ins Haus gegangen war, dann streckte sie die Zunge Richtung der geschlossenen Haustür.

»Seid ihr satt?« Der Vater lugte über den Rand seiner Zeitung.

Amalie und Theodor rieben sich als Antwort die Bäuche.

Das Mädchen machte große Augen. »Können wir Wilhelm füttern gehen?«

Mutter und Vater tauschten einen ernsten Blick.

»Biiitte!«, setzte Theodor nach.

»Ich sage dem Hausmädchen, dass es abräumen kann.«

Mit diesen Worten stand die Mutter auf und verließ das großräumige Speisezimmer. Doch der Vater wusste, dass dies nur ein Vorwand war, damit er allein mit seinem Nachwuchs sein konnte. Er faltete die Zeitung und verschränkte die Finger.

»Also, hört mir gut zu, ihr zwei«, begann er in ruhigem, tiefem Tonfall. »Als vor vier Tagen der Fisch geliefert worden ist, habe ich euch gesagt, dass ihr euch nicht an ihn gewöhnen sollt.« Er atmete tief durch. »Auch, dass ihr ihm keinen Namen geben sollt.«

»Aber Wilhelm heißt nun mal Wilhelm, das hat er uns selbst gesagt«, protestierte Amalie.

Theodor verschränkte die Arme vor der Brust und schaute trotzig drein.

»Ich hatte dafür aber meine Gründe«, fuhr der Vater unbeirrt fort. »Denn am heutigen Weihnachtsabend bereitet uns unsere liebe Köchin ein Festmahl vor.«

Die beiden Geschwister nickten in freudiger Erwartung.

»Was gibt es denn Gutes?«

Ein wenig unwohl rutschte der Vater auf seinem Stuhl hin und her, griff jeweils eine Hand seiner Kinder. »Na, was denkt ihr wohl, was es zu essen geben wird?«

Amalie und Theodor warfen sich einen fragenden Blick zu.

»Irgendwas mit Schokolade?«, meinte das Mädchen und hob dabei unschlüssig die Schultern.

»Nein«, sagte der Vater ruhig. »Naschen könnt ihr aber nach dem Essen. Als Hauptspeise gibt es –« Er zögerte, gab sich dann aber einen Ruck. »Fisch. Es gibt Fisch. So!«

Die Gesichter der Geschwister spiegelten Unverständnis. Was sollte denn daran so besonders sein, dass der Vater ein derartiges Tamtam darum machte?

Der senkte den Kopf, traute sich nicht, Blickkontakt zu halten. »Es gibt einen Karpfen.« Vorsichtig sah er zu den beiden, unschlüssig, ob sie nun verstanden hatten. »Es gibt *den* Karpfen.«

Amalies Augen wurden feucht, ihre Lippen kräuselten sich. »Du meinst … Wilhelm?«

Der Vater sackte innerlich zusammen, als drückte ihn eine unsichtbare Last zu Boden. »Ja, es gibt Wilhelm, blaugekocht.«

Einen Moment lang herrschte Stille. Dann brachen beide Kinder in Tränen aus.

»Also, hört mal –«, versuchte sich der Vater in einer Erklärung, brach diese jedoch ab, bevor er sie überhaupt begonnen hatte.

»Wir können doch nicht Wilhelm essen!«, schluchzte Theodor. »Er ist so ein lieber Fisch!«

Der Vater stand abrupt auf, reckte hilfesuchend die Arme in die Höhe und winkte schließlich dem Kindermädchen, das gelaufen kam.

»Entschuldigen, der Herr«, rief diese aufgeregt, ein junges Ding, das es immer allen recht machen wollte. »Ich war nur einen Augenblick unpässlich, und –«

»Schon gut, schon gut!«, wiegelte der Vater ab. Noch jemanden, der heulte, brauchte er im Augenblick nicht. »Sehen Sie zu, dass die beiden Kinder sich wieder beruhigen. Und halten Sie sie von der Vorratskammer fern.«

Das Kindermädchen nickte. »Sie meinen von Wilhelm?«

»Himmelherrgott!«, brauste der Mann auf. »Es ist nur ein Fisch! Und er wird heute verspeist werden. Und damit Schluss!«

Der Vater schnappte sich seine Zeitung und stapfte aus dem Speisezimmer.

Das Kindermädchen drückte Amalie und reichte Theodor die Hand, worauf sich die Geschwister ein wenig beruhigten.

»Seid nicht traurig«, meinte das Kindermädchen. »Wilhelm kommt in den Fischhimmel.«

Amalie und Theodor plärrten wieder auf.

»Sei bitte so lieb und geh zu Oma«, bat die Mutter Ottilie, während sie Hedwigs aufgeschundenes Knie verarztete. »Sie wollte für das Weihnachtsessen heute Abend einen Kuchen backen.«

»Ich will auch mitgehen«, protestierte Hedwig.

»Dein Knie wird so schon grün und blau werden. Du solltest dich lieber hinlegen.«

Die Mutter verknotete den Verband.

»Ich geh auch ganz langsam.« Ottilie stellte sich kerzengerade hin, wippte auf den Zehenspitzen auf und ab. »Ach bitte.«

In dem Augenblick begann im Nebenraum ein kleines Kind zu weinen.

»Ich muss zu August.« Die Mutter sah in die Augen ihrer Töchter, seufzte dann. »Na schön, wenn ihr meint. Aber ich will morgen kein Gejammer hören, dass das Knie schmerzt, verstanden?«

Die Zwillingsschwestern nickten im Gleichklang.

»Und –« Die Mutter hob den Zeigefinger. »Macht ja einen Bogen um das Haus mit dem verfluchten Hund.«

Wieder nickten die Mädchen.

»Wie gehen von hier schnurstracks auf die andere Straßenseite«, versprach Ottilie.

Die Mutter lächelte sanft, gab dann ihren Töchtern einen Kuss auf die Stirn. »Seid vorsichtig. Ab mit euch.«

Am Gartentor angekommen hielten Hedwig und Ottilie inne, lugten vorsichtig zum Nachbarhaus hinüber. War die Bestie im Garten zugange?

Aber es drang kein Geräusch von dort herüber. Kein Schnaufen, kein Hecheln, kein Knurren.

»Vielleicht haben sie ihn weggegeben?«, mutmaßte die ältere Schwester.

»Träum weiter«, meinte die andere. »Der lauert sicher auf den nächsten arglosen Menschen, der an seinem Gartenzaun entlanggeht.«

»Und jetzt?«

»Jetzt machen wir es so, wie wir es Mutter versprochen haben.«

Behutsam öffneten die Mädchen das Gartentor, huschten auf den Gehsteig, überquerten die Straße und machten beim gegenüberliegenden Zaun halt. Die Luft anhaltend sahen sie zum verfluchten Hundehaus –

Nichts.

Erleichtert nickten sich die beiden Schwestern zu, dann gingen sie los.

Keine hundert Schritte später ergriff Hedwig Ottilies Hand.

»Ich glaube, er ist hinter uns.«

Ottilie lugte zaghaft über die Schulter, ließ den Blick über den Gartenzaun wandern, über das Haus und das Gartentor – das sperrangelweit offen stand.

Vor dem Tor stand Caesar, das Fell gesträubt, die Zähne gebleckt.

»Lauf.« Mehr kam dem Mädchen nicht über die Lippen.

»Ich werde heute keinen Bissen essen.« Theodors Miene wirkte zu allem entschlossen.

»Ich auch nicht!« Amalie tat es ihrem Bruder gleich.

»Und ich werde nie wieder mit Mutter und Vater reden. Kein Wort.«

»Genau.«

Die beiden Kinder sahen einander an, wissend, dass dies ein Ding der Unmöglichkeit war.

»Die doofe Köchin richtet schon die Zutaten her«, meinte der Junge.

»Können wir gar nichts tun, damit Wilhelm bei uns bleibt?«

Theodor zuckte mit den Schultern. »Auf uns Kinder hört ja keiner.«

Amalie nickte zustimmend, streichelte dabei das Haar ihrer Lieblingspuppe. Dann stand sie auf und legte diese in den Kinderwagen, ein Geschenk, das sie zu ihrem Geburtstag erhalten hatte. Da der Puppenwagen jedoch so groß war wie ein echter, musste sie sich dafür auf die Zehenspitzen stellen.

»Schlaf gut, Schlummerle«, meinte sie mit liebevoller Stimme. »Ich werde dich nie dazu zwingen, deine Haustiere zu essen.«

Theodor sprang von der Bettkante. »Vielleicht müssen wir das auch gar nicht«, meinte er verschwörerisch.

Seine Schwester drehte sich zu ihm um. »Wie meinst du das?«

Der Junge überlegte laut. »Vater kann uns ja nicht zwingen, etwas zu essen, was nicht mehr da ist.«

»Aber wenn wir Wilhelm vor die Tür setzen, wird er ersticken.«

Theodor rollte mit den Augen. »Natürlich können wir Wilhelm nicht einfach aussetzen. Aber wir könnten ihn zum See bringen und freilassen.«

Amalie runzelte die Stirn. »Wir sollen uns heimlich davonstehlen? Vater wird uns bestrafen.«

»Unser Leben oder das von Wilhelm«, sagte der Junge beherzt. »Such es dir aus.«

»Na gut.« Das Mädchen reichte ihrem Bruder die Hand, der schüttelte sie dreimal, wie es sich für das Schließen eines Pakts gehörte.

»Aber wie sollen wir Wilhelm zum See bringen? Der ist doch viel zu schwer für uns.«

Theodor lehnte sich an ein Regal voller Bücher, fixierte dabei den Kinderwagen. »Ich glaub, ich hab da eine Idee.«

Hand in Hand und laut kreischend liefen die Zwillingsschwestern los. Hinter ihnen setzte sich der Hund in Bewegung.

Die Mädchen bogen in eine schmale Seitengasse ab, passierten Schneehaufen um Schneehaufen.

Hinter ihnen der Hund.

Wieder bogen sie ab, hofften, das Tier würde die Richtungsänderung nicht bemerken.

Hinter ihnen der Hund.

Hedwig stürzte, hielt sich das bereits angeschlagene Knie.

Ottilie wandte sich um, sah den Hund auf sich zulaufen, laut bellend. Instinktiv riss sie die Arme in die Luft, machte sich so groß und schrie so laut sie konnte.

Der Hund stutzte, hielt knurrend an. Sein Kopf wanderte zwischen dem laut schreienden und dem zusammengekauerten Kind hin und her, schien sich nicht entscheiden zu können. Dann stürzte er auf Hedwig los.

Ohne nachzudenken, griff Ottilie nach der Leine, die das Tier hinter sich herzog, packte sie und stemmte sich mit ganzer Kraft dagegen.

Der Hund setzte gerade zum Sprung auf Hedwig an, als er nach hinten gerissen wurde.

»Ich kann ihn nicht lange halten!« Ottilies Worte klangen verzweifelt.

Das Tier scharrte mit den Pfoten im Schnee, kam kaum vom Fleck, näherte sich trotzdem langsam, aber sicher dem am Boden liegenden Mädchen.

Ottilies Hände, mit denen sie verzweifelt die Hundeleine festhielt, wurden klamm, ihr war, als würden sie ihr jeden Augenblick ausgerissen.

Doch das Halsband des Hundes riss zuerst.

Ottilie fiel nach hinten.

Der Hund schnellte nach vorn.

Hedwig rollte sich zur Seite.

Mit voller Wucht prallte der Hund mit dem Schädel gegen den ehernen Laternenpfahl, an den sich das Mädchen gelehnt hatte.

Ungläubig sahen die Schwestern, wie das Tier bewusstlos zu Boden sackte – und wie sich ein Eiszapfen ob der Erschütterung von der Laterne löste. Er sauste zu Boden, bis sein Fall gebremst wurde – vom Schädel des Hundes.

Vor Schreck riss Hedwig die Hände vors Gesicht, auch Ottilie konnte nicht glauben, was soeben geschehen war.

Regungslos lag das Tier im Schnee, während dampfendes Blut aus seinem Schädel floss und sich in den Schnee fräste.

Durch einen schmalen Spalt in der Tür konnte Theodor erkennen, dass sein Vater irgendetwas unter dem Tannenbaum im großen Salon tat. Was es genau war, sah er zwar nicht, aber es genügte dem Jungen. Mit einer winkenden Handbewegung gab er Amalie ein Zeichen.

Das Mädchen trippelte auf Zehenspitzen an ihrem Bruder vorbei, schob dabei ihren Kinderwagen, auf dem zwei Leintücher lagen. Kurz vor der Küche hielt sie an, drückte sich gegen die Wand.

Theodor eilte herbei, ebenfalls darauf bedacht, kein Geräusch zu machen, lugte in die Küche. Wieder gab er ein Zeichen, wieder huschte Amalie an ihm vorbei.

In perfektem Einklang bewegten sich die beiden Geschwister durchs Haus, bis sie endlich die Tür zur Speisekammer erreicht hatten. Ihr Kindermädchen hatten die beiden zuvor weggeschickt, indem sie vorgaben, ihre Mutter ersuche sie in der Waschküche um Hilfe.

Theodor drückte die Tür auf und horchte angestrengt. Aber außer dem gelegentlichen Plätschern von Wasser war nichts zu hören. Hastig öffnete der Junge die Tür ganz, half seiner Schwester, den Kinderwagen hineinzuschieben, und schloss die Tür wieder hinter sich.

»Und du bist ganz sicher, dass Wilhelm das überlebt?«

Theodor zuckte mit den Schultern. »In meinem Buch steht, dass Karpfen lange an Land überleben können, sofern sie es feucht haben. Die Römer haben sie dafür in nasses Moos eingewickelt.«

Amalie hielt die Leintücher hoch. »Das soll unser Moos sein?«

Ihr Bruder nickte entschieden. »Wilhelm muss ja nicht lange an der Luft aushalten.«

»Also gut.«

Gemeinsam tauchten die Geschwister die Laken so lange in den Bottich, bis sie sich mit Wasser vollgesogen hatten. Dann breiteten sie eins davon im Kinderwagen aus.

Theodor nahm den großen Kescher, der an der Wand lehnte, und tauchte ihn ins Becken. Mit einem Blick zu seiner Schwester versicherte er sich, dass sie die Mission wie abgesprochen durchführen wollten. Dann streifte er den Kescher über den Fisch.

Das Tier begann, heftig zu zappeln, Amalie griff ebenfalls den Stiel des Keschers und half ihrem Bruder, den schweren Fisch aus dem Bottich zu hieven und auf dem nassen Leintuch im Kinderwagen zu platzieren.

Als dies geschafft war, legte sie schnell das zweite nasse Leintuch auf ihn und drückte es an den Seiten fest, sodass es sich streng um das Tier spannte.

»Guck, er beruhigt sich!«, flüsterte Amalie aufgeregt. »Er sieht aus wie ein neugeborenes Menschlein, findest du nicht?«

Theodor schaute verstört zu seiner Schwester.

Dann tätschelte er behutsam das Leintuch. »Brav, Wilhelm, brav. Bald bist du in Sicherheit. Jetzt müssen wir dich nur noch ungesehen zur Tür hinausbekommen.«

»Was machen wir bloß?«

Hedwig wischte sich Tränen aus den Augen, konnte diese jedoch nicht von dem toten Hund abwenden.

»Wir sagen gar nichts. Sonst will das böse Nachbarsweib vielleicht noch, dass wir ihr ihren Höllenhund ersetzen.«

»Aber wir können ihn doch auch nicht einfach hier liegen lassen.« Langsam beruhigte sich Hedwig wieder. »Wir sollten ihn beerdigen.«

»Das können wir nicht«, entgegnete Ottilie, die neben ihr stand. »Der Boden ist viel zu hart gefroren.« Sie überlegte. »Erinnerst du dich noch an die Geschichte, die Vater uns früher vorgelesen hat? Mit dem Mann und dem Walfisch?«

Ihre Schwester zuckte mit den Schultern, rappelte sich auf.

»Ich habe Vater damals gefragt, was denn mit den armen Seelen geschehen würde, die auf einem Schiff sterben. Dort gibt es ja keine Erde weit und breit. Vater sagte, dass man den Toten ein Seebegräbnis zuteilwerden ließe, also eine Beerdigung im Wasser.«

Hedwig versuchte, den Gedanken ihrer Schwester zu folgen. Schließlich huschte ein kurzes Lächeln über ihr Gesicht. »Du meinst den See?«

Ottilie erwiderte das Lächeln.

Ein kreisrundes Loch inmitten eines zugefrorenen Sees, sechs Kinder, die sich gegenüberstanden. Argwöhnisch und neugierig zugleich beäugten sich die Gruppen gegenseitig.

Amalie und Theodor, die einen dicken Karpfen in Händen hielten, der sich erstaunlich ruhig verhielt.

Hedwig und Ottilie, die etwas in einen Schlafrock Eingewickeltes trugen.

Und ein drittes Kinderpaar. Der Junge war klatschnass und zitterte wie Espenlaub, das Mädchen hatte eine Spitzhacke geschultert. Vor ihnen stand eine Kiste auf der Eisdecke.

Keines der Kinder sprach ein Wort.

»Wer seid ihr denn?«, wollte Theodor schließlich von dem dritten Kinderpaar wissen.

»Ich bin der Rudolf«, sagte der Junge. »Das ist die Frieda, meine Schwester.«

»Theodor und Amalie«, stellte sich das Geschwisterpaar vor.

»Hedwig und Ottilie«, sagte die jüngere der beiden Zwillingsschwestern.

Die anderen vier Kinder runzelten beinahe gleichzeitig die Stirn.

»Hedwig hat die grünen Handschuhe an«, beantwortete Ottilie die Frage, die unausgesprochen in der Luft lag.

»Und Ottilie die braunen«, ergänzte ihre Schwester. »Denkt euch nichts, nicht einmal Mutter kann uns zuweilen voneinander unterscheiden.«

Frieda stellte die Spitzhacke aufs Eis. »Und was macht ihr alle hier?«

»Wir retten Wilhelm«, sagte Amalie mit Blick auf den Fisch.

»Wir ... beerdigen den bösen Nachbarshund.« Die Zwillingsschwestern legten das Bündel aufs Eis, schlugen wie zum Beweis den Schlafrock auf.

Die anderen Kinder verzogen angeekelt die Gesichter, als sie das blutüberströmte Tier sahen.

»Er wollte mich fressen«, erklärte sich Hedwig. »Ein Begräbnis hat er trotzdem verdient.« Sie sah zu Rudolf. »Warum bist du so nass?«

Der reckte heldenhaft den Kopf. »Weil ich einen Schatz geborgen habe. Also ... wir gemeinsam. Aber ich bin getaucht.«

»Mitten im Winter?«

»Ich wollte ihn ja heben, als der See noch nicht zugefroren war, aber –«

»Aber mein Bruder ist krank geworden und Mutter hat ihm verboten das Haus zu verlassen und deshalb sind wir erst heute hier«, spulte Frieda ab, ohne Punkt und Komma und ohne einmal Luft zu holen.

»Einen Schatz? Was denn –«

»Das muss warten! Zuerst müssen wir Wilhelm retten«, drängte Amalie.

Die anderen Kinder traten einen Schritt zurück.

Gemeinsam mit ihrem Bruder legte das Mädchen den Fisch auf das Eis und flüsterte: »Wir werden dich nie vergessen, du liebster aller Fische. Mach's gut, Wilhelm.«

Dann ließen sie den Karpfen in den See gleiten, atmeten erleichtert auf.

Hedwig rempelte ihre Schwester an, es den anderen gleichzutun. Die beiden hoben den toten Hund vom Schlafrock und schoben ihn an das Loch im Eis.

Ottilie räusperte sich würdevoll. »Auch wir werden dich nie vergessen, du bösester aller Hunde. Aber ... mach's du auch gut, Caesar.«

Dann ließen sie das tote Tier in den See gleiten, wo es sogleich versank, und bekreuzigten sich.

»Also, was ist das für ein Schatz?« Amalies Augen glänzten erwartungsvoll.

»Der wertvollste Schatz, den ihr euch nur vorstellen könnt«, sagte Rudolf mit geheimnisvoller Stimme. Langsam öffnete er die Truhe. Darin lagen gut zwei Dutzend wunderschöne bunte Glasmurmeln.

Die anderen Kinder starrten wie verzaubert darauf.

»Rudolf hat sie hier im See versteckt, weil unser doofer Cousin zu Besuch kam und zwei Wochen blieb und der klaut wie eine Elster«, erklärte Frieda, wieder ohne Punkt und Komma. »Daher mussten wir die Murmeln verstecken, aber der Boden war schon hart gefroren.«

»Konntet ihr nicht warten, bis es Frühjahr wird?«

»Morgen Abend kommt eine Großcousine zu uns und mit der murmeln wir immer und daher brauchten wir dringend den Schatz.«

Ottilie hob den Schlafrock auf und bot ihn Rudolf an, der immer noch von Scheitel bis Sohle vor Nässe triefte. »Hier, sonst wirst du gleich wieder krank.«

Dankbar schlüpfte der Junge in den mit Flicken übersäten Hausmantel, ungeachtet der Blutflecken. »Danke schön. Wird den Rock niemand vermissen?«

Hedwig zuckte mit den Schultern. »Der hing im Garten unserer Nachbarin. Und die ist mindestens genauso böse, wie ihr Hund es war.«

Rudolf nahm vier Murmeln aus seiner Schatztruhe, schenkte zwei davon als Dank Hedwig und Ottilie und die zwei anderen Amalie und Theodor.

»Die sollen euch im neuen Jahr Glück bringen.«

Theodor nahm das nasse Leintuch, in das der Fisch eingewickelt war, suchte es ab und fand schließlich vier Schuppen. Diese überreichte er den anderen vier Kindern.

»Wenn ihr die heute Abend in der Hosentasche tragt oder in euer Portemonnaie legt, werdet ihr auch viel Glück haben.«

Die sechs Kinder sahen einander an, ein verschwörerisches Grinsen in den Gesichtern. Ohne es auszusprechen, wusste jeder von ihnen, dass das, was am heutigen Abend geschehen war, ihr immerwährendes Geheimnis bleiben würde.

»Frohe Weihnachten euch allen«, wünschte Amalie.

Ein »Frohes Weihnachten« wünschten die anderen zurück. Dann gingen alle ihrer Wege …

Amalie und Theodor ließen das Donnerwetter ihres Vaters, ohne mit der Wimper zu zucken, über sich ergehen. Doch letzten Endes erkannte auch er, wie nobel und voller Herzensgüte die Tat seiner Kinder war. Das weihnachtliche Festmahl mundete schließlich auch ohne Fisch.

Hedwig und Ottilie holten den Kuchen ihrer Großmutter und feierten ein wunderbar stilles Fest mit ihrer Mutter und ihrem kleinen Brüderlein. Überhaupt würde es lange still bleiben, bis auf wenige Tage im Januar, als sich die Nachbarin einen neuen Hund zulegte, der sie jedoch wiederholt biss, woraufhin sie sich seiner entledigte. Fortan blieb das Nachbargrundstück gänzlich hundefrei.

Rudolf und Frieda erwartete ebenfalls ein Donnerwetter, gefolgt von einer neuen, starken Erkältung des Jungen. Ihrer Großcousine rangen sie sieben Murmeln ab. Im Februar hackten die beiden Geschwister die Eisdecke erneut auf und versenkten den Schatz, da ihr Cousin sie besuchen kam.

Glücklich blieben die sechs im darauffolgenden Jahr alle.

II.
Ein Lichtlein brennt

1893

Am Weihnachtsbaum die Lichter brennen

(Hermann Kletke, um 1841)

Am Weihnachtsbaum die Lichter brennen,
wie glänzt er festlich, lieb und mild,
als spräch' er: »Wollt in mir erkennen
getreuer Hoffnung stilles Bild!«

Die Kinder steh'n mit hellen Blicken,
das Auge lacht, es lacht das Herz,
o fröhlich seliges Entzücken!
Die Alten schauen himmelwärts.

Zwei Engel sind hereingetreten,
kein Auge hat sie kommen seh'n,
sie geh'n zum Weihnachtstisch und beten,
und wenden wieder sich und geh'n.

»Gesegnet seid ihr alten Leute,
gesegnet sei du kleine Schar!
Wir bringen Gottes Segen heute
dem braunen wie dem weißen Haar.

Zu guten Menschen, die sich lieben,
schickt uns der Herr als Boten aus,
und seid ihr treu und fromm geblieben,
wir treten wieder in dies Haus.«

Kein Ohr hat ihren Spruch vernommen,
unsichtbar jedes Menschen Blick,
sind sie gegangen wie gekommen,
doch Gottes Segen blieb zurück.

Leise rieselte der Schnee. Silberne Flocken tänzelten in einem nur ihnen bekannten Reigen erdwärts, vergossen aus einem schier unendlichen Füllhorn, weit oberhalb der Wolkendecke. Die Pflastersteine der Gassen und Gehwege waren bereits dick mit dem kristallinen Zauberpulver bedeckt. Sogar die Gaslaternen schienen sich mit einer spitzen weißen Haube gegen die Kälte zu stemmen, während sie ihr unstetes und doch warmes Licht in die Finsternis der Nacht entsandten.

Die Meistersingerstadt wirkte wie leergefegt, während Väterchen Frost sie sich untertan zu machen versuchte. In den Fenstern der Häuser brannten unzählige Kerzen, erleuchteten die Stuben in allen Facetten der Bernsteinfarben, während ihre Bewohner Scherenschnitten gleich den Heiligen Abend begingen.

Eine selige Stimmung hatte sich an jenem 24. Dezember breitgemacht, und Liebe und Frieden hielten Einzug in die Frankenmetropole.

So auch in der Adlerstraße Nummer 9, im dritten Stock …

Das singende Klirren zweier Bleikristallgläser, die mit Bedacht aneinandergestoßen wurden, durchbrach das stete Knistern des Kaminfeuers.

»Auf uns«, sagte Theobald, Nase und Backen leicht gerötet, mit Lachfalten, die seine braunen Augen umspielten.

»Auf uns«, wiederholte Augusta den Trinkspruch ihres Gemahls, spitzte die Lippen und zwinkerte ihm neckisch zu.

Dann tranken die beiden Champagner Brut, den sie sich eigens vom Weingut Aschbach hatten zusenden lassen, das für hochqualitative Triage, Remuage und Dosage bürgte. Und für einen ebenso hohen Preis.

Ein Augenblick verstrich, in dem jeder der beiden Eheleute etwas zu sagen wollen schien, sich dann jedoch eines Besseren besann. So lehnten sich Augusta und Theobald schweigend in die mit Leder gepolsterten Ohrensessel zurück und blickten in den Kamin, wo Flammen knisternd das verzehrten, was sie am Leben hielt.

Links der beiden Eheleute, in einem gehörigen Abstand, der jedes noch so grobe Funkenspiel des Kamins wirkungslos werden ließ, stand ein prächtiger Tannenbaum. Dicht und gleichmäßig im Wuchs, über und über behangen mit Äpfeln und Naschwerk aus Zucker, mit Walnüssen, von Rauschgold ummantelt und von silbernem Lametta, das eiszapfengleich von den Ästen hing. Die aufgesetzte güldene Spitze auf dem Baum berührte beinahe den Stuck am Plafond. Sein Umfang umfasste eine Fläche, die weniger begüterten Familien wohl zum Leben genügte.

Rechts der beiden Eheleute erstreckte sich eine lang gezogene Tafel, gedeckt mit einem weißen Spitzentischtuch, darauf noch die verräterischen Flecken des vor Kurzem genossenen Festmahls.

Theobald tippte mit den Fingern auf den Deckel einer kleinen hölzernen Box. Dann schenkte er seiner Gemahlin ein Lächeln, das bekräftigen sollte, wie gut es das Leben doch mit ihnen gemeint hatte.

»Stört es dich, Liebes?« Sein Blick wanderte zur Schachtel.

Sie schüttelte den Kopf, auch wenn ihre Augen für den Bruchteil einer Sekunde das Gegenteil zu sagen schienen.

Theobald öffnete den Deckel, entnahm der Schachtel, einem Humidor, eine dicke Zigarre. In oft geübten

Handgriffen knipste er das Ende ab und entzündete mittels eines besonders dafür gefertigten langen Schwefelholzes die Rauchware. Während er am Endstück saugte, fielen seine Wangen und der darauf wachsende leicht ergraute Vollbart immer wieder ein, gleich dem Bauch eines schnell atmenden Tieres.

Schließlich hatte die Zigarre jene Glut erreicht, die ein genüssliches Paffen gewährleistete. Theobald war satt, der Champagner stieg ihm angenehm zu Kopf und der herbe würzige Geschmack der Zigarre gaukelte jene zufriedene Erdverbundenheit vor, die eine allumfassende Entspannung von Körper und Geist versprach. Zudem hatte der Abend jenen Verlauf genommen, den er sich erhofft hatte, reüssierte Theobald im Stillen.

Verschmitzt lächelte er Augusta zu. Denn das Grande Finale stand noch bevor.

Wenn auch nicht für sie, so zumindest für ihn selbst …

Während ihr der Tabakqualm widerlich und unaufhaltsam in Mund und Rachen kroch, bemühte sich Augusta unter Aufgebot all ihrer Kräfte, einen entspannten und glückseligen Eindruck zu vermitteln. Der Heilige Abend war genauso verlaufen wie jener im letzten Jahr und der davor und so weiter. Der einzige Unterschied, so schien es ihr, bestand im nuancierten Gestank der gewählten Rauchwaren ihres Gemahls und im Geschmack des Likörs, den sie im Anschluss, aber noch vor der Bescherung zu sich zu nehmen pflegte, um auch weiterhin glückselig wirken zu können. Denn dies war sie schon lange nicht mehr.

Augusta versuchte, tief durchzuatmen, doch die Steifheit ihres Mieders hinderte sie daran. Aus den Augenwinkeln heraus konnte sie sich in einem großen Spiegel sehen, aber was sie sah, schien ihr so fremd wie irgendeine alte Bettlerin in der Gosse.

Wie konnte sie sich derart verändert haben? Gut, ihr schwarzes Haar besaß noch immer eine ähnliche Fülle wie vor zwanzig Jahren, auch glänzte es ebenso seidig – wenn auch unter Zuhilfenahme von parfümiertem Haaröl. Auch ihre hochgesteckte Frisur wirkte kleidsam. Aber ihr Gesicht. Ihre Augen. Ihre Ausstrahlung. All dies schien ein Schatten jenes Bildes, das sie von sich selbst hatte.

Wo war ihre Kraft geblieben, wo ihre Anmut, ihre Keckheit?

Die Frau trank ihr Glas in einem langen, frustrierten Zug leer. Denn insgeheim kannte sie die Antwort auf all diese Fragen. All dies war in den zwanzig Ehejahren auf der Strecke geblieben. Ausgesaugt von dem, der neben ihr diese verfluchten stinkenden Zigarren schmauchte. Der sie gerade so selbstzufrieden angelächelt hatte, dass sie ihn am liebsten wie eine räudige Katze angesprungen hätte, um ihm das feiste Grinsen aus dem Antlitz zu kratzen.

Augusta schnaubte, verschluckte sich dabei und begann hässlich zu husten …

Besorgt stand Theobald auf und klopfte seiner Gemahlin mit so viel Kraft wie nötig, aber so sanft wie möglich auf den Rücken.

»Alles gut, Liebes?« Er blickte ihr in die Augen, in denen sich Tränen gesammelt hatten.

»Es geht schon wieder«, keuchte sie. »Der Schampus.«

»Soll ich dir ein Glas Wasser holen lassen?« Er zögerte. »Ich meine, soll *ich* dir eins holen? Das Personal hat ja heute Abend frei.«

Sie wiegelte ab. »Gib mir nur einen Augenblick.«

»Natürlich, Liebes«, sagte er und nahm wieder in dem Ledersessel Platz.

Der Schampus …

Ihre Worte dröhnten förmlich in seinen Ohren. Als ob sie sich schon jemals den Hals an etwas Alkoholischem verdorben hätte, so viel, wie sie trank. Aber zu Theobalds Bedauern gehörte sie nicht jener Gattung Frau an, die ein leichter Damenspitz zugänglicher für Avancen machte.

Betrunkene Frauen sind Engel im Bett, pflegte sein seliger Herr Papá zu sagen. Damit hatte er jedoch mit Sicherheit nicht Frauen wie Augusta gemeint. Sie wurde kaltschnäuziger, feindseliger. Eine Eigenschaft, die er lange nicht an ihr entdeckt hatte. Als sie sich kennen und lieben lernten, im zarten Alter von Anfang zwanzig, da hatten sie keine Soiree ausgelassen, keine Tanzveranstaltung, keine Vergnüglichkeit. Theobald war damals gar, als würden sie wetteifern, wer verrückter, wer wagemutiger und wer unziemlicher sein konnte. Sie gaben sich einem Rausch der Sinne hin, wie es sich nicht einmal für ein verheiratetes Paar schickte, geschweige denn eine unstatthafte Liaison wie der ihren.

Aber das war ihnen beiden einerlei, denn sie hatten sich gefunden.

Ein Jahr später feierten sie Hochzeit, kauften diese Wohnung und richteten sie gemeinsam ein. Für ein Leben zu zweit, zu dritt, zu viert – wie der Herrgott es eben wollte. Aber der Herrgott wollte es nicht. Alle Bemühungen, eine Familie zu gründen, waren fruchtlos geblieben, über zehn lange Jahre hinweg. Hatte zu Anfang noch der eine Partner den anderen aufgefangen, wenn wieder einmal die herzzerreißende Erkenntnis hereinbrach, sie würden kinderlos bleiben, so nahm diese Bereitschaft ebenso ab wie der Wille, es weiterhin zu versuchen.

Theobald zog an seiner Zigarre. So viele Jahre, so viele Tränen. Doch selbst wenn er sich intensiv zu erinnern versuchte, so konnte er nicht den Zeitpunkt benennen, an dem sie es endgültig aufgegeben hatten. Nicht das Kinderkriegen, wohlgemerkt, sondern die Arbeit an ihrer Beziehung. Kinderlos zu bleiben, mochte schmerzen, aber war dies der einzige Grund, warum man sich verliebte, warum man sich vermählte? Wäre dem so, müssten alle Ehen wieder geschieden werden, sobald die Kinder außer Haus waren, denn was bliebe dann noch?

Die Liebe.

Und ebendiese war ihm und seiner Augusta über die Jahre hinweg abhandengekommen. Jeder versuchte, auf seine Art und Weise mit seiner gefühlten Einsamkeit umzugehen. Sie zog es zu nicht enden wollenden Damenkränzchen und in literarische Salons. Ihn zu Herrenabenden und überallhin, wo Frauenzimmern der Zutritt verwehrt war.

Ein Nebeneinander fand statt, geprägt von Höflichkeiten, Floskeln und Ritualen, die zwar keinen von beiden wirklich glücklich machten, die aber auch keinem von beiden wehtaten – der gelegentliche Besuch der Heiligen Messe, der regelmäßige Besuch von Theater und Oper, das gemeinsame Wahrnehmen von gesellschaftlichen Ereignissen. Letztere hatten ihnen in der Nürnberger Gesellschaft gar den Ruf als Vorzeigeehepaar eingebracht.

Welch ein Hohn! Denn hier in den eigenen vier Wänden verhallte dieser Ruf in emotionaler wie räumlicher Leere. Die drei großen Zimmer, deren Bewohner nie das Licht der Welt hatten erblicken dürfen, fristeten ihr Dasein als

Rumpelkammern. Die Stille in den anderen Räumlichkeiten war ohrenbetäubend.

Je unzufriedener Theobald mit seinem privaten Leben wurde, umso stärker wuchs die Antipathie gegen seine Gemahlin. Bis an jenem Neujahrstag vor drei Jahren, als sie volltrunken das einzige Stück Porzellan zertrümmert hatte, das ihm von seiner lieben Mutter geblieben war …

Jetzt denkt er mit Sicherheit wieder an diese porzellanene Hässlichkeit, kam es Augusta in den Sinn, als sie bemerkte, wie Theobald den Teller anstarrte, der auf dem Kaminsims stand und den einem Spinnennetz gleich feine Bruchlinien durchzogen.

Hätte ich ihn nur wuchtiger zu Boden geworfen, auf dass man ihn nicht hätte reparieren können. Denn jedes Mal, wenn sie ihn ansah, musste sie an die kaltherzige Person denken, die seine Mutter gewesen war. Nie hatte sie ein freundliches oder wohlwollendes Wort für ihre Schwiegertochter übrig gehabt, nie hatte sie akzeptiert, dass Theos Herz mit einem Mal nicht mehr für sie, sondern für Augusta schlug. Hingestellt hatte diese Frau sie, als wolle sie sich nur sein Erbe krallen, ungeachtet dessen, dass Augusta selbst aus wohlhabendem Hause kam. Und ungeachtet dessen, dass auch sie sich gegen ihre Eltern hatte stemmen müssen, die in dem quirligen jungen Theobald nicht den geeigneten Partner für ihr einziges noch lebendes Kind gesehen hatten. Aber sie hatte sich gestemmt, und irgendwann behandelten ihn ihre Eltern beinahe so, als wäre er ihr leiblicher Sohn.

Heute jedoch, zwanzig Jahre später, vermochte sie ihn kaum noch anzusehen. Jeder Blick ging mit Erinnerungen einher, die so schwer wogen, als versuchten sie, Augusta in einem Meer aus Tränen zu ersäufen. Ein Meer aus Pein, dazu hatten sich ihre Lebenserinnerungen verformt, und sie mittendrin, andauernd am Ertrinken, nur um immer wieder im letzten Augenblick vom Herrgott gerettet zu werden, so schien es, auf dass das grausame Schauspiel von Neuem beginnen konnte.

Diesmal nicht! Das hatte Augusta sich geschworen. Diesmal würde sie triumphieren. Diesmal würde sie bis ans rettende Ufer schwimmen, auch wenn sie das allein tun musste. Sie konnte nicht sagen, wo sie heute in einem Jahr sein würde … aber mit Sicherheit nicht mehr als liebendes Frauchen an der Seite dieses Mannes!

Augusta sah zum Christbaum. Noch galt es, den Ritualen zu gehorchen.

»Wollen wir?«

Theobald hob seine Zigarre. »Lass mich die doch noch zu Ende schmauchen. Danach gibt's Bescherung. Einverstanden, Liebes?«

Liebes. Ein kalter Schauer lief ihr über den Rücken.

»Natürlich.«

Augusta stand auf, ging zur Kommode und schenkte sich ein Gläschen Pfefferminzlikör ein. Ein zeitweise zu häufig konsultierter Freund, gestand sie sich ein, aber worauf sollte sie warten? Zudem wirkte die kräftige Note der Spirituose nach Menthol erfrischend auf sie, beinahe reinigend.

»Einen Rum zur Zigarre?«

Augusta hob ein bauchiges Glas in die Höhe.

Theobald zögerte kurz, dann nickte er dankbar.

»Welche Marke?«

»Überrasch mich.«

Überrasch mich. Als ob es so schwer war zu artikulieren, ob er einen süßen oder herben, einen milden oder scharfen

Rum haben mochte. Augusta griff die nächstbeste Flasche, entkorkte sie und schenkte davon zwei Finger hoch ins Glas.

Sie reichte ihrem Gemahl das Getränk, nahm wieder Platz und nippte mehrmals an ihrem Likör …

Ein trockener Schauder durchfuhr Theobald, als er am Rum nippte. Zwanzig Jahre waren sie ein Paar. Zwanzig Jahre! Und sie wusste immer noch nicht, dass er zu Zigarren ausschließlich süßen Rum bevorzugte …

Aber das würde nun auch keine Rolle mehr spielen. Nichtsdestotrotz fand er es bezeichnend, dass Augusta bis zuletzt nicht das erfüllte, was er sich von ihr wünschte. Aufmerksamkeit. Liebe. Zuneigung. Mehr bräuchte er nicht, das wusste Theobald tief im Herzen. Doch wo früher unbändige Lust geherrscht hatte, war irgendwann eintönige Routine eingekehrt. Viermal im Jahr ließ sie ihn mit sich verkehren, und das auch nur, wenn er zuvor einen Ritualmarathon absolvierte – ein ausgiebiges Bad, das penible Stutzen seines Vollbarts und das mindestens fünfminütige Zähneputzen mit Augustas Lieblingszahncreme »Kalodont«. Auch wenn die Glycerinpasta mit künstlichem Kreidepulver in Theobald einen Würgereiz hervorrief, der ihn jedes Mal an der Sinnhaftigkeit des Unterfangens zweifeln ließ. Aber so lauteten die Regeln. Erst danach durfte er zu seiner Gemahlin unter die Bettdecke. Was hätten sie in jungen Jahren darüber gelacht, hätte man ihnen offenbart, dass sich ihr Liebesleben derart verengen würde.

So blieb ihm nur noch der Genuss von Speisen und Getränken, denen er sich aus Mangel an Alternativen – zugegeben – im Übermaß zuwandte, gar zuwenden musste. Im Gegensatz zu Augusta bereitete ihm zumindest das Essen noch Freude. Sie hingegen speiste wie ein Spatz.

Überhaupt nahm ihr Verhalten über die Jahre hinweg eine gewisse unerklärliche Zwanghaftigkeit an. Gegenstände hatten in besonderer Weise auf den Kommoden ausgerichtet zu stehen – so, und nur so! –, jede kleinste Veränderung am Mobiliar kam einem Feldzug gleich, den es zu führen und zu gewinnen galt, wollte man die Veränderung dauerhaft durchsetzen. Warum sollte immer alles so bleiben, wie es war? Oder besser gesagt – wie es wurde?

In kleinen Wolken stieß Theobald den würzigen Rauch aus, wie eine Dampflokomotive, die zur Ruhe kam. Zumindest versuchte er, eine solche mit kindlichem Spieltrieb zu imitieren. Mehr Spaß schien ihm nicht vergönnt.

Eine Trennung von Tisch und Bett kam für ihn jedoch nicht in Frage. Was hätten die Leute gesagt? Irgendwann jedoch hatte er die Erkenntnis erlangt, dass er so nicht weiterleben wollte. Was nützten ihm der schönste Zierrat, das köstlichste Naschwerk, der immer befeuerte Kamin, wenn er diese Annehmlichkeiten mit niemandem mehr teilen konnte? Auch er hatte nur ein Leben, und das wollte er nach allen Kräften und Sinnen genießen.

Dieser Lebensfunke würde heute Abend erneut entflammen …

Betrübt stellte Augusta fest, dass der letzte Tropfen Pfefferminzlikör ihr Glas verlassen hatte. Während Theobald neben ihr, stumm wie ein Fisch und kindisch wie ein Rotzjunge, der eine Lokomotive imitierte, Rauchwolken in den Äther blies, schenkte sie sich noch ein Gläschen ein. Kostete prüfend, ob der Likör ihr noch mundete – das tat er.

Irgendwie erinnerte sie der frische Geschmack an »Kalodont«, ihre Lieblingszahncreme, welche ihr Gemahl mied wie der Teufel das Weihwasser. Warum, wusste sie nicht, aber mittlerweile ertrug sie seinen tabak- und rumgeschwängerten Atem nur noch, wenn er ihn mit der Pasta übertünchte. Wie gerne würde sie, wie früher, in spontane Leidenschaft verfallen, ihn reizen und necken, bis sich seine Leidenschaft in sie ergoss. Aber der Ranzen, den er sich über all die Jahre angefressen hatte, machte eine Vielzahl an Liebesstellungen unmöglich, und seine Ausdauer litt natürlich auch darunter. Ihr schien, als hätte er selbst den feurigen Liebhaber, der er einst gewesen war, hinuntergeschlungen und nie wieder ausgeschieden.

So hatte sie versucht, ihr eintöniges Leben in geordnete Bahnen zu lenken. Eine Trennung von Tisch und Bett kam für sie jedoch nicht in Frage. Was hätten die Leute gedacht? Wer sorglos in den Tag lebte und wem es einerlei war, ob sein Zuhause aussah wie bei einem Franzosen, dem kamen die Tage noch länger vor, als sie schon waren. Das erkannte Augusta irgendwann. Wer jedoch ein strenges Regiment führte, sowohl mit sich als auch mit seinem Heim, der war stets gefordert. So begann sich Augusta zu ermahnen, Gegenständen einen Platz zuzuweisen – von der Puderdose über die Porzellanfiguren, von der Taschenuhr bis zum Gehstock. Denn immer, wenn sich etwas nicht an Ort und Stelle befand, bemühte sie sich, es wieder dorthin zu legen – und ein wenig Zeit verstrich.

Mittlerweile hatte alles in der großen Wohnung seinen festen, ihm angestammten Platz, und wenn Augusta ehrlich mit sich war, gefiel es ihr, dass sie nichts mehr suchen musste. Auch wenn hin und wieder der Drang in ihr aufkeimte, alles mit einem groben Handstreich hinfortzufegen, Unordnung – ja, Chaos – in ihr Leben zu lassen, um sich endlich wieder ungebunden und frei von den Fesseln der Bourgeoisie zu fühlen.

Jedoch hatte Augusta auch gelernt, diesen Drang bereits im Keim zu ersticken. Bis heute. Heute Abend würde alles anders werden. Heute Abend würde der erste Tag vom Rest ihres Lebens sein!

Augusta kicherte leise. Nur Theo hatte davon nicht den geringsten Schimmer …

Der Stummel der Zigarre maß noch zwei Fingerbreit. Theobald legte ihn in den großen Aschenbecher aus Elfenbein, wo er noch ein wenig vor sich hin qualmen durfte, bis er von selbst erlosch. Dann erhob der korpulente Mann sich mit Ächzen aus seinem Sessel. Ein kurzes Stechen in der Brust ließ ihn innehalten und sich schwören, dass er morgen damit beginnen würde, seinen Körper wieder in Form zu bringen. Morgen! Doch noch blieb einiges zu tun.

»Bescherung, Liebes?«

Theobalds Augen funkelten im Kerzenschein der unzähligen Flämmchen, die den riesigen Christbaum erhellten. Er reichte seiner Gemahlin die Hand. Die trank ihren Likör aus, beantwortete artig die ihr dargebotene Geste und erhob sich ebenfalls. Mit einem Mal erstrahlte auf ihrem Gesicht ein beinahe nicht mehr gekanntes, ehrliches Lächeln.

Theobald schritt mit Augusta im Arm zum Christbaum, als würde er einer heiligen Prozession vorstehen. Dort angekommen löste er ihre Hand galant von der seinen, hielt neben dem Baum und zog einen der schweren Vorhänge zur Seite. Dahinter verbarg sich ein gut anderthalb mal anderthalb Meter großes, flaches Geschenk, eingewickelt in Papier und verziert mit einer güldenen Schleife.

»Frohe Weihnachten, Liebes«, raunte er und bemerkte die Überraschung in ihrem Gesicht. Kein Wunder, dachte Theobald, hatte er ihr die letzten Weihnachten doch immer nur irgendein beliebiges Schmuckstück geschenkt. Mit dem, was sich in diesem Geschenk befand, rechnete sie niemals, das wusste er. Doch noch musste er seine Ungeduld zügeln.

»Du ... hast doch nicht ...?« Augusta blieben die Worte im Halse stecken.

Theobald gab sich gönnerhaft. »Mir ist nicht entgangen, dass du die Augen nicht von der Dame lassen konntest«, entgegnete er und meinte damit weniger die Person als vielmehr das, was diese getragen hatte.

Andächtig trat Augusta an das riesige Geschenk. Bewunderte das Papier, mit dem es verpackt und das mit weihnachtlichen Motiven bedruckt war. Theobald hatte selbiges eigens von einer Papiermanufaktur aus dem Schlesischen Haynau bezogen.

»Das nennt man Geschenkpapier«, erklärte er mit stolzgeschwellter Brust. »Noch kennt das kaum einer. Mach es auf«, forderte er seine Gemahlin auf.

Augusta versuchte sich darin, das wunderschöne Papier mit äußerstem Fingerspitzengefühl zu öffnen, zuckte bei jedem noch so kleinen Riss, den sie dem Papier zufügte, zusammen. Hätte sie diese Behutsamkeit nur auch Mutters Porzellanteller zuteilwerden lassen, kam Theobald zornig in den Sinn, was er jedoch hinter seinem liebevollen Lächeln verbarg ...

Am liebsten würde ich ihm sein haifischartiges Grinsen aus dem Gesicht schlagen, dachte Augusta, besann sich dann jedoch wieder auf ihr Geschenk. Damit, das musste sie ehrlich zugeben, hatte er sie tatsächlich überrascht. Und das war immerhin etwas, was ihm seit Jahren nicht mehr gelungen war. Sie glaubte auch zu wissen, welches Geschenk die

Schachtel beinhaltete – eine Tournüre, die sie in der Form erst einmal gesehen hatte: Als sie mit Theobald im März dieses Jahres die Oper besucht hatte, hatte eine der feinen Damen ebenjenes Kleidungsstück getragen, das sich mittels eines Gestells aus Fischbein oder Stahl am Gesäß der Trägerin aufbauschte. Doch es war nicht nur die modische Form, die es Augusta angetan hatte, es war vor allem das liebreizende blau-gelbe Muster, das wirkte, als würden Tausende Sterne am Nachthimmel funkeln.

Sie öffnete das Paket. Eine Tournüre? *Die* Tournüre. Theobald hatte sie wahrhaftig von wo auch immer in der Welt organisiert! Wie er sie ungesehen in die Wohnung schmuggeln konnte, blieb ihr zwar ein Rätsel, aber zum ersten Mal seit Langem empfand Augusta wieder so etwas Ähnliches wie Zuneigung für das bärtige, zigarrenqualmende Mannsbild neben sich.

»Meinst du, sie steht mir?«

Er zwinkerte ihr zu. »Finden wir's heraus.«

Eine geschlagene Stunde war vergangen, seitdem Augusta ihr Geschenk geöffnet hatte – nun trug sie es am Leib. Vor dem großen Spiegel neben dem Kamin stehend, sich hin und her drehend bewunderte sie ihr Ebenbild. Und ständig flackerte vor ihrem geistigen Auge jene junge Frau auf, die sie in ihrer Erinnerung immer geblieben war. Und Theobald hatte dies ermöglicht. Ein Anflug von Scham überkam Augusta – hatte sie ihren Theo am Ende doch falsch eingeschätzt? Hatte sie ihm vielleicht doch Unrecht getan? Lag es vielleicht – wenn auch nicht ausschließlich – zumindest zum Teil an ihr? Immerhin hatte sie angenommen, dass er sie nicht mehr attraktiv fand. Warum also ein solch modisches Teil?

Verschämt blickte sie auf, sah ihren Gemahl dastehen, mit prall gefülltem Wanst, mit kräuselig langem Bart – und einer neuen Zigarre im Mund. *Nur nicht schwach werden*, mahnte sie sich. Nun hieß es, sich an den wohlfeilen Plan zu halten, den sie so sorgsam ersonnen hatte.

Eine Rauchwolke, die auf sie zuwaberte. Unwillkürlich fröstelte es sie.

»Ich danke dir«, sagte sie aufrichtig und meinte damit nicht das Geschenk, sondern dass er sie gerade daran erinnert hatte, was sie so sehr an ihm verabscheute …

Da schau her, Mylady weiß zumindest noch, was sich geziemt. Doch wenn Theobald ehrlich war, so freute er sich mit seiner Gemahlin, empfand zum ersten Mal seit Langem wieder das Gefühl, wie es wäre, das Leben zu teilen, anstatt es nebeneinanderher zu begehen. Große Mühen hatte es ihn gekostet, das Kleid zu erstehen. Nicht nur aufgrund des auffällig unauffälligen Musters, sondern auch, weil dessen Unterrock aus unbehandeltem Baumwollflanell gefertigt sein musste. Ein Werkstoff, der ursprünglich als Unterfutter für die weit ausladenden Krinolinen, aber heutzutage in dieser Form nur noch in England Verwendung fand. Dieser Werkstoff war es, der sich für Theobalds Plan als unverzichtbar erwies. Denn nach der Bescherung würde Augusta, wie jedes Jahr, mehreren Zigaretten frönen.

»Mein Geschenk an dich besitzt nicht die Größe des deinen«, riss Augusta Theobald aus seinen Gedanken. »Aber ich habe es mit der gleichen innigen Aufmerksamkeit gewählt.«

Sie überreichte ihm eine Schachtel in der Größe seiner beiden Handflächen.

Theobald nickte ihr dankend zu. Dann öffnete er den

Deckel. In der Schachtel lag, gebettet auf einem Fond aus dunkelrotem Samt, ein großer Kamm, dessen Zähne weiter auseinanderstanden und länger waren als gemeinhin bei Kämmen aus Horn üblich.

»Der ist aus einem neuartigen Material gefertigt«, erklärte Augusta ernst. »Aus Zelluloid. Dadurch ist er äußerst biegsam und bestens geeignet für Männer, die einen so prächtigen Bart wie deinen ihr Eigen nennen.«

Theobald gab sich beeindruckt, denn das war er. Tatsächlich empfand er die Pflege seines rauschenden Bartes als ein lästiges, aber notwendiges Übel, und keinesfalls als wohltuend. Zudem hatte er angenommen, dass Augusta ihn nicht mehr attraktiv fand und seine Gesichtsbehaarung eher verabscheute …

So standen Theobald und Augusta einander zugewandt, stießen mit Pfefferminzlikör und süßem Rum an und wünschten sich Frohe Weihnachten. Während er seine Zigarre paffte, schickte sie sich gerade an, ganz wie er erwartet hatte, eine Zigarette der Marke Eckstein in einen Zigarrenspitz zu stecken, um sie zu rauchen. Die beiden Eheleute sahen sich in die Augen, und das Einzige, was sie teilten, war die gegenseitige Abscheu.

Was Augusta nicht wusste, war, dass Theobald die Idee, ihr dieses Kleid zu schenken, nicht bereits in der Oper gekommen war, sondern erst Monate später. Wie jeden Donnerstagabend nahm er am Treffen seines Herrenklubs teil, als ein Gleichgesinnter in launiger Runde die kuriose Geschichte eines unglaublichen Vorfalls zum Besten gab.

Es geschah im September 1861 in Pittsburgh, in den damaligen amerikanischen Nordstaaten gelegen, in einem

Theater. Am Ende des ersten Akts von Shakespeares »Der Sturm« fing die ausladende Krinoline der Tänzerin Cecilia Gale plötzlich Feuer, nachdem sie eine Gaslampe kaum gestreift hatte. Nur Augenblicke später brannte die Dame lichterloh, und nicht nur sie – weitere acht Tänzerinnen, die der entsetzlich Schreienden zu Hilfe eilten, entzündeten sich ebenfalls an ihr und verbrannten bei lebendigem Leib. Grund dafür, so stellte sich später heraus, waren die Unterröcke aus unbehandeltem Baumwollflanell, die sich schon bei kleinsten Funken entflammten, und die Gestelle der Reifröcke, die ein einfaches Abstreifen des brennenden Stoffes unmöglich gestalteten.

»Höchst selten«, hatte der Erzählende der Herrenrunde geschlossen, »dass Tänzerinnen derart für ihren Beruf brennen.«

Gutturales Gelächter war gefolgt, wie auch ein »Ebenso, dass Frauen für irgendetwas wirklich Feuer und Flamme sind«.

Letzteres Bonmot hatte Theobald kaum mehr wahrgenommen. Seine Gedanken waren nur um eine Sache gekreist: Hatte sich gerade eine Lösung für sein leidiges Eheleben aufgetan? Eine Lösung, die zwar schmerzlich wäre – zumindest für seine Gemahlin –, die ihn jedoch in ein Leben als freier Mann entlassen würde – verwitwet und frei …

Was Theobald nicht wusste, war, dass der Kamm aus Zelluloid keineswegs als Hinweis darauf zu verstehen war, dass seine Gemahlin seinen kratzigen Gesichtsschmuck mit einem Mal goutierte. Es hatte sich vielmehr zugetragen, dass sie in ihrem Lieblingscafé in einer Ausgabe einer älteren englischen Gazette las, dass das neuartige

Material »Zelluloid« nicht unbedingt für alles geeignet sei, wofür es verwendet wurde. Denn die Mischung aus Pyroxylin, Pyropapier und Schießbaumwolle ließ erahnen, welch unangenehme Begleiterscheinungen auftreten könnten, würde sie sich entzünden. Ausführlich wurde in dem Artikel darauf eingegangen, dass es bereits zu einer Vielzahl von tödlichen Verletzungen gekommen war, als sich Frauen die Haare mit Kämmen aus Zelluloid hochsteckten – oder Männer ihre Bärte damit frisierten.

Was auf Augustas Erschütterung ob des Artikels folgte, war jedoch weniger die Abscheu vor Fabrikaten aus diesem Material, sondern vielmehr die Überlegung, dass eine solche Explosion auch ihr Startschuss für ein neues, freies Leben darstellen könnte – verwitwet und frei …

Likörglas und Rumglas wurden aneinandergestoßen und leergetrunken.

Bei Gott, ich hasse sie, dachte Theobald.

Wie sehr ich ihn verabscheue, dachte Augusta.

Leise rieselte der Schnee. Silberne Flocken tänzelten in einem nur ihnen bekannten Reigen erdwärts, vergossen aus einem schier unendlichen –

Ein lauter Knall erschütterte die Fensterscheiben, gefolgt von einem hellen Aufflackern im Inneren der Wohnung. Schreie wechselten sich ab. Ein Mann und eine Frau schienen sich darin zu messen, wer denn markerschütternder schreien konnte.

Der riesige Christbaum, der selbst vom Gehsteig der Adlerstraße Nummer 9 aus zu sehen war, glich mit einem Mal einer überdimensionalen Fackel. Der Baum loderte auf, als bestünden seine Nadeln aus Magnesium. Mit schrecklichem Fauchen gab er die Flammen an die Vorhänge weiter, die es mit den edlen Tapeten teilten, noch bevor sie zur Gänze verzehrt waren.

Die Scheiben der hohen Fenster barsten mit klirrendem Getöse.

Dann wurde es still in der Straße, bis auf das Knistern des Feuers, das aus dem dritten Stock loderte und das doch klang, als entspringe es einem heimeligen Kamin.

Während sich irgendwann die Feuerwehr mit wildem Glockengeläut näherte, ging der Heilige Abend zu Ende und stellte für Augusta und Theobald, wenn schon keinen Neuanfang, doch zumindest etwas anderes so sehnlich Gewünschtes dar – das Ende ihrer beider Unglückseligkeit.

*

Anmerkung des Autors:
Durch das hochentzündliche Baumwollflanell verbrannten Schätzungen zufolge innerhalb zweier Jahrzehnte allein in England über dreitausend Frauen. Auch Zierkämme aus Zelluloid stellten für Anwender wie Fabrikanten eine veritable Gefahr dar: Wenn sie zu heiß wurden, pflegten sie zu explodieren. 1909 flog in New York eine ganze Kammfabrik in die Luft, wobei es neun Todesopfer und Dutzende Verwundete zu beklagen gab. 1915 ereilte das gleiche Schicksal eine Zelluloidfabrik in der Schweiz – zweiunddreißig Arbeiter starben dabei. Erst eine Modernisierung der Arbeitsbedingungen, wie verpflichtende Sprinkleranlagen, sowie ein Verbot von hochentflammbaren Stoffen reduzierten nach und nach die Gefahren dieser tödlichen Modeartikel.

III.
Das Schneemädchen

1800

Schneeflöckchen, Weißröckchen

(Text: Hedwig Haberkern, 19. Jhd.)

Schneeflöckchen, Weißröckchen,
wann kommst du geschneit;
Du wohnst in den Wolken,
dein Weg ist so weit.

Komm setz dich ans Fenster,
du lieblicher Stern;
malst Blumen und Blätter,
wir haben dich gern.

Schneeflöckchen, du deckst uns
die Blümelein zu,
dann schlafen sie sicher
in himmlischer Ruh'.

Schneeflöckchen, Weißröckchen,
komm zu uns ins Tal,
dann bau'n wir 'nen Schneemann
und werfen den Ball.

Wie jeden Nachmittag, so stand auch an diesem ersten Tag im Dezember Philomena Maras im Schatten der großen Säule und blickte erwartungsvoll gen Süden.

Dieses Mal muss er einfach kommen!

Das Herz des zwölfjährigen Mädchens wog schwer. Vor über einem halben Jahr hatte sich der Vater von ihr und der Mutter verabschiedet, war fortgezogen, um dem Kaiser bei seinem Krieg gegen die vermaledeiten Franzmänner zu helfen. Philomena solle sich keine Sorgen machen, hatte er beteuert, denn er sei trotz seines Alters von fünfunddreißig Jahren noch immer wieselflink. Zudem sei er noch aus jeder seiner bisher geschlagenen Schlachten mit nicht viel mehr als ein paar Kratzern heimgekehrt. So werde es auch diesmal sein.

Vor dem ersten Schnee bin ich zurück.

Das hatte der Vater seiner schluchzenden Tochter hoch und heilig versprochen, als er schließlich aufgebrochen war. Zurückgekommen war er bis jetzt noch nicht, aber schließlich hatte es ja auch noch nicht geschneit. Aber da der Himmel seit Tagen graue Wolken trug und es immer stärker nach Schnee roch, steigerte sich die Hoffnung in Philomena ins schier Unermessliche – denn ein Versprechen brach man nicht. Und so nutzte sie jede sich ihr bietende Gelegenheit, um zur großen Säule an der äußersten Grenze der Stadt zu gehen und nach dem Vater Ausschau zu halten.

Dieses aus Sandstein filigran gehauene Monument, das gemeinhin als »Spinnerin am Kreuz« bekannt war, zeigte in Figurengruppen die Kreuzigung, die Geißelung und die Dornenkrönung des Erlösers. Mit ihren über fünfzig Fuß Höhe war sie auf dem Wienerberg gelegen und weithin sichtbar. Auf dem gefrorenen Erdreich entlang der Straße, die an der Spinnerin vorbeiführte und in der Donaumetropole mündete, reihten sich Kutschen betuchter Herrschaften an Karren und Wagen von Händlern, passierten Handwerker Bauern, Lumpensammler Bettler. Ein ausgedünnter Strom unterschiedlichster Stände aus allen Ecken des Habsburgerreichs marschierte in die Stadt hinein, ebenso viele spuckten die Stadttore wieder aus.

Dass sich unmittelbar neben der Spinnerin am Kreuz auch das Hochgericht befand, wo Malefikanten durch den Galgen oder das Rad gerichtet und ebendort verscharrt wurden, störte weder die Reisenden noch das zwölfjährige Mädchen. Denn dessen Aufmerksamkeit galt einzig und allein dem Vater, der eigentlich jeden Augenblick auftauchen sollte.

Doch auch an diesem Tag fehlte von ihm jede Spur. Philomena seufzte enttäuscht. Sie machte einen artigen Knicks vor der Spinnerin, schickte ein Stoßgebet für des Vaters Rückkehr gen Himmel und bekreuzigte sich.

Dann machte sie Anstalten, schnellstmöglich nach Hause zu eilen, heim in jenes schiefwinkelige Haus in der Vorstadt, in dem die Mutter auf der Bettstatt lag und sich seit Wochen die Seele aus dem Leib hustete. Schwach wirkte die Frau, mager war sie geworden, beinahe zerbrechlich. Ihre tiefen Augenringe schienen wie eingebrannt, ihre Wangen eingefallen. Trotzdem bemühte sich die Mutter, wann immer sie es vermochte, Philomena aufzumuntern. Sie las ihr Geschichten vor und kochte Haferbrei, auch wenn sie mitunter kaum etwas davon bei sich behalten konnte.

Als die Nacht gänzlich von der Vorstadt Besitz ergriffen hatte und sie in stilles Schwarz hüllte, flackerten in nur wenigen Behausungen Lichter auf. Den Menschen hier waren Kerzen oder Petroleum viel zu teuer, zumal den meisten ohnehin die Knochen vom anstrengenden Tagwerk erbärmlich schmerzten und sie sich nur nach der Ruhe der Bettstatt sehnten.

Inmitten dieser Dunkelheit und Stille geschah es, dass Philomena mit offenen Augen auf den dunklen Plafond starrte und sich ausmalte, dass ihr Leben wieder so werden würde wie früher – bevor der Vater in den Krieg gezogen war. Dass die Mutter sich von dem schweren Husten erholen würde und sie zu dritt wieder rund um den Stubentisch sitzen konnten, um gemeinsam zu essen, zu beten und zu lachen. Oder schlicht aneinandergekuschelt vor dem heißen Ofen liegen konnten, die Gemeinsamkeit genießend. Mehr, das beschwor das Mädchen gebetsmühlenartig und bei allem, was ihm heilig war und jemals heilig sein würde, mehr wünschte es sich nicht.

Wie immer, wenn sie auf ihrem Strohsack lag und zur Decke starrte, wurden ihr die Äuglein schwer und der Schlaf übermannte sie – bis sie durch das heftige Husten der Mutter geweckt wurde. Dann gab Philomena ihr zu trinken, platzierte einen angefeuchteten Fetzen auf ihrer Stirn und ging wieder schlafen.

Um fünf Uhr früh stand das Mädchen auf, damit es pünktlich um sechs Uhr seine Arbeit in der Seidenzeugfabrik antreten konnte. Dort arbeitete Philomena, seitdem der Vater fortgegangen war, um das karge Einkommen der Mutter aufzubessern, die ebenfalls in der Fabrik tätig gewesen war – bis es ihr Gesundheitszustand vor zwei Monaten nicht mehr zugelassen hatte. Nun lastete die Verantwortung allein auf ihren Schultern, die Familie – oder das, was davon übrig war – zu ernähren.

Doch was manche als ein erdrückendes Joch empfunden hätten, meisterte Philomena mit Eifer und Tüchtigkeit. Die meisten der großen Maschinen in der Fabrik konnte sie bereits allein bedienen, wurde überall dort eingesetzt, wo Not am Manne war. Die Frau Schichtmeister zeigte sich mit ihr zufrieden und die anderen Arbeiterinnen steckten ihr zuweilen sogar einen Apfel oder ein paar Rosinen zu.

Nach getaner Arbeit, stets zwischen drei und vier Uhr nachmittags, sputete sich das Mädchen, etwaige Besorgungen zu erledigen, um danach wieder bei der Spinnerin am Kreuz Ausschau nach dem Vater zu halten.

Dieses Mal muss er einfach kommen!

Die Luft war kalt geworden. Philomena fröstelte, ihr Atem formte kleine Wölkchen, die himmelwärts stiegen und verpufften. Die Hände hatte sie unter die Achseln geklemmt und hüpfte von einem Bein aufs andere, um nicht noch stärker zu frieren. Wo war der Vater?

Doch in den ausdruckslosen und zuweilen gepeinigten Gesichtern der Vorbeiziehenden erkannte sie ihn nicht.

Vor dem ersten Schnee bin ich zurück.

Mit einem Mal spürte Philomena einen kalten Tupf auf der Nase. Sie wandte den Blick zur Wolkendecke. Als hätte der Himmelvater zum Angriff geblasen, stürzten sich mit einem Mal unzählige Flocken zur Erde.

Vor dem ersten Schnee …

Der war nun gekommen.

Immer dichter wurde das Schneetreiben, immer stärker der aufbrausende Wind.

Ich verspreche es dir hoch und heilig.

Das Mädchen wischte sich die eisigen Tränen von den Wangen, denn mit dem kalten Tupf auf der Nase war auch ihre Hoffnung erfroren, der Vater würde Wort halten.

Schluchzend lief Philomena nach Hause, suchte Trost im Schoß ihrer Mutter.

Das Mädchen riss die Augen auf. Obwohl umgeben von stockdunkler Nacht, sah sie ihn deutlich vor sich – den Mann aus Schnee. Der Vater hatte ihr einst ein Blatt aus einem Buch geschenkt, auf das eine Zeichnung gedruckt war. Zwei Kinder, die voll Freude aus der weißen Pracht eine überlebensgroße Gestalt bauten, den Leib geformt wie ein umgedrehter Eiszapfen, Äste als Hände, Augen aus Kohlen und eine Karotte als Nase. Philomena war hellauf begeistert gewesen, und so hatten sie und der Vater fortan, wenn frischer Schnee gefallen war, stets einen solchen Eismann gebaut.

Vielleicht, so kam ihr in den Sinn, war ihr Vater ja kurz vor Wien in den Schneesturm geraten und hatte sich verirrt? Vielleicht wollte er sein Versprechen halten, er konnte es nur nicht. Ein seliges Lächeln zierte das Gesicht des Mädchens, während sie beschloss, nach dem morgigen Arbeitstag nicht zur Spinnerin zu laufen, sondern einen Schneemann zu bauen, der dem verirrten Vater den Weg nach Hause weisen sollte.

Über Nacht war der Schnee kniehoch gefallen und Philomena verspätete sich um eine ganze Viertelstunde. Dafür müsse sie eine Stunde länger in der Seidenzeugfabrik arbeiten, mahnte sie die Frau Schichtmeister, und dass das ja nicht noch einmal vorkam! Doch die Zurechtweisung spielte für das Mädchen keine Rolle. Schließlich galt es, den Schneemann zu bauen, um nur mehr darauf zu warten, dass der Vater endlich den Weg nach Hause fand.

Philomena eilte aus der Fabrik, vorbei an der Spinnerin, und errichtete unter Aufbringung all ihrer Kräfte einen großen Schneemann, wie auf der Zeichnung aus dem Buch. Als Arme verwendete sie ebenfalls Geäst, als Augen Steine und als Nase einen Eiszapfen. Kohlenstücke und eine Karotte waren zu teuer, um sie zu verwenden. In der Abenddämmerung bestaunte das Mädchen schließlich sein Werk und stellte fest, dass es ihm ganz trefflich geraten war. Auch war der Schneemann groß genug, sodass ihn der Vater bemerken würde, und seine beiden knorrigen Arme wiesen in Richtung ihres Hauses. Würde er von hier diesem Wegweiser folgen, so käme er schnurstracks zu seiner Tochter. Jetzt musste sich das Mädchen nur noch in Geduld üben.

Philomena riss die Augen auf. Aber es war nicht der Husten der Mutter, der sie geweckt hatte, es war eine schreckliche Erkenntnis – was, wenn der Vater den Schneemann zu furchteinflößend fände? Was, wenn er ihn gar abschreckte? Immerhin reckte er sich überlebensgroß in die Höhe, in den steinernen Augen einen stechenden Blick, und die dürren Arme wirkten vielmehr wie Klauen. Das Mädchen fluchte stumm, auf dass es der Herrgott nicht hörte. Wie konnte sie nur so dumm gewesen sein, all dies nicht in Betracht zu ziehen? Doch noch war nicht alles verloren! Noch konnte sie das ändern. Wenn nur schon der Morgen anbrechen würde …

Zufrieden stemmte Philomena in aller Herrgottsfrühe die Hände in die Hüften. Mit einer Handvoll kleiner Steine hatte sie dem Schneemann ein Lächeln ins Gesicht gezaubert. Nun wirkte er nicht mehr zum Fürchten, nun schien er eine freundliche Einladung auszusprechen. Nun hieß es aber auch, sich zu sputen, mahnte sich das Mädchen, denn einen weiteren Tag wollte sie nicht zu spät in die Fabrik kommen.

Das Mädchen riss die Augen auf. Aber es war nicht ihre Wange, die ob der Watsche der Frau Schichtmeister noch immer leicht brannte. Es war eine erneute schreckliche Erkenntnis. Was, wenn der Vater vor lauter Umherirren den Schneemann schlicht nicht fand? Am liebsten hätte Philomena sich selbst abgewatscht, so himmelschreiend empfand sie ihre eigene Dummheit. Aber noch war nicht alles verloren! Sie konnte einen weiteren Schneemann bauen, weiter draußen, vor dem Wienerberg, wo man noch keinen Blick auf die Donaumetropole hatte.

Nach ihrem zehnstündigen Arbeitstag in der Seidenzeugfabrik kaufte das Mädchen einige Rüben und Erdäpfel und half der Mutter, ein Essen daraus zuzubereiten.

Nach der Mahlzeit legte sie ein Scheit in den Ofen und ging mit der Mutter zu Bett. Als diese ihren anfänglichen Husten überwunden hatte, der immer kurz nach dem Niederlegen auftrat, tapste Philomena barfuß über den kalten gestampften Lehmboden zur Haustür, öffnete diese einen Spalt und huschte ins Freie.

Erst dort zog sie sich Strümpfe, Kleid und Wollmantel an und schlüpfte in die immer noch zu großen Schuhe, die sie zum vorletzten Geburtstag geschenkt bekommen hatte. Über ihr Hauskäppchen stülpte sie eine dicke Haube, dann marschierte Philomena los.

Straßen und Gassen waren menschenleer, hin und wieder schallte das Bellen oder Jaulen eines Hundes durch die Nacht. Die Wolkendecke hatte zum ersten Mal seit Tagen aufgerissen, und das Licht des Mondes ließ die verschneite Landschaft in einem verzauberten Blau erstrahlen. Bei ihrem ersten Schneemann angekommen wandte sich das Mädchen gen Süden und lief so weit entlang der Straße, bis es gerade noch das Haupt seines ersten Schneemanns erspähen konnte. Dann machte es Halt und begann, die weiße Pracht, welche die Felder wie eine Tuchent bedeckte, mit Händen auf einen Haufen zu schieben, der langsam aber stetig immer größer wurde.

Philomena spürte, wie ihre Wangen an der kalten Luft brannten. Das Gefühl verschaffte ihr Klarheit, spornte sie an, diesen Schneemann noch größer zu bauen als den ersten. Auch genoss sie es, allein auf weiter Flur zu stehen. Keine vorbeireisenden Mitmenschen, die sie entweder mitleidig anblickten, ob ihrer geflickten Kleider, oder strafend, weil sie meinten, ein Kind wie sie könnte auch arbeiten, statt seine Zeit mit Spielen zu vertrödeln. Groll hegte das Mädchen gegen derlei Zeitgenossen jedoch keinen, denn es dachte, dass diese es einfach nicht besser wussten. Wer konnte schon erahnen, dass es jene Wegweiser erbaute, die den Vater retten würden?

Nach getanem Werk eilte Philomena wieder nach Hause, hoffend, noch ein wenig Schlaf zu erhaschen, bevor sie wieder aufstehen musste.

Tage vergingen, im gleichen Rhythmus, im gleichen Trott.

Aufstehen.

Nach der Mutter sehen.

In der Seidenzeugfabrik arbeiten.

Auf dem Nachhauseweg kontrollieren, ob die beiden Schneemänner noch artig taten, wozu sie sie erschaffen hatte.

Mit der Mutter zu Abend essen.

Sich nicht anmerken lassen, wie sehr sie ihre ausgemergelte Gestalt und ihr müder Blick erbarmten.

Zu Bette gehen und dafür beten, dass die Mutter gesundete und der Vater nach Hause kam.

Aufstehen.

Selbst zur Sonntagskirche ging Philomena mittlerweile nicht mehr. Zu kostbar war die Zeit, in der sie noch ein wenig in der Fabrik dazuverdienen konnte.

Der vierte Adventsonntag näherte sich unaufhaltsam. Bald war Heiligabend, und obwohl der Schneefall nicht nachließ, fehlte vom Vater weiterhin jede Spur.

Vor dem ersten Schnee bin ich zurück.

Immer stiller wurde das Mädchen, immer stärker in sich gekehrt. Immer bedrohlicher die Gewissheit, dass der Vater sein Versprechen nicht halten würde. Die Vorstellung, Weihnachten ohne ihn feiern zu müssen, nagte an Philomena mehr als alles andere. Das und eine weitere Gewissheit, die auszusprechen gänzlich unmöglich schien – die Mutter war nur mehr ein Schatten ihrer selbst und würde das Neue Jahr wohl nicht mehr erleben.

Dann wäre das Mädchen allein auf Gottes Erden, müsste sich den schmerzlichen Prüfungen, die das harte Leben mit sich brachte, ohne Hilfe stellen. Die Letzte ihrer Familie. Denn auch von ihren vier Geschwistern war keines mehr am Leben.

Am Abend vor dem vierten Advent, als die Mutter ihren letzten Lebenshauch aus sich herauszuhusten schien, traf Philomena eine neue Erkenntnis wie ein Faustschlag – was, wenn der Vater auch den zweiten Schneemann nicht fand, einzig weil er viel zu früh vom Wege abgekommen war und nun ziellos und blind umherirrte, wie einer, den man geblendet hatte?

Natürlich!

Philomena sprang aus dem Bett, schnappte ihre Kleider und schlich aus dem Haus, während die Mutter kaum noch hörbar atmete. Aber dieses Werk galt es noch zu verrichten, das stand für das Mädchen fest, denn wenn erst einmal der Vater wieder da war, würde es natürlich auch der Mutter wieder besser gehen.

So lief das Mädchen durch die Nacht, erst zum ersten Schneemann, dann weiter zum zweiten. Danach folgte sie der Straße, bis sie den Mann aus Eis kaum noch sehen konnte. Dort begann sie, mit aller Kraft einen weiteren freundlichen Riesen aus der weißen Masse zu formen.

Als das geschafft war, schalt Philomena sich, nur nicht müde zu werden. Sie rappelte sich auf, lief weiter aufs Land hinaus und erbaute dort einen vierten, dann einen fünften.

Der Frost fuhr in das Kind, jene eisige Kälte, die sich in die Knochen nistete und kam, um zu bleiben.

Philomena wurde todmüde.

Da erinnerte sie sich an eine Fabel, die ihr der Vater immer in der kalten Jahreszeit aus einem Buch vorgelesen hatte. So oft hatte sie danach verlangt, dass sie die Geschichte auswendig wusste:

Der Esel kam auf seiner Reise
An einen Strom. Am Ufer jenseits sah
Er schöne Disteln: – Ey! Wie ging ihm dieses nah.
Er konnte schwimmen, doch, nach seiner lieben Weise
War er zu faul dazu.
Je, dacht' er: Hier will ich in Ruh'

Indessen mich bloß an der Aussicht laben,
Bis dieser Strom sich wird verlaufen haben.
Er lag den ganzen Tag, der Fluss verlief sich nicht,
Was sollt' er tun? Am Abend überschwimmen,
Da ihm, verhungert, Kraft gebricht?
Und wollt' er gleich, das konnt' er nicht.

Die Moral von der Geschichte, hatte der Vater immer geschlossen, bestand darin, dass jeder Mensch dazu aufgerufen sei, aus seinem Leben das möglichst Beste zu machen. Der Esel stand für einen selbst, die Disteln für eine Aufgabe, für Glück und Zufriedenheit. Und der Strom war die eigene Lebenszeit, die unaufhörlich verrann.

Philomena liebte die Geschichte und stellte sich immer vor, dass sich der Esel letzten Endes doch noch aufraffte, den Strom überquerte und die köstlichen Disteln bis an sein Lebensende genoss.

Sei nicht du der Esel, tadelte sich das Mädchen innerlich, müde im Schnee sitzend. Noch hast du zu tun! Und obwohl sie weder ihre Hände noch ihre Füße mehr richtig spürte, erbaute sie mit letzten Kräften einen sechsten Schneemann.

Schließlich folgte, was folgen musste. Ihr Körper bestand aus nichts anderem mehr als aus Kälte und Schmerz, ihr Geist aus Gleichmut und Niedergeschlagenheit. Da trieb der auffrischende eisige Wind einen alten Zylinderhut aus dunklem Filz vor ihre Füße.

Wem der wohl gehörte?

Aber es war weit und breit niemand zu sehen. Philomena nahm den Hut, kletterte auf den Schneemann und setzte ihm den Zylinder auf. Mit gebeugtem Rücken stellte sie sich davor und betrachtete die seltsame weiße Gestalt, die sie schief angrinste, als ihr ein Lachen entfuhr. Ein hysterisches Lachen, das zunächst nicht aufzuhören schien und doch abrupt in ein tiefes Schluchzen mündete.

Was machst du dir vor?

Der Vater würde im Krieg bleiben. Die Mutter schmerzgebeutelt für immer einschlafen. Und sie würde diese Nacht auch nicht überleben. Zu weit hatte sie sich von ihrem Heim entfernt, zu durchgefroren war ihr Leib. Zu groß drängte die Sehnsucht nach Wärme, allmächtig lockte die Müdigkeit.

Nur kurz hinsetzen und ausruhen, kam Philomena in den Sinn, dann könnte sie wieder Kraft schöpfen.

Doch das Klappern von Pferdegeschirr und das Knirschen von Wagenrädern im Schnee ließ das Mädchen herumfahren.

Kommt da tatsächlich –

Aus der Dunkelheit schälte sich ein Gespann, darauf drei Gesellen, in dicke Kotzen gehüllt. Wie versteinert stand Philomena da, rührte sich weder vom Fleck, noch gab sie ein Zeichen.

Doch der Wagen blieb stehen.

Was in aller Herrgottsnamen sie hier draußen mache, wollte der Kutscher wissen.

Vor lauter Zittern kam Philomena kein Laut über die Lippen.

Ob sie mitfahren wolle, fragte der zweite Geselle.

Das Mädchen nickte, kaum merklich.

Der dritte Geselle stieg vom Kutschbock, fasste das Mädchen an der Hüfte und hob es auf den Wagen. Dann stieg er wieder auf und bot ihm einen Teil seiner Kotze an. Die Wärme, die darunter entwich, ließ Philomena nicht zögern. Sie nahm das Angebot an, spürte, wie wieder Hoffnung in ihr keimte, dass alles gut werden würde.

Bis zur Spinnerin am Kreuz würde sie gern mitfahren, dann wäre es nur ein Katzensprung zu ihr nach Hause, erbat sie. Der Kutscher brummte seine Zustimmung und ließ die Zügel schnalzen.

Ob sie denn die Sage von der Spinnerin kenne, wollte der Geselle wissen, der sie hinaufgehoben und ihr die Kotze angeboten hatte.

Philomena verneinte.

Nun, Geschichten seien dazu da, um einen die Kälte vergessen zu lassen, ganz zu schweigen von der Zeit, meinte der junge Mann. Während dichtes Schneetreiben einsetzte, begann er mit seiner Erzählung.

Dort, wo heute die steinerne Säule emporragte, hatte früher ein hölzernes Kreuz gestanden. Als sich ein Ritter aufmachte, das Heilige Land von den Heiden zu befreien, versprach seine Gemahlin, bei dem Holzkreuz auf ihn zu warten. Um sich die Zeit zu vertreiben, begann sie zu spinnen, und viele Reisende, die nach Wien strömten, kauften ihr das wunderschöne Nähwerk ab. Doch von ihrem Gemahl fehlte jede Spur. Selbst als die letzten Ritter aus dem Morgenland zurückkehrten, war ihr Gatte nicht unter ihnen. Bar jeder Hoffnung ließ das Weib jedoch nicht von ihrer Arbeit am Kreuz ab, und tatsächlich erblickte sie Jahre später ihren Ritter wieder, der in zerschlissener Kleidung auf sie zuwankte. Voll der Freude schloss sie ihn in die Arme und musste lernen, dass er verwundet und in die Sklaverei geschickt worden war. Doch die Hoffnung, sein geliebtes Weib wiederzusehen, verlieh ihm die nötige Kraft zur Flucht. Aus Dankbarkeit und mit den Einnahmen ihres Nähwerks ließ das Weib das hölzerne Kreuz durch jene prunkvolle Säule ersetzen, die seither den Namen der frommen Spinnerin am Kreuz trug, schloss der Geselle seine Erzählung, und so stehe sie heute noch in voller Pracht und hieß jeden willkommen, der heimkehrte.

Philomena musste trotz der Kälte schmunzeln. Stand die Moral der Geschichte doch dafür, nie die Hoffnung zu verlieren, wie grausam einem das Leben auch mitspielen mochte.

Ob sie denn auch eine Geschichte kenne, wollte der zweite Geselle wissen.

Das Mädchen überlegte, wollte gerade die Fabel vom Esel erzählen, als sie eine Hand auf ihrem Oberschenkel spürte. Wie vom Blitz getroffen zuckte sie zusammen, wollte aufspringen, doch die Hand hielt sie auf den Kutschbock gedrückt. Dann packte der andere Geselle sie am Arm, näherte sich ihr mit einem widerlichen Grinsen in der Fratze.

Das Mädchen stieß einen Schrei aus –

Gnadenlos peitschte der Wind Philomena die eisigen Flocken ins Gesicht, gleich unzähliger Nadelstiche. Ziellos stapfte sie durch den kniehohen Schnee, stolperte mehr, als sie ging. Ihre Fingerkuppen waren voll Blut, ihr Mantel zerrissen.

Was war geschehen? War sie nicht eben noch auf einem Wagen gewesen?

Bilder blitzten vor ihren Augen auf.

Wie sie sich aus dem Griff des Zweiten losriss und dabei ihr Mantel zerfetzt wurde.

Wie sie ihm mit den Fingern das Gesicht zerkratzte, danach dem Kerl neben ihr drei blutige Striemen ins Antlitz ritzte.

Und wie sie vom Wagen sprang … in den Schnee fiel … sich sogleich aufrappelte und in die Nacht stürzte, weg, nur weg.

In ihren Ohren schallten noch die wütenden Rufe der drei Gesellen, doch das Schneetreiben hatte sie wohl schneller verschluckt, als sie ihr hatten folgen können. Als wollte sie sich eigenhändig überzeugen, tastete sie ihren Körper ab, doch bis auf ein paar eingerissene Fingernägel war sie heil geblieben.

Wohin sie nun lief, vermochte sie jedoch nicht zu sagen.

Da schälte sich eine vertraute Figur aus dem grauen Gestöber, eine gedrungene Gestalt mit schiefem Grinsen und einem Zylinderhut auf dem Haupt.

Der letzte Schneemann …

Hier würde sie rasten, das wusste Philomena mit unumstößlicher Sicherheit, hier würde sie ruhen. Das Mädchen setzte sich zu den Füßen des weißen Riesen, spürte mit einem Mal eine unglaubliche Wärme in sich aufsteigen. Gleich so, als würde sie neben dem Ofen in der Stube hocken, nachdem ihn der Vater befeuert hatte. Das Heulen des Windes wurde immer leiser, das Flockenspiel ein faszinierender, beinahe hypnotischer Reigen.

Nichts war mehr wichtig, aber alles war gut.

Als Philomena die Augen zufielen, sackte ihr der Kopf bereits auf die Brust.

Immer mehr Schnee landete auf ihr, umschloss und umarmte sie, auf dass sie eins wurde mit der leise knisternden weißen Pracht – die sie wirken ließ, als wäre sie die Tochter des Schneemanns neben ihr.

Da wurde ihr Leib plötzlich gepackt und hochgehoben und heftig gerüttelt. Eine Stimme sprach unhörbare Laute. Heiße Tränen ergossen sich auf das Kind.

Langsam formten sich aus der verschwommenen Sicht Gegenstände, dann Figuren. Es roch nach Feuerholz und Brei. Philomena öffnete die Augen, stückchenweise, erkannte schließlich, wer sich über sie beugte.

Die Mutter. Der Vater. Geeint in jener verzweifelten Hoffnung, die nur Menschen zuteilwurde, die alles zu verlieren fürchteten.

»Du hast mich gefunden, mein Schatz!«, sprach der Vater mit heiserer Stimme. »Und du hast mich gerettet. Verwundet vom Krieg war ich inmitten des undurchdringlichen Schneegestöbers vom Weg abgekommen. Aber dein Schneemann, diese eigenartige Gestalt, hat mich zu dir geführt. Und seinesgleichen wiesen mir den weiteren Weg, bis nach Hause.«

Das Mädchen lächelte überglücklich. Natürlich hatten dies die Schneemänner getan. Immerhin war es ihre vordringlichste Aufgabe.

Die Mutter gab ihrer Tochter ein Busserl auf die Stirn. Dann küsste sie ihren geliebten Mann, den sie fortan nie wieder fortziehen lassen würde. All das tat sie, ohne husten zu müssen. Dann weinten die drei, gemeinsam und voll Freude.

Der Heilige Abend wurde zum schönsten Fest, das die Familie je gefeiert hatte und auch jemals feiern würde. Aneinandergekuschelt saßen sie vor dem Ofen, in dem drei Holzscheite knisternd wohlige Wärme spendeten, verzehrten köstliche Äpfel und herrliche Nüsse.

Der Vater hatte sein Versprechen doch noch gehalten. Die Mutter befand sich auf dem Weg der Genesung. Und Philomena konnte ihr Glück kaum fassen.

Sie hatten sich wieder, und das war alles, was zählte.

Als im nächsten Frühjahr der Frost wich und sich der Frühling ankündigte, schmolzen auch die sechs Schneemänner. Drei von ihnen gaben die geschundenen Leiber dreier Gesellen frei, die Gesichter zerkratzt, im Schmerz erfroren. Wer sie waren oder warum sie sich dort befanden, sollte jedoch für immer ein Rätsel bleiben …

*

Anmerkung des Autors:
Die Fabel »Der Esel« entstammt dem Buch »Neues A, B, C, Buch« von Siegfried Leberecht Crusius, Leipzig 1777.

IV.
Die liebe Familie

1874

Fröhlich soll mein Herze springen

(Text: Paul Gerhardt /
Melodie: Johann Crüger, 17. Jhd.)

Fröhlich soll mein Herze springen
dieser Zeit, da vor Freud' alle Engel singen.
Hört, hört, wie mit vollen Chören
alle Luft laute ruft: Christus ist geboren.

Heute geht aus seiner Kammer
Gottes Held, der die Welt reißt aus allem Jammer.
Gott wird Mensch, dir, Mensch, zugute,
Gottes Kind, das verbind't sich mit unser'm Blute.

Sollt' uns Gott nun können hassen,
der uns gibt, was er liebt über alle Maßen?
Gott gibt, unser'm Leid zu wehren,
seinen Sohn aus dem Thron seiner Macht und Ehren.

Er nimmt auf sich, was auf Erden
wir getan, gibt sich dran, unser Lamm zu werden,
unser Lamm, das für uns stirbet
und bei Gott für den Tod Gnad' und Fried' erwirbet.

Nun er liegt in seiner Krippen,
ruft zu sich mich und dich, spricht mit süßen Lippen:
»Lasset fahr'n, o liebe Brüder,
was euch quält; was euch fehlt, ich bring' alles wieder.«

Ei, so kommt und lasst uns laufen,
stellt euch ein, groß und klein, eilt mit großem Haufen!
Liebt den, der vor Liebe brennet;
schaut den Stern, der euch gern Licht und Labsal gönnet.

Die ihr schwebt in großem Leide,
sehet, hier ist die Tür zu der wahren Freude;
fasst ihn wohl, er wird euch führen
an den Ort, da hinfort euch kein Kreuz wird rühren.

Wer sich fühlt beschwert im Herzen,
wer empfind't seine Sünd' und Gewissensschmerzen,
sei getrost: hier wird gefunden,
der in Eil' machet heil die vergift'ten Wunden.

»Wer bitte kommt?«

Erbost stemmte die kleinwüchsige Frau ihre Hände in die Hüften.

Der Blick ihres Liebsten geriet scheu. »Meine Mutter.«

»Deine –« Mitzi schob die Brauen zusammen. »Ich wusste nicht einmal, dass du eine Mutter hast!«

»Aber geh«, bemühte sich Toni zu kalmieren. »Jeder Mensch hat eine Mutter, mein Schatz.«

»Ich meinte eine Mutter, die am Leben ist!« Sie schnaubte. »Fünf Monate sind wir nun liiert. Fünf Monate! Und du hast sie noch nicht einmal erwähnt.«

Der kleinwüchsige Mann begann, im Schindelwagen auf und ab zu gehen, der ihr gemeinsames Zuhause darstellte. »Wie hätte ich denn wissen können, dass sie kommt?«

»Man erzählt dem Weib, mit der man Tisch und Bett teilt – und ein mörderisches Geheimnis –, doch wohl, ob man Familie hat oder nicht!«

»Das Verhältnis zu Mutter ist ein … eher schwieriges.« Toni sah zum vereisten Fenster hinaus. »Sie hat mir nie verziehen, dass ich ein Liliputaner geblieben bin.«

Mitzi wollte etwas entgegnen, behielt es jedoch für sich. Dann drückte sie ihrem Liebsten ein Busserl auf die Wange. »Also ich bin froh darüber, dass du kein Hüne geworden bist.«

Er setzte ein schiefes Grinsen auf. »Ich war halt schon immer ein stinkfauler Kerl. Sogar beim Wachsen.«

»Mhm. Also, wie heißt die Frau Mutter?«

»Sieglinde.«

»Schöner Name. Wie Siegfrieds Mutter in der Nibelungensage.« Mitzi trank aus ihrer Porzellantasse einen Schluck Malzkaffee. »Wie lange hast du sie nicht gesehen?«

Toni nahm an dem kleinen Tisch Platz, ihr gegenüber.

»Über zwei Jahre muss es her sein. Sagen wir so: Das letzte Mal, als wir uns sahen, gingen wir nicht im Guten auseinander. Meine Arbeit hier im Wurstelprater, mit all den anderen menschlichen ›Abnormitäten‹, wie sie sie hieß, konnte sie einfach nie goutieren.«

»Goutieren?« Mitzi verzog säuerlich den Mund. »Dann ist deine Mutter so eine feine Dame?«

Sie spreizte demonstrativ den kleinen Finger ab, während sie die Tasse hielt.

»Wie man will.«

Toni riss ein Stück von einer trockenen Kaisersemmel ab, tunkte es in seinen Kaffee und aß es geräuschvoll. »Mutter kommt eigentlich aus ärmlichen Verhältnissen. War Küchenmagd bei betuchten Herrschaften.«

»Alsdann, lass mich raten: Der Sprössling des Hauses wurde auf sie aufmerksam und die beiden verscharmierten sich unsterblich ineinander.«

»Dicht dran. Sie erwartete sein Kind und er musste sie ehelichen.«

Mitzi lächelte gekünstelt. »Ah, wie schön, eine Liebeshochzeit. Und dann kamst du auf die Welt?«

»Nein. Sechs Brüder vor mir.«

Das Lächeln der Frau gefror. »Du hast mir also nicht nur meine Schwiegermutter in spe vorenthalten, sondern auch noch deine Geschwisterschar?«

»Nicht schuldig, Frau Scharfrichter.« Toni senkte seine Stimme. »Sie starben alle vor ihrem fünften Geburtstag.«

»Oh! Das tut mir leid. Also warst du ihr … siebtes Kind?«

Der andere nickte. »Der siebte Sohn! Biblisch, ich weiß. Trotzdem kam alles anders. Ich, frisch dem Mutterleib entschlüpft, gab bereits ein schreckenerregendes Bild ab.

Meinen Herrn Papa traf der Schlag, als er mich zum ersten Mal sah.«

»Aber nach einiger Zeit hat er es wohl verdaut?«

»Nicht wirklich. Ihn traf nämlich nicht nur sprichwörtlich der Schlag, sondern buchstäblich.«

»Oh nein.«

»Oh ja. Damit war meine frischgebackene Mutter Witwe und ich Halbwaise. Seine Familie schenkte ihr eine großzügige Abfindung, einhergehend mit einem finalen ›Adieu‹.«

Mitzi tunkte ebenfalls ein Stück Semmel in ihr Getränk und genoss den kräftigen Geschmack. »Zumindest wart ihr versorgt.«

»Habe ich schon erwähnt, dass Mutter nie mit Geld umzugehen verstand? Wenn wir wieder mal am Hungertuch nagten, ist sie mit mir einfach in eine andere Stadt gezogen, um dort jemanden zu finden, der sie aushielt. Finanziell und nervlich.«

»Ich nehme an, nicht sonderlich erfolgreich?«

Toni schüttelte den Kopf. »Erst war ich schuld daran, dass sie kein Mann ehelichen wollte, und als ich mit zwölf außer Haus und zum Zirkus ging, war wieder ich schuld an ihrem Unglück, weil ich sie allein ließ.«

»Ich kann's kaum erwarten, die Frau kennenzulernen«, sagte Mitzi, deren glockenhelle Stimme vor Sarkasmus triefte. »Aber wenn sie mir nicht zu Gesicht steht oder wenn ich das Gefühl habe, dass sie dich schlecht behandelt, wird sie mich richtig kennenlernen. Ich lass mir doch nicht den vierten Advent versauen.«

Toni biss die Zähne zusammen, als wollte er sich selbst daran hindern, etwas zu entgegnen.

»Raus damit.« Die Worte seiner Angetrauten duldeten keinen Widerspruch.

»Mutter will nicht nur den vierten Advent mit uns feiern, sondern auch den Heiligen Abend.«

Nun war es Mitzi, der es die Sprache verschlug. Sie atmete tief durch, schlüpfte in ihren purpurroten Mantel mit weißem Pelzkragen, drückte Toni einen Kuss auf den Mund und verließ den Wagen ohne ein weiteres Wort.

Draußen erklang der helle Wutschrei der kleinen Frau.

Toni aß den Rest der Semmel, seufzte dann. Er wusste, dass die kommenden Tage für ihn nicht die einfachsten werden würden.

Das Foyer im Hotel Métropole, pittoresk mit Blick auf den Donaukanal gelegen, wirkte gediegen und klassisch. Die dunklen Möbel und die spärliche Beleuchtung vermittelten den Eindruck einer privaten Atmosphäre.

Toni betrat das Hotel, nahm seinen Hut vom Kopf. Er suchte die wuchtigen Ledermöbel ab, die in Gruppen um niedrige Tische zusammenstanden, bis er gefunden hatte, wonach er suchte. Sieglinde Piperek, eine Frau Ende fünfzig. Ihr Gesicht wies mehr Sorgen- denn Lachfalten auf. Die schmale Nase und die leicht hängenden Mundwinkel strahlten ein elitäres Gehabe aus, wie es meistens nur Menschen zu eigen war, die keinen Anspruch darauf hatten. Ihr ergrautes Haar hatte sie zu einem strengen Dutt geknotet. Das elegante, teuer aussehende Kleid unterstrich ihr gehobenes Auftreten. Auf ihrem linken Arm schlummerte ein weißer Zwergpudel.

Als die Frau Toni erblickte und sich aus dem Möbelstück erhob, atmete dieser tief durch. Dann schritt er auf sie zu.

»Anton!« Sie setzte ein pikiert-süßliches Lächeln auf. »Du hast dich ja ewig nicht blicken lassen.«

»Ich freue mich auch, dich zu sehen, Mutter.«

Er blieb vor ihr stehen, sah zu ihr hoch. Der Scheitel seiner schwarzen Haare befand sich auf Höhe ihrer Taille. Sie warf zwei Luftküsse zu ihm hinab.

»Fühl dich umarmt«, sagte Sieglinde, ohne Anstalten zu unternehmen, das Gesagte auch in die Tat umzusetzen. »Ich drück dich später. Anastasia ist gerade eingeschlafen.«

Toni runzelte die Stirn. »Wer?«

Die Mutter machte einen verständnislosen Eindruck. »Anastasia, mein Hündchen.«

Ihr Sohn verbiss sich einen Kommentar, auch wenn er befürchtete, dass der Wauwau alsbald vor die Hunde gehen würde, sollte seine Mutter diesen wie ihn behandeln.

»Ein neuer Begleiter?« Toni kletterte in einen ledernen Sessel, in dem er unangenehm tief versank.

Die Frau setzte sich ebenfalls. »Süß, gell? Ich hab das Anastaserl erst seit einem halben Jahr. Ihre Vorgängerin ist vor eine Droschke gelaufen.«

Toni machte einen schmerzverzerrten Gesichtsausdruck.

»Kein Grund für ein solch groteskes Mimikspiel«, meinte die Mutter schnippisch. »Hätte das Anastaserl getan, was ich ihr befohlen hatte, könnte *sie* nun in meinen Armen schlummern.«

»Dein … vorheriger Hund hieß ebenfalls Anastasia?«

»Natürlich.« Sieglinde zog die Mundwinkel noch weiter nach unten. »So brauch ich mir keine neuen Namen zu merken. Und dem Tier hat es einerlei zu sein.«

»Trotzdem schön, dich zu sehen«, sagte Toni, nicht sicher, ob er es so meinte. »Was führt dich nach Wien?«

»Das habe ich dir doch geschrieben, Anton. Ich wünsche, das Weihnachtsfest mit dir zu verbringen. Oder ist das mittlerweile unstatthaft?«

Toni lächelte schief. »Und was führt dich *tatsächlich* hierher?«

Die Frau schien kurz mit sich zu hadern. Dann rang sie sich durch, wobei sie den Kopf leicht nach hinten warf. »Wenn du es genau wissen musst, so treffe ich hier einen sehr feinen Herrn. Aber ich bin natürlich auch deinetwegen hier.«

»Meinetwegen hättest du –«

»Merk dir, was du zu sagen gedachtest«, unterbrach ihn seine Mutter harsch. »Aber ich möchte eine Kleinigkeit zu mir nehmen. Kaffee und Kuchen?«

Toni lächelte bemüht. »Gern, Mutter.«

Der Speisesaal war voll mit runden Tischen, allesamt edel mit Silberbesteck gedeckt. Eine Heerschar von Obern bemühte sich redlich, den vornehmen Gästen keine Wartezeit zuzumuten.

Toni und seine Mutter saßen an einem Tisch am Rand des Saals, er zusätzlich auf zwei Polstern. Diese hatte ein Ober mit hochrotem Kopf gebracht, nachdem ihn Sieglinde angeherrscht hatte, warum er ihren verkrüppelten Sohn benachteiligte.

»Erzähl, wie ist es dir ergangen?« Sie aß ein Stück Wiener Torte.

»Eigentlich ist nicht viel passiert«, meinte Toni und genoss ebenfalls einen Bissen der gleichen Torte, die fein nach Zimt und Vanille schmeckte. »Ich bin so weit gesund und munter …«

Sieglinde nickte beiläufig.

»… beim ›Präuschers Panopticum‹ im Wurstelprater gibt's immer noch genug Arbeit …«

Sieglinde rümpfte die Nase.

»… ich kann also behaupten, ich bin zufrieden. Das können nur die allerwenigsten.«

Keine Reaktion.

»Außerdem wollte mich ein Mann umbringen und ausstopfen lassen, und ich bin mit einem wunderschönen Mädel liiert. Das Übliche eben.«

Sieglinde nickte wie in Trance. Dann nahm sie mit dem Zeigefinger ein Stück Schlagobers vom Teller und hielt es ihrem Pudel vor die Schnauze, der es gierig ableckte.

»Dein Schoßhund wird dir eines Tages noch den Finger abbeißen«, meinte Toni süffisant.

»Geh, sei ned so deppat, Anton! Das Anastaserl besitzt eine formidable Menschenkenntnis. Die würd mir niemals was antun.«

Der Kopf des Hundes schnellte zu Toni. Das Tier legte die Ohren an, dann knurrte es feindselig.

Sieglinde lachte auf. »Siehst, was hab ich dir gesagt? Menschenkenntnis.«

Sie winkte die Bedienung zu sich.

»Bringen S' mir bitte noch so einen Kosakenkaffee, mein Bester. Und sagen S' dem Herrn Kaffeesieder, er soll mit Rotwein und Wodka diesmal nicht so geizig sein.«

Die Tür zum Schindelwagen flog auf. Toni stapfte herein, während ein eisiger Wind Schneeflocken ins Wageninnere trieb.

Er schloss die Tür, ging wortlos an Mitzi vorbei, die gerade das neueste Werk von Jacques Louis du Châtelet zu lesen begonnen hatte. Der kleinwüchsige Mann holte ein Stamperlglas und eine Flasche mit klarer Flüssigkeit darin, setzte sich an den kleinen Tisch, der an die Seite des

Wagens geschraubt war, schenkte das Glas randvoll und schob es Mitzi hin.

Dann setzte er die Flasche an und trank mehrere große Schlucke vom Schnaps.

Mitzi klappte ihr Büchlein zu. »Da scheint einer einen fidelen Nachmittag gehabt zu haben.«

Toni stieß ein Knurren aus.

Mitzi lächelte verschmitzt, dann leerte sie das Glas auf einen Zug. »Jetzt erzähl schon.«

»Sie ist so, wie sie schon immer gewesen ist. Oberflächlich. Egozentrisch. Gefühlskalt.«

»Aber, so schlimm wird's schon nicht –«

»Und sie hat ein Schoßhündchen.«

»Wie lieb.«

»Einen Zwergpudel.«

»Grundgütiger!« Mitzi schauderte allein bei dem Gedanken daran, das gekräuselte Haar des Tieres zu berühren.

»Du sagst es. Ein bissiger Kläffer mit weißem Fell, das stellenweise ins Beige und Braun übergeht. Wie der Schnurrbart eines alten Mannes, der eine Tschick nach der anderen pofelt*.«

»Danke für das Bild in meinem Kopf«, sagte Mitzi angewidert. »Abgesehen von ihrem Benehmen und dem Wauwau, was führt sie ausgerechnet jetzt nach Wien? Wo alles kalt und grau ist?«

»L'amour.«

Mitzi verengte die Augen zu Schlitzen, als ob sie so eine Lüge ihres Liebsten enttarnen könnte. Schließlich schob sie das Stamperlglas zu ihm hin.

Toni verstand und schenkte nach.

---

* Tschick: Zigarette; pofeln: rauchen

»*In einen sehr feinen Herrn*«, imitierte er mit verstellter Stimme seine Mutter.

Mitzi konnte sich ein Kichern nicht verkneifen. »Trotzdem hast du's überstanden, oder nicht?«

»Noch ist gar nichts überstanden.« Tonis Worte klangen, als würde sie der Schnitter höchstpersönlich aussprechen.

»Du musst sie noch einmal sehen?«

»Nein. *Wir* müssen.«

Mitzi schluckte. »Sie will mich kennenlernen?«

»Morgen, um vier, am Weihnachtsmarkt Am Hof.«

Mit großem Schluck leerte Mitzi den Schnaps, stellte das Glas erneut vor Toni hin. »Auffüllen.«

Der weitläufige Platz »Am Hof« wurde vom Reichskriegsministerium, dem Bürgerlichen Zeughaus sowie der Jesuitenkirche gesäumt. Wie jedes Jahr seit 1842 reihten sich dort vom 30. November an Dutzende hölzerne Verkaufsstände aneinander, die kleinen Dächer mit Schnee bedeckt. Die Budenbesitzer boten allerlei weihnachtliche Waren feil – Christbaum-Verzierungen, bunte Bänder, elegante Galanterie-Novitäten bis hin zu Produkten der Kunstindustrie, allen voran die Silber- und Gold-Filigranarbeiten italienischer und französischer Fabriken. Für das leibliche Wohl sorgten Lebzelter mit Küchlein in mannigfaltiger Form, es gab belegte Brote sowie heißen Gewürzwein. Geschmückt wurde alles durch vielfarbig bewimpelte Christbäume, in deren immergrünem Kleid bunte Papierflitter im Wind flatterten.

Je stärker das Licht des Tages schwand, desto mehr Bürger bevölkerten den Weihnachtsmarkt in der Inneren Stadt, um Liebste zu treffen oder um zukünftige Liebste kennenzulernen.

Sieglinde Piperek schlenderte vornweg, Mitzi und Toni folgten ihr, gleich zwei untersetzt wirkenden Kindern, die nur darauf zu warten schienen, endlich diesen gedrängten Ort verlassen zu dürfen.

»Die Leute hier gehen mir so was von auf die Nerven«, flüsterte Mitzi gereizt. »Im Wurstelprater ist auch viel los. Aber dort macht man uns zumindest Platz, auch wenn man uns anstarrt. Hier jedoch scheint jeder von vorweihnachtlichen Freuden erblindet zu sein.«

In dem Augenblick stolperte ein Mann rücklings, mit lallender Aussprache und schwankendem Gang.

»Pass S' doch auf, Sie Bsuff*!«, herrschte Mitzi ihn an.

»Deine Freundin scheint ihre Körpergröße mit ihrem Mundwerk wettmachen zu wollen«, kommentierte Sieglinde, wandte sich dann um. »Nicht böse gemeint, Frau Goldziher.«

»Bin ich Ihnen nicht, Frau Piperek.«

Mitzis hochroter Kopf und ihr stechender Blick straften ihre Worte indes Lügen.

»Wir gehen eh bald«, versuchte Toni, sie zu beruhigen.

Schließlich hatten die drei den Rand des Marktes erreicht, wo sich weniger Menschen aufhielten. Der Zwergpudel in Sieglindes Arm zitterte wie Espenlaub, was ihn jedoch nicht davon abhielt, Toni und Mitzi immer wieder grundlos anzuknurren.

»Ich weiß, Anastaserl. Hier ist es viel kälter als drüben unter den Menschen. Aber für Liliputaner ist es hier sicherer. Im Hotel werde ich ordern, dir ein heißes Bad einzulassen.«

Mitzi sah zu der Frau hoch. »Sie wissen schon, dass Schoßhunde ursprünglich dazu dienten, die Flöhe ihrer Besitzerinnen auf sich zu ziehen?«

* Wienerisch: Betrunkener

Toni rempelte sie an, doch Mitzi fuhr unbeirrt fort: »Das und um ihre Besitzerinnen mit der Zunge so richtig ausgiebig zu –«

»Jetzt wird mir auch ein wengerl frostig«, schoss Toni ihr ins Wort und rieb sich demonstrativ die Hände.

»So was! Man lernt halt nie aus.« Sieglinde lächelte Mitzi süffisant an. »Sie entstammen also einer Zigeunerfamilie, Frau Goldziher?«

»Nein«, entgegnete Mitzi ruhig. »Ich wuchs nur bei einer auf. ›Aristoxenos' Continentale Tier-Menagerie‹ hieß unsere Gruppe. Berühmt wurde ich als Löwendompteurin.«

Sieglinde wirkte ehrlich überrascht.

»Wissen S', laut brüllende Tiere haben mir noch nie Angst gemacht«, fuhr die kleinwüchsige Frau fort. »Ebenso wenig wie laut brüllende Menschen.«

»Sie sind ja ein Herzchen«, lachte Sieglinde übertrieben. »Anton, die musst du dir behalten.«

Toni schwieg verkniffen.

»Ja, *Anton*«, setzte Mitzi nach. »Du weißt ja, wie gern ich hilfloses Frauenzimmer von einem starken Mannsbild *behalten* werde.«

Toni schien im Boden versinken zu wollen.

Dann trank Mitzi ihren tönernen Becher leer und wandte sich ihrer Schwiegermutter in spe zu.

»Schauen S', Frau Piperek, lassen wir die Floskeln beiseite: Ich weiß noch nicht, was ich von Ihnen halten soll. Aber Toni und ich gehen jetzt, sonst endet der Abend in einer Art und Weise, die Sie und ich irgendwann bereuen. Eines sei Ihnen jedoch gesagt: Der Toni ist ein ganz ein lieber Kerl, der viel von dem innehat, was bei Ihnen der erste Eindruck vermissen lässt: Einfühlsamkeit, Verständnis und Herzenswärme. Wiederschaun.«

Die kleinwüchsige Frau machte einen Schritt zur Seite, wartete auf Toni.

Der nickte knapp. »Gute Nacht, Mutter.«

»Gute Nacht«, erwiderte Sieglinde und sah den beiden hinterher, während sie fortgingen.

»So eine willensstarke Person hätt' ich dem Anton gar nicht zugetraut«, sprach sie schließlich zu ihrem Hund. »Sie ist frech, aufsässig und streitbar. So eine Person steht uns gar nicht zu Gesicht.«

Penetrantes Klopfen an der Wagentür riss Mitzi aus dem Schlaf. Zum Sprossenfenster schien der Mond herein, es musste also noch mitten in der Nacht sein. Toni, der neben ihr auf der niedrigen Bettstatt lag, wälzte sich schnarchend auf die andere Seite.

Zornig gab die kleinwüchsige Frau ihrem Liebsten einen Schlag auf die Wange.

Der schrie auf.

»Soll wirklich *ich* mitten in der Nacht öffnen?«, fuhr sie ihn an.

»Wäre aber eine feine Geste von dir, mein Schatz«, murmelte Toni schlaftrunken, während er sich aufrappelte.

Immer noch hämmerte jemand von außen gegen den Wagen, als ginge es um Leben und Tod.

Toni griff sich den Dolch, der für solche Fälle neben dem Eingang steckte, und entriegelte das Schloss. Dann öffnete er – und erstarrte.

»Mutter?«

Als wäre der Teufel hinter ihr her, huschte Sieglinde in den Wagen, drückte die Tür zu und verriegelte das Schloss. Sie war außer Atem, unter ihrem Pelzmantel blitzte ein Nachthemd hervor.

»Was in aller Welt wollen Sie denn hier?«

Mitzi entzündete eine Petroleumlampe. Im Schein der Flamme konnte sie erkennen, dass die Frau nichts mehr von der überheblichen Eitelkeit besaß, die sie sonst ausstrahlte. Sie wirkte um vieles älter, als sie war, in ihren Augen funkelte blanke Angst.

Toni blickte auf seine Taschenuhr, die an einem Haken an der Wand hing.

»Drei Uhr früh.« Er fuhr sich durch die dunklen, in alle Richtungen stehenden Haare. »Ich kann nur ebenfalls fragen: Was willst du hier?«

Sieglinde suchte verwirrt nach einem Sessel, der ihre Größe hatte, resignierte und ließ sich auf den Boden sinken.

»Ich bin eine Mörderin.«

Totenstille.

Toni maß seine Mutter mit scharfem Blick. »Geh bitte. Ist dein Köter tot?«

Die Worte trafen Sieglinde wie ein Blitzschlag. »Anastaserl! Um Gottes willen, die habe ich dort vergessen!«

Sie barg ihr Gesicht in den Händen und begann haltlos zu schluchzen. »Ist jetzt auch schon wurscht.«

Mitzi stand auf, warf sich einen Morgenmantel über, während Toni den Ofen im Wagen befeuerte. Sie kochten Malzkaffee, gossen ihn in drei Tassen.

Schließlich saßen sich Mitzi, Toni und Sieglinde gegenüber, jeder ein heißes Getränk in Händen.

»Jetzt erzählen Sie einmal von Anfang an, was geschehen ist, Frau Piperek.«

Sieglinde nahm einen Schluck Kaffee. Dann sah sie die beiden Kleinwüchsigen mit Tränen in den Augen an.

»Es war einfach zu schön, um wahr zu sein«, schluchzte sie. »Er hat mich auf Händen getragen. Wir hatten so viel gemein und so viel gemeinsam unternommen. Allein in der letzten Woche haben wir Bälle besucht, Empfänge und Ausstellungen.«

»Wie viele Tage hat denn bitte deine Woche?«, murmelte Toni grantig. Mitzi rempelte ihn in die Seite.

»Ihr könnt euch gar nicht vorstellen, wie das ist«, meinte Sieglinde, »wenn man plötzlich jemanden gefunden hat, der einen so liebt, wie man ist.«

Nun war es Mitzi, die etwas Geharnischtes entgegnen wollte, aber sie hielt sich zurück. »Wie recht Sie haben, wie könnten wir?«

»Es ist so furchtbar!« Sieglinde trank einen weiteren Schluck. »Er war so ein fescher Mann. Henri Philippe wird –«

Toni prustete seinen Kaffee aus. »Ein Franzose? Du hast dich in einen Franzmann verscharmiert?«

»Spielt doch keine Rolle, wo er herkommt!«, maßregelte ihn Mitzi.

»Eh nicht. Aber ein *Franzose?*«, maulte ihr Liebster.

Sieglinde fuhr unbeirrt fort. »Auch im Bett kannte unsere Leidenschaft keine Grenzen.«

»Mutter!«

»Henri Philippe hat mir wieder gezeigt, was es heißt, eine Frau zu sein –« Sie brach ab.

Toni starrte unbewegt in seine Tasse, doch Mitzi hakte nach. »Was ist denn nun geschehen?«

»Es passierte in meinem Hotelzimmer. Vor drei Stunden haben wir uns noch inniglich geliebt, und dann … dann habe ich ihn umgebracht.«

»Mutter, bei allem Respekt«, protestierte Toni, »aber das traue ich selbst dir nicht zu.«

Als Antwort knöpfte Sieglinde ihren Mantel auf. Ihr

Nachtkleid wies einen großen blutigen Fleck auf, gesäumt von unzähligen Blutspritzern.

Mitzi und Toni schluckten unisono.

»Wie hast du –« Er vermochte nicht weiterzusprechen.

Sieglindes Blick wanderte zu dem kleinen Fenster, durch das das Licht des Mondes hereinschien. »Henri Philippe war gerade über mir zugange, leidenschaftlich, atemlos, haltlos. Dann bäumte er sich auf, hustete mehrmals Blut und sackte auf mir zusammen.«

Toni runzelte die Stirn. »Du … vermeinst also, ihn zu Tode *geliebt* zu haben?«

»Was denn sonst? Manchmal kannst du wahrlich begriffsstutzig sein, Anton!«

»Frau Piperek«, versuchte sich Mitzi in dem beruhigtesten Tonfall, den ihre hohe Stimme hergab. »Meines Wissens ist es noch niemandem gelungen, einen anderen Menschen durch den bloßen Akt der Liebe des Lebens zu berauben. Ich vermute vielmehr, dass Ihr Liebhaber eine Krankheit in sich trug, die er Ihnen verheimlichte. Vielleicht gepaart mit einem schwachen Herzen. Aber das macht Sie noch lange nicht zu einer Mörderin.«

Sieglinde senkte teilnahmslos den Kopf.

»Welcher Profession ging denn dein Franzose nach?«, wollte ihr Sohn wissen.

»Er ist Diplomat.«

Toni schluckte ein zweites Mal. Er stand auf, ging im Wagen auf und ab.

»Das verkompliziert natürlich alles. Ich stimme mit dir überein, mein Schatz, was deine Theorie über eine vorhandene Erkrankung betrifft. Wenngleich ich vermute, dass es Mutter nicht zum Vorteil gereicht, wenn man einen toten französischen Diplomaten in ihrem Hotelzimmer findet. Ich fürchte, da sind ausländische Botschaften ein wengerl* kleinlich.«

»Was will man deiner Mutter denn anhängen?«

Toni deutete auf das schluchzende Häuflein Elend, das am Boden saß. »*Er* liegt tot in *ihrem* Hotelzimmer. Sie ist voll mit seinem Blut. Da brauch ich nicht Mordologie studiert zu haben, um eins und eins zusammenzuzählen.«

»Mordologie gibt's doch überhaupt nicht, du Depp.« Mitzi musste schmunzeln. »Aber du hast recht. Wenn man ihr einen Strick daraus drehen will, dann –« Sie brach ab. »Du weißt schon, was ich meine.«

»Zu allem Unglück hatten wir davor einen dummen Streit«, sagte Sieglinde im Flüsterton. »Mitten im Foyer. Der Concierge hat das bestimmt mitverfolgt.«

Toni schnaubte.

»Dafür war die Versöhnung umso schöner. Bis … es passiert ist.«

»Wo wohnte denn der Herr Diplomat?«, bohrte Toni nach.

»Im gleichen Hotel. Zimmer 413.«

»Ich nehme an, dass es nicht an das deine grenzt?«

Sieglinde schüttelte den Kopf.

»Wäre auch zu einfach gewesen.« Toni atmete tief durch. »Ich sehe nur eine Lösung: Wir müssen den Franzmann auf sein Zimmer tragen und auch sonst alles danach aussehen lassen, als ob ihr die Nacht nicht zusammen verbracht habt. Sollte man dich befragen, kannst du den Streit im Foyer ins Rennen führen und so aus einem Nachteil einen Vorsprung generieren. Niemand würde es wagen, einer unbescholtenen Witwe zu unterstellen, sie verbrächte die Nacht unsittlich mit jemandem, mit dem sie zuvor gestritten hatte.«

---

* Wienerisch: ein bisschen (oftmals ironisch verwendet)

»Mir scheint, du hast doch Mordologie studiert«, raunte Mitzi und zwinkerte ihrem Liebsten anerkennend zu.

»Was denkst du, Mutter?«

Die sah auf, die Augen glasig und rot. »Ganz wie ihr meint. Ich begebe mich in eure Hände. Ist ja sonst keiner da, der mir hilft.«

Toni und Mitzi nickten sich entschlossen zu.

Die drei nahmen eine Kutsche zum Hotel Métropole, schlichen sich dort hinein, wo Sieglinde das Hotel auch wohlweislich verlassen hatte – den Dienstboteneingang. Über das hintere Treppenhaus gelangten sie ungesehen in den zweiten Stock, wo das schicksalhafte Zimmer lag. Das Bellen und Winseln und Kratzen auf der anderen Seite der Tür kündete davon, dass der Zwergpudel wohlauf war.

Sie entsperrten die Tür, öffneten sie behutsam. Sieglinde wollte Anastasia gerade in die Arme schließen, als Toni sie zurückhielt – das weiße Fell um die Schnauze des Tieres war dunkelrot.

Alle Blicke richteten sich aufs Bett. Dort lag ein nackter Mann, der Körper gedrungen, aber fest und kräftig, im Gesicht sauber rasiert, die Haare kurz geschnitten. Seine Augen starrten ins Nichts, sein blutbefleckter Mund stand halb offen.

Zeige- und Mittelfinger der rechten Hand fehlten.

Toni schloss leise die Tür, besah sich die Hand mit den fehlenden Fingern genauer.

»Abgebissen?« Er sah von Anastasia zu Sieglinde. »Fütterst du deinen Pudel nicht? Eine Stunde später und das Hundsviech hätte den Kerl wahrscheinlich mit Haut und Haaren verputzt.«

»Sei ned so deppat, Anton!«

Sieglinde eilte zum Lavoir, tauchte ein Tuch ins Wasser und wischte ihrem Anastaserl das Schnäuzchen sauber. »Es tut mir so leid«, jammerte sie das Tier an.

Toni verdrehte genervt die Augen. »Wickeln wir den armen Kerl ins Laken ein. Damit können wir ihn auch in sein Zimmer tragen. Vorausgesetzt natürlich, wir bekommen seine Tür –«

Mitzi klimperte mit einem Schlüssel in der Hand, den sie gerade aus der Jackentasche des Toten geholt hatte. An ihm baumelte ein Anhänger, den die eingestanzte Zahl 413 zierte.

Toni warf ihr einen Kuss zu.

Während sich Sieglinde immer noch um ihren Hund kümmerte, taten Mitzi und Toni wie besprochen. Als sie den Toten in seinem Leinensack aus dem Bett heben wollten, verließ sie die Kraft.

»Wenn es dein Schoßhund erlaubt, könntest du einmal bei uns mit anpacken?«, herrschte Toni seine Mutter an. »Der Kerl wiegt ja so viel wie eine Tramway.«

Die Angesprochene ließ sogleich das Tier los, packte ein Ende der Tuchent und hob gemeinsam mit Toni und Mitzi das Bündel aus dem Bett.

Zur Tür zogen sie ihn mehr, als sie ihn trugen, während Anastasia fortwährend kurzes, keifendes Bellen von sich gab.

Sieglindes »Aber geh, Anastaserl« und ein »Jetzt muss du aber bitte leise sein« halfen so viel, als würde man ein Kleinkind höflich ersuchen, mit dem Weinen aufzuhören.

»Schnauze!«

Mitzis helle Stimme hallte durchs Zimmer. Der Zwergpudel machte einen Satz nach hinten, kauerte dann zitternd in einem Winkel, die Schnauze am Boden, die Ohren angelegt.

»Wenn du den Hund nur halb so resolut erziehen würdest wie mich, Mutter, könnte er bald Ballett tanzen«, meinte Toni verärgert.

Die negierte die Unflätigkeit ihres Sohnes geflissentlich.

So leise und schnell sie nur konnten, schleiften die drei den Sack mit dem Toten zum hinteren Dienstbotentreppenhaus, ein Stockwerk hinauf, wieder den Flur hinunter und hinein ins Zimmer Nummer 413.

Das Bett dort war unberührt, zwei große Reisekoffer standen geöffnet daneben. Deren edler Garderobe nach zu urteilen, gehörten sie jemandem, der einen höheren Rang bekleidete.

Gerade wollten die drei noch einmal alle Kräfte sammeln, um den Toten aufs Bett zu hieven, als Toni warnend die Hand hob. Dann deutete er auf die Unterseite der Tuchent, die einen großen roten Fleck aufwies.

Mitzi zuckte fragend mit den Schultern.

»Wenn der Tote in Mutters Zimmer auch so viel Blut verloren hat, ist ihre Matratze vermutlich damit besudelt. Hat sie eine von euch beiden kontrolliert?«

Die beiden Frauen sahen sich unschlüssig an.

Toni ließ die Tuchent los und bedeutete ihnen, ihm zu folgen. Der Sack plumpste auf den Parkettboden.

Wieder schlichen sie den Flur entlang, die Dienstbotentreppe hinab, einen weiteren Flur hinunter und in Sieglindes Zimmer. Toni entzündete über der Matratze ein Schwefelholz. Diese zierte ein großer roter, beinahe schwarzer Fleck.

Toni seufzte angespannt, denn er wusste, was das bedeutete.

Sie lösten die klobige Matratze aus dem Bettrahmen,

schoben sie zur Tür, schleppten sie zur Dienstbotenstiege, einen Stock hinauf, den Flur hinunter, bis zum Zimmer 413.

Dort wechselten sie die saubere Matratze gegen die besudelte aus, stemmten den Leinensack samt Inhalt aufs Bett, streiften die Tuchent glatt und dekorierten das Ganze mit einem Polster.

Dann verfrachteten sie die saubere Matratze den Flur hinunter, die Treppen hinab, den Flur entlang und in Sieglindes Zimmer – wo ihnen nun die Decke ins Auge sprang, die ebenfalls voller Blutspritzer war.

Toni ballte die Fäuste. Er war schweißüberströmt und völlig außer Atem. »Du weißt, Mutter, ich bin von sonnigem Gemüt –«

Sieglinde machte zu Mitzi eine Geste, als hörte sie das zum ersten Mal. Die musste kichern.

»– aber ich schwöre dir«, fuhr der kleinwüchsige Mann gefährlich leise fort. »Wenn ich jetzt noch ein Trumm da raufschleppen muss, werde ich zum Berserker.«

Sieglinde machte eine abwehrende Handbewegung. »Meiner Seel, da ist einer aber gar keine körperliche Arbeit gewöhnt.«

Sie schnappte sich die Decke. »Ich mach das schon.«

Mit diesen Worten entschwand die Frau aus dem Raum.

Erschöpft setzte Mitzi sich auf den Boden. »Haben wir's geschafft?«

»Ich denke, ja.«

Toni setzte sich neben sie und nahm ihre Hand. »Danke, dass du mir geholfen hast. Du bist die beste Frau, die man sich wünschen kann.«

Sie gab ihm einen Kuss auf die Wange, imitierte dann ihre Schwiegermutter in spe: »Auch wenn ich mir gar nicht vorstellen kann, wie das ist, wenn man jemanden gefunden hat, der einen so liebt, wie man ist.«

Die beiden mussten lachen.

Unterdessen kam auch der Zwergpudel, leise wie ein Raubtier, näher gerobbt und schmiegte sich an Mitzis Beine. Die durchfuhr unwillkürlich ein fürchterlicher Schauer.

»Das habe ich gern für dich getan, Liebster«, sagte sie im Flüsterton. »Aber wenn du von mir verlangst, dass ich das Viecherl angreife, dann gehen wir getrennte Wege.«

Die Polizei hatte den Ausgang des Foyers gesperrt, befragte jeden, der das Hotel zu verlassen gedachte. Der gellende Schrei eines Zimmermädchens hatte frühmorgens davon gekündet, dass Henri Philippe entdeckt worden war.

Sieglinde hatte bereits in aller gebotenen Ruhe ihre Koffer gepackt, auch wenn sie die restliche Nacht kein Auge zutun konnte, und reiste nun ebenfalls ab. Dass sie einer Befragung durch die Polizei nicht entgehen würde, war ihr bewusst.

Einem k.k. Polizeiagenten erklärte sie unter Tränen, die echt und wahrhaftig waren, wie sie zu dem französischen Diplomaten stand, dass sie gestern Abend einen bedauerlichen Streit gehabt und so die Nacht getrennt voneinander verbracht hatten. Und dass man sie offenbar jeder Möglichkeit beraubt hatte, sich zu versöhnen.

Ein Polizei-Aktuar hielt ihre Aussage schriftlich fest.

Der Polizeiagent verabschiedete sich gerade von Sieglinde, als Toni und Mitzi zu ihnen traten.

»Mein Sohn Anton«, stellte sie die beiden vor, »und seine liebe Gefährtin, Frau Goldziher.«

Der Polizeiagent nickte den beiden gerade beiläufig zu, als Anastasia sich mit einem Ruck aus Sieglindes Klammergriff befreite und auf Mitzi mit wedelndem Stummelschwanz zulief, gleich so, als würde sie ihre liebste Freundin begrüßen. Die lächelte gequält.

Aus nicht ersichtlichem Grund verfinsterte sich der Blick des Polizeiagenten. Mitzi zögerte. War er einfach ein Hundenarr, der nicht verstehen konnte, dass sich manch anderer nicht gerne abschlecken oder am Bein reiben ließ? Oder witterte er etwas, begründet auf jahrelanger Erfahrung mit Mordbuben und Spießgesellen?

Mitzi kniete sich zu dem Hund, streckte die Hand aus und streichelte ihm über den Kopf. Das Gefühl der gekräuselten Hundehaare auf der Handfläche empfand sie jedoch als derart schauderlich, dass sie drauf und dran war, alles zu gestehen – sowie sämtliche Straftaten der letzten Monate in ganz Wien, wenn dies nur bedeuten würde, die Qual nähme ein Ende.

Mit einem jovialen Zwinkern wandte sich der Polizeiagent wieder Sieglinde Piperek zu, als der Zwergpudel plötzlich zu Husten und Würgen begann. Mitzi sah hilfesuchend zu Toni hinauf, dessen Gesicht versteinerte.

Mit einem Schaudern folgte Mitzi seinem Blick, sah, was er sah – das Anastaserl hatte einen der beiden abgebissenen Finger des französischen Diplomaten wieder ausgespien, saß stolz und mit wedelndem Schwanz davor wie ein Jagdhund vor seiner Beute.

Als würde sich die Zeit verlangsamen, bemerkte Mitzi, wie sich der Polizist nun wieder ihr und dem Hund zuwandte. Eine Schrecksekunde lang erstarrte alles –

Dann schnappte sich Mitzi das Tier, machte einen kleinen Schritt nach vorn, sodass ihr roter Mantel über den

Finger fiel und diesen verdeckte, und drückte Anastasia an sich, als wäre sie ihr sehnlicher Kinderersatz.

Sieglinde, die offenbar alles mitbekommen hatte, verabschiedete eilig den Polizeiagenten und dessen Aktuar, die sich sogleich anderen Gästen im Foyer widmeten.

Blitzschnell kniete sie sich nieder, griff unter Mitzis Mantel, schnappte sich den Finger und ließ ihn in ihrer Tasche verschwinden. Dann befreite sie Mitzi von der caninen Bürde.

»Ich bin Ihnen zu unendlichem Dank verpflichtet, Frau Goldziher«, sagte sie unter Tränen. »Dir auch, Anton. Ohne euch säße ich jetzt im grünen Heinrich*. Oder schlimmer. Ich weiß, ich kann zuweilen etwas harsch wirken, aber bitte glaubt mir, ich danke euch von ganzem Herzen.«

Toni schmunzelte. »Das weiß ich doch, Mutter.«

Sieglinde wandte sich noch einmal Mitzi zu. »Ich bin die Sieglinde, wenn du willst. Und ich könnte nicht glücklicher sein, dass du an der Seite meines Antons bist.«

Ohne eine Antwort abzuwarten, drückte sie die kleinwüchsige Frau so fest an sich, dass dem Hund, der nun zwischen beiden Frauen eingeklemmt war, beinahe die Luft wegblieb.

»Ich freue mich darüber, Sieglinde«, sagte Mitzi schließlich. »Wir werden schon miteinander auskommen.«

Innerlich war sie froh, dass sie die ersten Zwistigkeiten zwischen sich und der Mutter ihres Liebsten überstanden hatte. Mit der Rettungsaktion wusste sie, dass sie bei der Frau auf Lebzeiten einen Stein im Brett hatte – oder ein Druckmittel, wenn es die Situation erforderte. Und weil Sieglinde ihre Koffer bei sich hatte und offenkundig abrei-

* Volkstümlich: Arrestwagen

sen wollte, stand auch einem trauten ersten Weihnachtsfest zu zweit nichts mehr im Wege.

Sie würden sich im Schindelwagen zusammenkuscheln, den Ofen einheizen, heißen Gewürzwein trinken und eine Kleinigkeit schenken. Aber hauptsächlich würden sie es genießen, zu zweit zu sein.

Sieglinde erhob sich, freudig lächelnd.

»Alsdann, ihr zwei – was wollen wir am Heiligen Abend kochen?«

V.
Krampus

1851

Lasst uns froh und munter sein

(Text: Josef Annegarn /
Melodie: aus England, 19. Jhd.)

Lasst uns froh und munter sein
und uns recht von Herzen freu'n!
Lustig, lustig, traleralera!
Bald ist Nikolausabend da,
bald ist Nikolausabend da!

Dann stell' ich den Teller auf,
Nikolaus legt gewiss was drauf.
Lustig, lustig, traleralera!
Bald ist Nikolausabend da,
bald ist Nikolausabend da!

Wenn ich schlaf', dann träume ich:
Jetzt bringt Nik'laus was für mich.
Lustig, lustig, traleralera!
Bald ist Nikolausabend da,
bald ist Nikolausabend da!

Wenn ich aufgestanden bin,
lauf' ich schnell zum Teller hin.
Lustig, lustig, traleralera!

Bald ist Nikolausabend da,
bald ist Nikolausabend da!

Nikolaus ist ein guter Mann,
dem man nicht genug danken kann.
Lustig, lustig, traleralera!
Bald ist Nikolausabend da,
bald ist Nikolausabend da!

»Während der Rauhnächte, die immer kalt und neblig waren, wandelten grauenerregende Schreckgestalten durch das Unterholz. Ungetüme, in Pelz gewandet, mit unheilvoll verdrehten Hörnern, die aus ihren Schädeln wucherten. Mit lautem Geschrei und untermalt vom markerschütternden Schellen von Glocken, die sie an ihren Leibern befestigt hatten. Sie durchstreiften die Wälder, Flure und Dörfer. Und doch – Unheil brachten sie über niemanden, im Gegenteil: Diese Schreckgestalten vertrieben jene Nebel- und Wintergeister, die die Vorräte schrumpfen und Mensch und Tier jämmerlich erfrieren ließen. Sie trieben sie dorthin zurück, von wo sie gekommen waren, auf dass sie ein Jahr verbannt blieben. Erst wenn wieder Gefahr drohte, zogen die Mutigsten der Mutigen ihre Pelzgewänder und die schauerlichen Masken über und die Jagd begann von Neuem.«

Joseph lächelte milde, tätschelte dabei dem Rappen vor ihm den seidig glänzenden Hals.

»So war das damals eben, Amadeus. Bevor die Kirche kam und den Brauch für lange Zeit als Hexenkunst verbot.«

Der Pferdeknecht nahm eine Bürste und begann, die Mähne des Hengstes zu striegeln.

»Heutzutage ist derlei Brauchtum glücklicherweise wieder erlaubt, und in zwei Tagen ist es so weit. Dann zieht der Heilige Nikolaus mit dem Krampus und seinen Buttnmandln wieder von Tür zu Tür, um jene Kinder zu belohnen, die in diesem Jahr artig waren, und jene zu bestrafen, die es nicht waren.«

Das Pferd wieherte und schüttelte dabei den Kopf.

»Ich weiß, was du meinst, Amadeus«, sprach Joseph, als würde er das Tier verstehen. »Aber da kann man nichts machen. Weiß Gott, oft genug versucht hab ich's.«

Der Knecht griff einen leeren Eimer und humpelte zum Wassertrog. Sein rechtes Bein stand dabei in einem eigenartigen Winkel ab und wies eine noch eigenartigere Krümmung bis zum Knie auf. Sein Unterschenkel war in die entgegengesetzte Richtung verbogen, der Fuß verkrüppelt und viel winziger als der linke.

»Mein kleiner Kentaur«, hatte ihn seine Mutter liebevoll genannt, bis sie das Fieber dahingerafft hatte, an Josephs dreizehntem Geburtstag. Seitdem hatte sein Herr Vater ein schlagfertiges Regiment geführt, das nur Gehorsam oder Strafe kannte. Dass die anderen Kinder Joseph nicht mit ähnlich liebevollen Kosenamen wie seine Mutter umschmeichelten, hatte den Knecht eigentlich nie gestört – er wusste, dass er etwas Besonderes war, weshalb er die meiste Zeit auch nicht mit Kindern, sondern mit Pferden verbrachte, denn die gaben sich weniger spöttisch.

Bis heute.

Mit einem Krachen flog plötzlich die Tür zum Stall auf. Der Wind trieb dichtes Schneegestöber herein, das eine beißende Kälte brachte.

Die Pferde in den Ställen wurden unruhig.

»Entschuldige vielmals«, tönte die tiefe Stimme eines gedrungenen Mannes, dem man sogleich eine gewohnte Befehlsgewalt anhörte.

Joseph kniff die Augen zusammen. Kam tatsächlich gerade Bürgermeister Franz Forster zum Tor herein? Und wer war seine Gefolgschaft? Einige Männer aus dem Gemeindeamt, die der Pferdeknecht nicht gut kannte, in Begleitung des Herrn Pfarrer?

Joseph strich sich die Weste über dem Wanst glatt, nahm eine aufrechte Haltung ein. Die Köpfe der Männer hoben sich, als sie sich Joseph näherten, der beinahe zwei Meter maß. Bis auf seinen verkrüppelten Fuß strahlte sein Körper eine ungezügelte Rohheit aus, eine urwüchsige Kraft, der man lieber aus dem Wege ging – was die meisten Leute auch taten.

Einen weiteren Rumms später war das Tor zum Stall wieder geschlossen.

»Ah, der Sepp!«, begrüßte ihn der Bürgermeister beinahe überschwänglich und streckte ihm die Hand entgegen.

Joseph schüttelte die Hand, die in der seinen wie die eines Kindes wirkte. Dann kratzte er sich den Vollbart.

»Was verschafft mir die Ehre Eures Besuchs? Ist doch nichts Schlimmes passiert, oder?«

»Aber nein.« Forster schüttelte den Kopf, hielt dann jedoch sogleich inne. »Na ja, genau genommen schon. Der Wagner Valentin ist gestern Nacht von einem Pferd niedergetrampelt worden.«

»Au weh.« Joseph bekreuzigte sich.

»Und von einem Fuhrwerk überrollt«, fügte des Bürgermeisters Adlatus hinzu.

Forster gab seinem Gehilfen einen Rempler. »Ich bin ja eh grad dabei, alles zu erzählen, Himmelherrgott!«

Der Adlatus, ein junger Mann Mitte zwanzig mit ungesund milchig-weißer Gesichtsfarbe, senkte schuldbewusst das Haupt.

»Also«, fuhr der Würdenträger fort. »Zuerst das Pferd, dann das Fuhrwerk. Aber das kann auch erst später passiert sein, als er schon unter einer Schneedecke lag. Trotzdem – beide über den Valentin drüber, mitten in der Nacht.«

Joseph blickte in die ernsten Gesichter der Männer, die nun rund um ihn standen. Mit einem Mal wurde ihm so heiß, als stünde er in der prallen Sonne. War man etwa gekommen, weil man ihn dieser schrecklichen Tat verdächtigte? Immerhin war er vielleicht der, der sich am wenigsten in die Gemeinde eingliederte.

»Und –« Joseph schluckte. »Wie geht es dem Herrn Wagner jetzt?«

»Jetzt geht's ihm wieder gut«, antwortete Forster. »Er ist heute Mittag verstorben.«

Erneut bekreuzigte sich Joseph, sichtlich betroffen.

Der Bürgermeister schien jedoch nicht sonderlich traurig zu sein. »Der Valentin war ein zäher Hund, und er ist gestorben, wie er die meiste Zeit gelebt hat. Volltrunken. Er hat also wahrscheinlich nicht einmal mitbekommen, was ihm widerfahren ist.«

»Und der Kummer seiner Witwe wird wohl auch eher dem Einkommensverlust als ihrem Gemahl gelten«, ergänzte ein Mann mit rauschendem weißem Bart – Ägidius Aschauer, seines Zeichens Apotheker der Gemeinde. »Zumindest muss sie jetzt nicht mehr zweimal die Woche vorschützen, die Treppen im Haus hinuntergestürzt zu sein.«

Die versammelten Männer nickten stumm in Einklang.

»Ja, und wer hat jetzt den Herrn Wagner auf dem Gewissen?«, wollte Joseph wissen.

Doch der Bürgermeister zuckte nur mit den Schultern. »Vermutlich irgendein ebenso besoffener Bauer aus der Umgebung. Wer weiß das schon?«

Nach einem beherzten Schweigemoment holte der Bürgermeister tief Luft und fuhr dann fort. »Der Grund, warum wir bei dir vorstellig werden, Sepp, ist, dass der Valentin natürlich eine schmerzliche Lücke hinterlässt. Nicht als Mensch, aber als Begleiter beim jährlichen Buttnmandllauf.«

»Als … Begleiter?«, gab sich Joseph irritiert.

»Als Begleiter vom Heiligen Nikolaus«, schoss es aus dem Adlatus heraus, was ihm den nächsten Rempler einbrachte.

»Ich weiß, mein lieber Sepp, dass du dich früher jedes Jahr darum beworben hast, der Begleiter unseres geschätzten Herrn Apothekers zu sein. Doch das tat der Valentin auch und sein Vater war immerhin ein höchst angesehener Bürger in unserer Gemeinde.«

Joseph nickte wissend.

»Nun, das hat sich mit heute Mittag geändert.«

Der Bürgermeister hob die rechte Hand, reichte damit gerade einmal bis zu Josephs Schulter und klopfte gewichtig auf diese.

»Sepp, wir benötigen einen neuen Kramperl. Und wer könnte es wohl anders sein als ein so stattliches Mannsbild wie du? Unsere Gemeinde braucht dich. Bitte sag Ja.«

Joseph wurde rot im Gesicht. Noch nie zuvor hatte ein Würdenträger Ähnliches an ihn herangetragen, geschweige denn ihn um etwas gebeten.

»Ich … fühle mich geehrt, ja wirklich«, sagte Joseph mit vor Aufregung holpriger Stimme. »Es … es ist mir eine Ehre.«

»Dann ist es abgemacht!«

Bürgermeister und Pfarrer nickten sich selbstzufrieden zu.

»Der Valentin hat in etwa deine Größe gehabt, Sepp. Ich werde veranlassen, dass seine Witwe dir Fell und Maske und so weiter leiht. Eine Lebensrute aus Birkenästen kannst dir selbst schnüren, oder?«

Joseph nickte, bemüht, sich die Begeisterung nicht anmerken zu lassen.

Pfarrer Wenzeslaus Metzenleitner, ein Mann Ende fünfzig mit verhärmtem, faltigem Gesicht und ovaler

Nickelbrille, hob salbungsvoll die Hand. »Komm morgen Nachmittag zu mir, auf dass ich dir sage, welche Kinder besonders zu behandeln sind.«

Wieder nickte Joseph.

»Und danach sprechen wir uns bei mir im Laden«, bestimmte der Apotheker mit ruhiger Stimme, der seit über zehn Jahren den Heiligen Nikolaus gab. »Als die zwei Seiten einer Münze müssen wir eingespielt sein.«

»Natürlich, der Herr Apotheker«, antwortete Joseph mit angedeuteter Verbeugung.

»Ab jetzt kannst Ägidius zu mir sagen«, meinte der andere. »Nikolaus und Kramperl sind ja in gewisser Weise Spezi*.«

Ein Auge hatte Joseph in dieser Nacht nicht zugetan, zumindest war es ihm so vorgekommen. An den ehernen Ofen zu seiner Linken starrend hatte er auf seinem Strohsack gelegen und die wohlige Wärme genossen, die derselbe ausstrahlte. Seine Gedanken kreisten allerdings nur um ein Thema – dass sein Kindheitstraum endlich wahr werden würde. Endlich würde er in die Rolle des Krampus schlüpfen dürfen, mit dem Nikolaus von Tür zu Tür gehen und den Kindern ein Leuchten in die Augen zaubern. Dass dieses Leuchten auch mit Furcht vor seiner grässlichen Erscheinung und der Lebensrute einherging, beunruhigte Joseph nicht im Geringsten – er musste ja nicht wie sein Vater sein. Nein, er würde vielmehr seiner Mutter gerecht werden, so, wie seine Vorfahren es vor langer Zeit gewesen waren: Beschützer vor Wintergeistern, Fechter für das Gute und Redliche.

---

* Umgangssprachliche Kurzform seit Ende 18. Jahrhundert für »spezialer Freund«

Doch mit der Vorfreude kroch auch die Angst in ihn. Was, wenn er den Erwartungen, die in ihn gesetzt wurden, nicht gerecht wurde? Was, wenn ihm das Pelzgewand nicht passte? Immerhin war er der mit Abstand größte Mann in der Gemeinde, ja, weit und breit.

Dem Schnaps, den er in Augenblicken des Unwohlseins genoss, entsagte er jedoch, da er am morgigen Tag unglaublich wichtige Termine wahrzunehmen hatte: bei einer Witwe, beim Apotheker und beim Herrn Pfarrer!

Mehrmals in dieser Nacht ermahnte Joseph sich, nicht so kindisch aufgeregt zu sein – er wollte sein Bestes geben und nur daran würde man ihn messen! Und doch begannen direkt nach jeder Mahnung erneut die Zweifel an ihm zu nagen, bis schließlich der Hahn krähte.

Wie jeden Morgen versorgte der Knecht als Erstes die Pferde im angrenzenden Stall. Dann nahm er das auf, was er in der Nacht bereits bis ins kleinste Detail geplant hatte. Beim Brunnen wusch er sich besonders gewissenhaft, verbrauchte gar das Wasser von drei ganzen Eimern. Mit vor Aufregung pochendem Herzen schlüpfte der Hüne in seinen Sonntagsanzug und schnitt mit dem Hornkamm einen messerscharfen Scheitel durch sein kurzes braunes Haar. Er zog sich seinen einzigen Janker über und setzte sich dann auf einen hölzernen Hocker vor sein altes Haus, von wo er einen ungetrübten Blick auf die große Uhr am Kirchturm hatte.

Dann wartete er, genoss die Wintersonne im Gesicht und das Knirschen des Schnees, wenn ein Fuhrwerk vorbeigezogen kam.

Als die Uhr endlich eins schlug, sprang Joseph auf und machte sich humpelnd auf den Weg Richtung Kirche.

Andächtig betrat der Pferdeknecht das Gotteshaus, nahm den Hut vom Kopf und bekreuzigte sich dreimal.

Der würzige Geruch nach Weihrauch erfüllte die feucht-kühle Luft, durch die hohen Buntglasscheiben erstrahlte das barocke Innere der Kirche in mystischem Glanz.

»Ah, der Sepp!«, begrüßte ihn Pfarrer Metzenleitner, der gerade einige Kerzen in den Ständern ausgetauscht hatte und nun auf ihn zukam.

»Grüß Gott, Herr Pfarrer«, sagte Joseph voller Ehrfurcht. Dann folgte er dem Prediger zu einem der Seitenschiffe der Kirche, wo auf einer Bank ein kleines, in Leder gebundenes Buch lag und daneben zwei Becher voll rotem Wein standen.

Metzenleitner nahm das Buch, schlug es auf, überflog die Seiten, die voller handschriftlicher Notizen waren. Er murmelte immer wieder Namen, schien im Geiste abzuwägen, was ihm zu dem jeweiligen Namen einfiel. Schließlich klappte er das Buch wieder zu.

»Also, hör gut zu, Sepp«, begann der Pfarrer mit ernster Miene. »Im Großen und Ganzen dürfen wir uns glücklich schätzen, so viele anständige Kinder in unserer Gemeinde zu haben. Manche sind ein wenig fleißiger als andere, manche vielleicht ein wenig aufmerksamer. Aber wirklich schlimm sind sie alle nicht gewesen.« Er seufzte. »Mit Ausnahme von dreien. Dem Lindner Nepomuk, dem Altmann Kaspar und der Hinterstoißer Viktoria. Diese drei haben sich kein Naschwerk verdient, sondern die Strenge der Lebensrute. Sie werden schon wissen, wofür sie die Züchtigung erhalten.«

Die genannten Namen überraschten Joseph. Er kannte die Kinder ein wenig und keines von ihnen machte auf ihn den Eindruck, besonders arglistig zu sein. Aber der Herr Pfarrer würde schon wissen, was er forderte.

»Natürlich, Herr Pfarrer«, bekräftigte Joseph, wenn auch mit leichtem Zögern.

Metzenleitner lächelte mitleidig. »Mir ist bewusst, dass das für dich Neuland ist. Immerhin bist du nur ein Stallknecht. Aber ich bin der Beichtvater der Kinder und genau deshalb sage ich dir, was du zu tun hast. Der Kramperl ist der verlängerte Arm unseres Herrn, wenn es um die wohlbedachte Aufzucht unserer Kinder geht, verstehst?«

Joseph nickte, auch wenn er nicht genau verstand.

»Alsdann«, sprach der Pfarrer abschließend. »Du weißt, was du zu tun hast. Ich und der Herr, also wir beide, wir verlassen uns auf dich.«

Der Pferdeknecht deutete eine Verbeugung an. »Ihr könnt sicher sein, dass ich mir Eure Worte zu Herzen nehme und meiner Verantwortung nachkommen werde.«

Metzenleitner nickte zuversichtlich. Dann gab er dem Knecht einen der beiden Becher, nahm den anderen und stieß mit ihm an.

Apotheker Ägidius Aschauer klatschte freudig in die Hände, als Joseph seinen Laden betrat. »Der Herr Kramperl ist da!«

Bisher hatte man ihn noch nie derart freudig begrüßt, stellte Joseph fest. Offenbar zählte tatsächlich nicht, wer man war, sondern nur, was man darstellte. Dass man ihm nach dem Nikolausabend wieder mit dem gleichen Argwohn begegnen würde, davon war der Knecht überzeugt. Aber da dies noch zwei Tage hin war, genoss er, was der Augenblick zu bieten hatte.

»Grüß Gott, Herr – grüß dich Gott, Ägidius«, korrodierte sich Joseph.

Der andere winkte ihn zu sich. »Komm, lass uns nach hinten gehen.«

Aschauer öffnete für Joseph den Zugang über die Theke. Dann führte er den Knecht in die hinteren Räumlichkeiten, vorbei an Regalen voller gebräunter Flaschen, in denen Tinkturen, Salben und sonstige Wundermittel lagerten und auf ihren heilenden Einsatz warteten.

Der Apotheker entzündete eine Petroleumfunzel, holte eine Flasche mit einer durchsichtigen Flüssigkeit sowie zwei Schnapsgläser aus einer Kommode und schenkte die Gläser randvoll.

»Auf die Gesundheit!«, stimmte Aschauer den Trinkspruch an.

Joseph zögerte, wollte es tagsüber mit dem Alkohol nicht übertreiben. Doch es erschien ihm unhöflich, der Aufforderung des Apothekers nicht nachzukommen. Daher griff er das zweite Glas.

»Auf die Gesundheit.«

Doch statt auf den Grund des Zusammenkommens einzugehen, füllte der Apotheker beide Gläser erneut.

»Und auf deinen ersten erfolgreichen Einsatz als Kramperl. Ich freue mich, wenn das mit dir besser funktioniert als mit dem Valentin.«

Wieder tranken die Männer.

»Ich hab immer den Eindruck gehabt, der Herr Wagner wäre beliebt gewesen?«

Der Apotheker schüttelte den Kopf und damit auch seinen weißen Rauschebart.

»Lustig war's schon mit ihm, meistens zumindest. Aber er hat es halt immer übertrieben mit dem Alkohol, der

Depp. Im Wirtshaus ist das nicht weiter tragisch, da wurde er halt hinausgeworfen, wenn's zu viel war. Aber am Nikolaustag –«

Aschauer brach ab, überlegte, bevor er fortfuhr: »Weißt, Sepp, die Kinder sollen den Krampus fürchten und nicht über ihn lachen. Oder sich anmachen, weil er zu fest hindrischt.«

Er maß den Knecht von oben bis unten. »Du scheinst recht anständig zu sein. Schaffst du es, nüchtern zu bleiben, bis wir auch im letzten Haus unserer Gemeinde eingekehrt sind? Und dass du zwar streng, aber niemals brutal bist?«

»Ihr – du kannst dich auf mich verlassen. Mir liegen die Kinder ebenso am Herzen.«

Der Apotheker nickte zufrieden, schien den Worten des Knechts zu glauben. »Wunderbar!«

Er schenkte die Gläser wieder voll.

»Auf einen erfolgreichen Nikolaus.«

Sepp nahm das Glas, auch wenn er darauf hätte verzichten können. »Auf einen erfolgreichen Nikolaus.«

Dann erklärte ihm der Apotheker, wie sich der Brauch des Buttnmandllaufs abspielen würde.

»Grüß Gott, ich bin der Joseph«, stellte sich der Knecht mit leiser Stimme vor, das Haupt gesenkt, den Hut in Händen.

»Ah, wegen dem Valentin seine Sachen!«

Die Frau war zwar in schwarzes Trauergewand gekleidet, ihre Augen strahlten jedoch eine überraschende Lebendigkeit aus. Joseph schätzte sie auf Mitte dreißig, so alt wie er selbst. Ihr rundes und dennoch fein gezeichnetes Gesicht strahlte Güte aus.

»Komm rein, bittschön.«

Die Witwe trat zur Seite, ließ den Knecht in die Stube ein. »Gesehen habe ich dich schon ein paarmal. Du kümmerst dich um die Pferde, hab ich recht?«

Joseph nickte. »Die Tiere sind halt ehrlicher als so mancher Mensch«, meinte er. »Die zeigen einem gleich, wenn ihnen etwas nicht passt.«

Die Frau nickte. »Der Ansicht bin ich auch. Ich bin übrigens die Anneliese.« Sie maß den Knecht. »Größer bist als der Valentin. Aber ich glaub trotzdem, dass dir seine Sachen passen werden.«

Sie wies auf den Stubentisch, auf dem ein dunkles Fellgewand und eine kunstvoll geschnitzte Holzmaske mit grauenerregend verzerrter Fratze lagen.

»Eine Lebensrute musst dir aber selbst binden. Da müssen die Zweige frisch sein, sonst zieht sie nicht.« Sie machte eine kurze Pause. »Und ich hoff, dass du weniger gern hinhaust als der Valentin.«

Joseph schluckte.

»Eigentlich hau ich überhaupt nicht gern hin«, sagte er. »Ein Pferd, das man schlägt, wird bockig. Nur wir Menschen ergeben uns demütig unserem Peiniger.«

»Na, nie wieder!«, schoss es aus Anneliese heraus.

Dann seufzte sie. »Weißt, das Leben ist voller Prüfungen. Aber manches Mal fragt man sich, warum der Herrgott den einen ständig und einen anderen kaum prüft.« Sie sah zu Josephs verkrüppeltem Fuß hinab. »Aber was erzähl ich dir über Prüfungen.«

Der winkte ab. »Um ehrlich zu sein, habe ich mich nie beklagt. Was würde es auch nützen? Ich bin, wie ich bin, ob ich nun lache oder weine. Und ich hab mich vor langer Zeit für das Erste entschieden.«

Die Witwe schmunzelte verlegen. Es schien, als wollte sie etwas sagen, verkniff es sich dann aber wieder. Stattdessen nahm sie eine Flasche, entkorkte sie und füllte zwei kleine Becher mit klarer Flüssigkeit. Einen davon reichte sie dem Knecht.

»Auf einen schönen Nikolaus. Ich glaub, du wirst einen wunderbaren Kramperl abgeben.«

Ohne sich den Widerwillen ansehen zu lassen, nahm Joseph den Becher entgegen und trank den Schnaps.

»Ich werde gut auf die Sachen aufpassen«, sagte er, nun mit rauer Stimme. »Und ich bring sie dir am Tag danach heil wieder.«

Anneliese nickte dankbar. »Weißt, die Maske hat noch mein Vater geschnitzt.« Ihr Blick fiel auf die Fratze. »So hässlich und doch so schön.«

Einige Augenblicke lang verharrte sie in Erinnerungen. Dann griff sie die Flasche.

»Komm, Sepp, darauf trinken wir noch einen.«

Der Morgen des Nikolaustages war angebrochen. Ein aschener Wolkenhimmel überspannte die tief verschneite Landschaft. Der Gipfel des Watzmanns, der seiner »Frau« und die seiner »Kinder« ragten schemenhaft aus dem Nebel wie der versteinerte Unterkiefer einer urzeitlichen Bestie. Vereinzelt taumelten Schneeflocken zur Erde.

Joseph hatte den Tagesanbruch im Stall erlebt, war seiner Tätigkeit mit der gleichen Gewissenhaftigkeit nachgegangen, wie er dies jeden Tag tat – auch wenn er so aufgeregt war wie selten in seinem Leben. Am Abend zuvor hatte er sich bereits eine Rute geschnürt, die einzelnen Äste einer Birke handverlesen. Die Maskerade hatte er anprobiert, sich vergewissert, dass alles richtig saß. Zu seiner Überraschung passte ihm das Fell, als hätte man es für ihn geschneidert. Die Glocken um seinen Gürtel wogen schwer, die Maske minderte seine Sicht beträchtlich. Und doch fühlte Sepp sich, als wäre er mit einem Mal ein anderer. Als wäre er der, den seine Mutter ihm so oft als Kind beschrieben hatte. Mit klopfendem Herzen war er in seinem Häuschen auf und ab gesprungen, hatte Posen wie Gebrüll geübt und empfand dabei sein verkrüppeltes Bein nicht als Behinderung, sondern als jene Ergänzung, die sein Auftreten erst komplett machte.

Jetzt, am Morgen, musste er sich nur mehr in Geduld üben …

Im Hinterzimmer des Wirtshauses zum »Schwarzen Reiter« befand sich der Treffpunkt für den Umzug. Apotheker Aschauer hatte sich mit dem weißen Gewand eines Bischofs gekleidet, einen güldenen Stab neben sich.

Sechs junge, kräftige Männer der Gemeinde bildeten die Buttnmandl, die mit dem Nikolaus ziehen würden. Sie hatten sich langes, ausgedroschenes Stroh um den Leib gebunden, sodass es aussah, als würden ihnen die Halme aus dem Körper sprießen. Auf dem Rücken und rund um die Hüfte banden sie sich große und noch größere Kuhglocken, die bei jedem Schritt unheilvoll schepperten. Larven – Fellmasken mit Hörnern und heraushängenden feuerroten Zungen – vollendeten ihr schauriges Aussehen.

Joseph stand neben dem Apotheker, ebenfalls in voller Montur. Die große schwere Maske aus Holz ließ ihn schwitzen, als wäre es Hochsommer, die engen Schlitze für die Augen verringerten sein Sehfeld auf ein Minimum. Alles, was nicht direkt vor ihm stand, existierte nicht für ihn. Aber all dies tat der Glückseligkeit, die Joseph verspürte, keinen Abbruch. Denn gleich würde es losgehen!

Auf dem Platz vor dem Wirtshaus sammelten sich die Teilnehmer der Bass, wie die Gruppe genannt wurde, standen im Halbkreis um den Pfarrer und beteten mit ihm ein »Vater unser«, gefolgt von einem »Ave Maria«. Metzenleitner segnete die Teilnehmer mit Weihwasser, danach setzte sich die Bass in Bewegung.

Fackelträger schritten der Gruppe voran. Auch wenn das Feuer in ihren Händen die Dunkelheit kaum zu erhellen vermochte, so ließ es doch gespenstische Schatten über den Schnee tanzen. Den Fackelträgern folgte der Heilige Nikolaus, ihm gleichauf der Krampus. Hinter den beiden tobten die Buttnmandl, sprangen auf und ab, ließen ihre Glocken tönen und brüllten und johlten – ein infernalischer Zug von Ausgeburten, die direkt der Hölle entsprungen schienen, angeführt von einem heiligen Mann.

Kinder jeden Alters drückten sich an den Fensterscheiben ihrer Heime die Nasen platt, fasziniert und verängstigt zugleich. Ihre Eltern traten vor die Türen, tranken einen Schnaps auf die Bass, während ihre Jüngsten oftmals kaum hinter den Rockzipfeln der Mütter hervorzuschauen wagten.

Immer weiter zog die Gruppe lärmend durch die Gemeinde, bis sie beim letzten Haus angekommen war. Dort standen bereits sechs Kinderstiefel vor der Tür, fein säuberlich geputzt, in der Hoffnung, dass sie der Nikolaus über Nacht mit Äpfeln, Nüssen und Naschwerk füllen möge.

Während die Buttnmandl im Freien warteten, erbaten Nikolaus und Krampus Einlass.

In der geräumigen Bauernstube hatte sich die ganze Familie versammelt. Drei Generationen, zwölf Personen, alle in freudiger Erwartung. Öllampen spendeten warmes Licht, brennende Kienspäne aus dem Holz der Föhre verströmten einen angenehm harzigen Duft.

Joseph, der ob seiner Größe den Kopf einziehen musste, eilte durch den Raum, sprang auf und ab, schepperte ohrenbetäubend mit seinen Kuhglocken und ließ die Rute durch die Luft sausen – zum Gaudium der Älteren, zum Schrecken der Kinder. Als der Nikolaus dreimal mit dem Stab auf den Dielenboden pochte, trollte sich der Krampus hinter den Mann und ließ die Glocken verstummen.

Aschauer beäugte die sechs Kinder mit strengem Blick, fuhr sich dabei mehrere Male durch seinen Rauschebart. Dann schlug er das dicke Buch auf, das er mitgebracht hatte.

»Was lese ich hier?«, begann der Apotheker mit polternder Stimme. »Seid ihr Otto, Viktoria, Andreas, Christian, Sebastian und Franziska?«

Die Kinder nickten, mit sichtlichem Unbehagen.

»Mir ist zu Ohren gekommen, dass ihr bisweilen nur missmutig eurer Mutter zur Hand geht, wenn sie es euch heißt?«

Die sechs zogen die Köpfe ein.

»Das gefällt dem Nikolaus gar nicht!« Aschauer stieß mit seinem Stab auf den Dielenboden. Joseph wippte auf und ab, dass seine Glocken erschallten.

Der Apotheker hob den Stab. »Doch ich vermeine, dass ihr im neuen Jahr Besserung gelobt, hab ich recht?«

Die Kinder nickten so eifrig, als hinge ihr Leben davon ab.

»Nun denn, so will ich Milde walten lassen und mir anhören, was ihr für mich vorbereitet habt.«

»Ein Gedicht!«, schrie Viktoria, die Jüngste unter ihnen.

Der Apotheker hob abwartend den Kopf, auch Joseph verharrte.

Die Kinder sahen sich an, dann begannen sie im Gleichklang:

Ihr Kinder, stellt die Schuh' hinaus,
Denn heute kommt der Nikolaus.
Und wart ihr immer gut und brav,
Dann lohnt's euch Nikolaus im Schlaf.
Er bringt euch Äpfel, Feigen, Nüss'
Und gutes Backwerk, zuckersüß.
Doch für das böse, schlimme Kind
Legt er die Rute hin geschwind.

Der Nikolaus lächelte zufrieden, was die Anspannung der Kinder schlagartig löste.

Dann sprach er der gesamten Familie, ebenfalls in Reimform, seinen Segen aus und wünschte ihnen besinnliche Weihnachten.

Die Einkehr beschloss er mit einem kräftigen »Pfiat Gott beinand«.

»Seid Ihr – also, bist du zufrieden mit mir?«, wollte Joseph wissen, froh, der schweißtreibenden Wärme der Stube wieder in die Kälte der Nacht entflohen zu sein.

»Recht hast es gemacht«, meinte der Apotheker. »So wollen wir weiterziehen. Die Kinder sollen uns mit Ehrfurcht empfangen und mit Freude entlassen.«

»Drei Kinder hat mir der Herr Pfarrer genannt, die eine Lektion verdient haben sollen.«

Aschauer zuckte mit den Schultern. »Der Metzenleitner wird schon wissen, was er verlangt. Wenn wir bei den genannten Kindern sind, dann sagst es mir halt und ich lass dich walten. Einverstanden?«

Der riesige Krampus nickte. »Einverstanden.«

So wiederholte sich der Ablauf – die Bass zog mit Getöse von einem Haus zum nächsten. Dort kehrten Nikolaus und Krampus ein. Der Erste tadelte ein wenig, der Zweite lärmte. Dann trugen die Kinder vor, was sie zuvor auswendig gelernt hatten, oder sangen ein Lied. Der Nikolaus lobte sie, wiederholte sein Gedicht der frommen Weihnachtswünsche und verließ mit seinem gehörnten Gefährten wieder die Stube.

Schließlich kamen sie zum Haus der Familie Altmann. Kaspar, ein Junge von neun Jahren, das Gesicht voller Sommersprossen und mit scheuem Blick, stand vor dem Heiligen Mann und sprach artig sein Nikolausgedicht. Als dieser ihn zwar dafür lobte, dann jedoch meinte, dass ihn der Krampus noch tadeln müsse, wich jegliche Farbe aus dem Gesicht des Jungen.

Unsicher blickte Kaspar zu seinen Eltern. Die jedoch machten keine Anstalten einzuschreiten. Nikolaus und Krampus waren schließlich vom Pfarrer selbst instruiert, dessen war sich jeder in der Gemeinde gewahr. Und auch wenn sie nicht ahnten, worin sich ihr Sohn versündigt hatte, ihr Junge würde es schon wissen.

Das fellbehangene Ungetüm, das Joseph nun war, machte einen Schritt nach vorn.

Kaspar wollte davonlaufen, doch seine Mutter hielt ihn fest, nickte dem Krampus zu.

Erinnerungen blitzten vor Josephs innerem Auge auf … Wie sein Vater jeden nur erdenklichen Gegenstand in der Stube zu einem Schlagwerkzeug zweckentfremdet hatte … Den gleißenden Schmerz der Schläge, die er mit heruntergelassener Hose über einen Stuhl gebeugt nicht kommen sah … Die Verzweiflung und das Unverständnis, die an ihm nagten, da er sich selten erklären konnte, was er denn wieder falsch gemacht hatte …

Aber nun war Joseph kein hilfloses Kind mehr. Die Rollen hatten sich endlich vertauscht!

Er hob die Hand mit der Rute –

– und kniete sich mit einem Mal zu dem Jungen hin. Die Rute legte er beiseite, holte stattdessen aus einer Tasche in seinem Fell ein kleines Leinensäckchen hervor, das er zuvor mit Nüssen gefüllt hatte.

Kaspar sah den Krampus verwundert an. Seine Eltern noch viel mehr.

»Für die besonders Tapferen«, tönte Joseph, eine grimmige Stimme imitierend.

Der Junge zögerte. Dann griff er blitzschnell das Säckchen, drückte es erleichtert an sich.

Joseph nahm seine Rute, erhob sich und klopfte dem Nikolaus auf die Schulter, der ihn mit offenem Mund anstarrte.

»Zeit weiterzuziehen«, sagte Joseph leise.

Der Apotheker riss sich aus seiner Starre und begann mit seinem Abschiedsgedicht.

»Was zum Teufel war denn das da drin?«, fuhr Aschauer Joseph an, als sie aus dem Haus der Altmanns schritten.

»Ich hab's dir ja gesagt: Der Herr Pfarrer hat mich genauestens unterrichtet.«

Der Nikolaus maß den Krampus mit gestrengem Blick, als könne er durch die Holzmaske hindurchsehen.

»Mei, dann wird's schon recht sein.« Er zuckte mit den Schultern und wies mit seinem Stab auf das nächste Haus.

Während der Einkehr bei Nepomuk Lindner und bei Viktoria Hinterstoißer verhielt sich Joseph genau wie bei Kaspar Altmann: Er polterte hinter dem Nikolaus hervor, kniete sich dann zu dem Kind und gab ihm ein Säckchen mit Nüssen darin, während er die Worte »Für die besonders Tapferen« sprach.

Gute drei Stunden später war die Bass dort angelangt, wo sie ihren Ausgang genommen hatte – am Platz vor dem Wirtshaus zum »Schwarzen Reiter«. Die Buttnmandl nahmen ihre Masken ab, entblößten hochrote, verschwitzte Köpfe und den unbändigen Willen, den geflossenen Schweiß in Bier aufzuwiegen. Auch der Apotheker war gerade im Begriff, ins Wirtshaus zu gehen, als er sah, dass Joseph zögerte.

»Jetzt gehen wir die erfolgreiche Bass begießen«, meinte er launig. »Das ist auch eine Tradition.«

»Ich will auch gleich nachkommen«, meinte Joseph verhalten. »Hab nur schnell was zu erledigen.«

Aschauer grinste breit. »Ah, da will einer sein Mädel beeindrucken, oder?«

Der Krampus nickte.

»Na, dann bis gleich, Sepp.« Der Apotheker sah dem humpelnden Ungetüm nach und sprach zu sich: »Der ist schon recht.«

Mit lautem Knarzen öffnete sich die Tür zur Kirche und eine Gestalt trat in das Gotteshaus, gespenstisch beleuchtet vom kalten Licht des Mondes.

Pfarrer Metzenleitner erschrak aus tiefem Gebet, hob überrascht den Kopf.

»Der Sepp? Was willst du denn zu dieser Stunde noch hier?«

Mit hallenden Schritten humpelte der Krampus schweigend näher, passierte eine Kirchenbank nach der anderen, bis er schließlich vor dem Gottesmann stand.

Metzenleitner schluckte. Die Schreckensgestalt überragte ihn um über zwei Köpfe.

»Sepp?«, flüsterte er voll Unbehagen.

»Ich war bei den drei Kindern, Vater, so wie Ihr es mir aufgetragen habt.« Josephs Stimme tönte harsch. »Aber ich habe sie belohnt.«

Metzenleitner tat einen Schritt zurück. »Belohnt? Ja spinnst denn du? Züchtigen solltest du sie, du Narrischer!«

»Ihr wisst, dass ich ein einfacher Mann bin«, begann sich der Krampus zu erklären. »Was Ihr hingegen nicht wisst, ist, dass mir die Tiere sehr am Herzen liegen. Denn sie sind immer ehrlich zu einem und verstellen sich nicht. So wie auch Kinder zumeist ehrlich sind, wenn man ihnen nur zuhört. Und das tue ich. Denn oftmals kommen die Kinder aus unserer Gemeinde zu mir in den Stall, wollen die Pferde streicheln oder füttern. Und sie wollen einem etwas erzählen. Aber nicht wie bei Euch bei der Beichte, wo sie fürchten müssen, sich den Zorn des Allmächtigen zuzuziehen, für Sünden, die eigentlich keine sind. Mit mir plaudern sie, wonach ihnen ist. Was sie erlebt haben. Und was sie gesehen haben.«

Der Pfarrer schluckte schwer.

»Ganz recht, Hochwürden. Der Kaspar, der Nepomuk und die Viktoria haben Euch dabei gesehen, wie Ihr mit

Eurer Köchin das tatet, was der Herrgott eigentlich nur einem verheirateten Paar gestattet.«

Metzenleitner wurde kreidebleich.

Joseph machte eine abwehrende Geste. »Aber wer bin ich schon, dass ich richte? Meinen Segen habt Ihr, Herr Pfarrer, denn auch Ihr seid nur ein Mensch. Das habe ich den drei Freunden auch gesagt. Und außerdem, dass sie das, was sie gesehen haben, für sich behalten sollen. Das taten sie auch, von der Beichte natürlich abgesehen, wohl Ihr davon erfahren habt. Die drei haben also eigentlich Ihren Segen verdient und nicht die Züchtigung mit der Rute, oder?«

Metzenleitner nickte nachdenklich. »So gesehen hast du natürlich recht, Sepp. Sie haben bewahrt, was es zu bewahren galt.«

Der Krampus knurrte zustimmend. »Aber wenn die drei Kinder alles richtig gemacht haben, dann frage ich mich, wer denn dann die Rute verdient hat?«

Das Wenige an Farbe, was in des Pfarrers Gesicht zurückgekehrt war, wich sogleich wieder. Denn er wusste, dass der Krampus recht hatte. Er war es, der sich versündigt hatte, nicht die drei Kinder.

Zögerlich hob er seine Soutane, bis sie ihm bis zu den Knien reichte.

»Drei, wenn's recht ist«, flüsterte er kaum hörbar und kniff Augen und Zähne zusammen.

Joseph hob die Rute und zog sie so schwungvoll durch, dass sie rote Striemen auf den Unterschenkeln des Pfarrers zeichnete.

Ein zweiter Schlag entlockte dem Gottesmann ein kurzes Wimmern.

Joseph holte zum dritten Streich aus, ließ jedoch davon ab.

Metzenleitner öffnete verwundert die Augen.

»Den dritten will ich aussetzen«, sprach Joseph mit sanfter Stimme. »Im nächsten Jahr werde ich wiederkehren. Dann werden wir sehen, was mir die Kinder das Jahr über zu berichten wussten. Aber seid beruhigt, Hochwürden. Was ich so höre, seid Ihr ein anständiger Mann.«

»Danke.« Der Pfarrer ließ sein Gewand über seine geschundenen Beine fallen. »Den Eindruck habe ich bei dir auch, Joseph.«

Zwei Tage später striegelte der Knecht wieder den Rappen, schwelgte dabei in Erinnerungen. »So ordentlich gesoffen wie nach dem Lauf mit der Bass habe ich schon ewig nicht mehr. Und so viel gelacht ebenso wenig.«

Das Pferd schnaubte.

»Hast recht, Amadeus, am nächsten Tag war ich beim Stallausmisten nicht ganz bei der Sache. Entschuldige. Gestern hat mir der Herr Bürgermeister gar versichert, dass ich nun jedes Jahr der Krampus sein darf, solange ich das will. So zufrieden war er mit mir, stell dir das nur vor. Die Mutter würde sich narrisch freuen.«

Wieder ein Schnauben.

»Ach so, ja, die Anneliese ist auch ganz rührselig gewesen, wie ich ihr das Fell und die Maske zurückgebracht habe. So ein liebes Weiberl, ich kann dir sagen. Und weißt was: Vielleicht gibt's ja eine Zukunft, für sie und mich. Nach ihrem Trauerjahr, natürlich.«

Josephs Augen wurden glasig.

»Wie sich von heute auf morgen schlagartig alles ändern kann. Manchmal schaut der Herrgott sogar auf einen wie mich.«

Er tätschelte dem Pferd die Flanke. »Und natürlich schaut der Herrgott auch auf einen wie dich. Immerhin bist du es, dem ich das alles zu verdanken habe. Wer weiß, wie es uns beiden jetzt erginge, hättest du nicht den besoffenen Valentin Wagner über den Haufen getrampelt.«

Amadeus wieherte zustimmend.

»Hast du gut gemacht, mein Bester.«

Dann machte sich Joseph mit einem Lied auf den Lippen auf, seine Anneliese zu besuchen.

VI.
Das Haus am Katzensteig

1892

Ich lag und schlief, da‿ träumte‿ mir

(Hoffmann von Fallersleben, 19. Jhd.)

Ich lag und schlief, da träumte mir
ein wunderschöner Traum;
es stand auf unserm Tisch vor mir
ein hoher Weihnachtsbaum.

Und bunte Lichter ohne Zahl,
Die brannten ringsumher,
Die Zweige waren allzumal
Von goldnen Äpfeln schwer.

Und Zuckerpuppen hingen dran:
Das war mal eine Pracht!
Da gab's, was ich nur wünschen kann
Und was mir Freude macht.

Und als ich nach dem Baume sah
Und ganz verwundert stand,
Nach einem Apfel griff ich da,
Und alles, alles schwand.

Da wacht' ich auf aus meinem Traum.
Und dunkel war's um mich:

Du lieber, schöner Weihnachtsbaum,
Sag an, wo find' ich dich?

Da war es just, als rief er mir:
»Du darfst nur artig sein,
Dann steh' ich wiederum vor dir –
Jetzt aber schlaf nur ein!

Und wenn du folgst und artig bist,
Dann ist erfüllt dein Traum,
Dann bringet dir der Heil'ge Christ
Den schönsten Weihnachtsbaum.

Es heißt, dass die Seele ewige Ruhe findet, sobald der Leib beerdigt wurde. Doch manchen Seelen wohnt eine derart diabolische Bösartigkeit inne, dass sie auf ewig dazu verdammt sind, auf Erden zu wandeln …

Mit lautem »Rums!« fiel die Tür ins Schloss.

Unbewegt, beinahe andächtig, standen Alena und Jaro da, starrten auf das dunkle Holz, das den Eingang in ihre kleine Stube verschloss. Vier lange Jahre hatte das Ehepaar darauf gewartet, endlich eine Behausung zu finden, die es sich leisten konnte. Vier lange Jahre, in denen sie sich einen Raum von drei mal fünf Metern geteilt hatten, gemeinsam mit fünf weiteren Arbeitern aus Böhmen sowie zwei Schlafburschen und drei Schlafmädchen, die tagsüber ihre Bettstatt gegen geringes Entgelt nutzten. Zu mehr als dieser Unterkunft hatte der karge Lohn von Alena und Jaro nicht gereicht, obwohl beide fleißig ihren Tätigkeiten nachgingen – er als Tramwayschienenritzenkratzer, sie als Schichtarbeiterin in der Apollo-Kerzenfabrik in Wien Neubau. Als vor einem Jahr dort ein Diebstahl entdeckt worden war, zu dem sich kein Schuldiger finden ließ, statuierte man ein Exempel und warf einen Böhm hinaus – nämlich sie. Alena empfand diese ehrlose Entlassung ohne Dienstzeugnis wie einen Schlag ins Gesicht, hatte sie sich doch noch nie im Leben etwas zu Schulden kommen lassen. Seither suchte sie einen Ersatz für ihre Zehnstundenschicht, bislang vergeblich.

In dieser Schicksalsgemeinschaft aus Fremden und Schlafgängern zogen sie und ihr Gemahl ihren Sohn Jakub auf, trotzten dem Ärger der anderen Bewohner ob des Kindergeschreis, boten dem Hauseigentümer die Stirn, wenn er sie wieder einmal auf die Straße setzen wollte, und kämpften Seite an Seite gegen all das andere Unbill, das sie täglich aufs Neue herausforderte.

Am Rande ihrer Kräfte hatte Alena kürzlich von einem Lebzelter*, der am Grünmarkt einen Stand mit Naschwerk betrieb, erfahren, dass eine Stube im Dachgeschoss im Haus am Katzensteig frei sei, und nicht nur das – die Behausung war auch leistbar.

Mit lautem »Rums!« fiel die Tür ins Schloss.

Hier stand die Familie also, inmitten ihrer ersten eigenen vier Wände.

Jaro drückte die Hand seiner Frau. »Hörst du das?«

Unsicher schüttelte sie den Kopf. »Was meinst du? Ich … höre nichts.«

Er lächelte selig. »Genau. Niemand anders ist hier als wir drei. Kein schnarchender Arnošt, kein saufender Josef. Keine Hedy, die dir einmal im Monat das Laken vollblutet.«

Jaro wischte sich eine Träne von der Wange.

»Wir sind endlich in Wien angekommen.«

Alena gab ihm einen Kuss. »Das sind wir, můj milovaný, das sind wir.«

Dann drückte sie Jakub an sich, der neben ihr stand und sich still an ihrem Rockzipfel festhielt. Der Bub war der Eltern ganzer Stolz. Sein schwarzes Haar kräuselte sich in feinen Locken, seinen dunklen Augen schien eine alte Seele innezuwohnen. Er sah zu seiner Mutter hoch, machte mit der Hand eine Geste zum Mund.

»Wir werden gleich essen«, meinte Alena, gewohnt, dass ihr Kind sich mit Zeichen verständlich machte. Laute gab der vierjährige Bub wohl von sich, wenn ihn etwas drückte oder schmerzte, doch sprechen lag ihm nicht. Alena und

* Lebkuchenbäcker

Jaro war dies einerlei, im Gegenteil – für sie war Jakub gerade deshalb etwas Besonderes.

Darauf angesprochen pflegte Alena stets zu antworten: »Er wird sprechen, wenn er etwas zu sagen hat.«

Das erste Mahl im neuen Zuhause bestand aus Erdäpfeln mit Kraut, dazu die Reste eines alten Brots. Am wackelnden Tische sitzend, auf knarrenden Sesseln kam es der Familie dennoch vor wie ein Festmahl, das sie in einer herrschaftlichen Residenz zu sich nahmen. Nach dem Essen legten sich die Eltern neben dem Tisch auf Strohsäcke, die ihre Bettstatt bildeten, nahmen Jakub zwischen sich und deckten sich mit einer Decke aus Filz zu.

»Schlaf gut, můj milovaný«, flüsterte Alena.

»Du auch«, erwiderte Jaro.

Doch obwohl Jaro beinahe augenblicklich in tiefen Schlaf fiel und auch Jakub leise schnarchte, war die bleierne Müdigkeit, die Alena jeden Abend verspürte, wie weggeblasen. Vielleicht war es die Aufregung ob der ersten eigenen Stube? Vielleicht lag es am kalten Mondschein, der durchs Fenster fiel? Alena nahm sich vor, am nächsten Tag nach Lumpen zu suchen, um sie vor die Scheiben zu hängen. Doch innerlich wusste sie, was sie nicht schlafen ließ: die ungewohnte Stille. Nichts und niemand befand sich im Raum, der über Gebühr schnarchte, sprach oder raschelte. Auch keine Mäuse oder Ratten, die sich hinter Truhen und unter Strohsäcken auf Futtersuche machten.

Grabesstille.

So empfand es Alena mit einem Mal und schalt sich sogleich einen Narren – das war es doch, wovon sie all die Jahre geträumt hatte! Und nun, da es erreicht war, raubte es ihr den Schlaf?

Die Frau begann sich über sich selbst zu ärgern, blickte zu dem schmalen Fenster, sah, wie draußen ein Vorhang aus dichtem Schneetreiben vorbeizog. Während es Alena behaglich warm unter der Decke wurde, gaben sich draußen Kälte und Frost ein Stelldichein.

Sie seufzte, tief und zufrieden. Wenn der Preis für diese Glückseligkeit ein anfänglicher Mangel an Schlaf sein sollte, dann sei es eben so, bestärkte sie sich in Gedanken und begann, die Schneeflocken zu zählen –

Als plötzlich eine weiße Katze vor dem Fenster vorbeihuschte.

Alena runzelte die Stirn. Hatte sie gerade richtig gesehen? Was sollte eine Samtpfote bei so einem Wetter draußen machen? Sie würde erfrieren, daran hegte Alena keinen Zweifel.

Behutsam schlüpfte sie aus der Decke, ging zum Fenster und blickte über schneebedeckte Dächer. Dann aufs Fensterbrett. Waren das Tatzenspuren? Oder einfach nur leichte Mulden im Schnee?

Unwillkürlich zuckte Alena mit den Schultern. Selbst wenn es eine weiße Katze gewesen war, würde sie nun wohl über alle Berge sein – oder in diesem Fall über alle Giebel. Die Frau schlüpfte wieder unter die Decke, gedachte eines verängstigten, frierenden Kätzchens, während sie in Wellen immer tiefer dem Schlaf anheimfiel.

Schmerzen. Ihr Bauch verkrampfte sich, als würde ihn jemand mit ehernem Griff zusammendrücken. Alena fiel auf die Knie, versuchte, sich die Pein aus dem Leib zu schreien und blieb doch stumm wie ein Fisch. Ihre Eingeweide brannten, als stünden sie in Flammen. In ihrem Magen befand sich etwas, von dem sie wusste, dass es hi-

nausmusste. Mit aller Kraft krallte sich Alena die Fingernägel in die Bauchdecke, riss sie auf, versuchte, die Quelle ihrer Schmerzen mit den Fingern zu greifen –

»Alles gut.« Jaros Stimme, sanft und beruhigend. »Du hast nur schlecht geträumt.«

Entgeistert starrte Alena ihn an, atemlos und schweißgebadet. Die schwarzen Locken klebten ihr auf Stirn und Hals.

»Es … hat sich so … so wahr angefühlt«, stammelte sie, noch immer die Bilder vor Augen und den Schmerz im Geiste.

Jaro drückte ihr ein Busserl auf die nasse Stirn. »Und ich hab so gut geschlafen wie noch nie in meinem Leben. Muss ich mich dafür schämen?«

Alena lächelte. »Natürlich musst du das.«

Nachdem die Familie Brei mit warmer Milch gefrühstückt hatte, machte Jaro sich auf, seinen Dienst bei der Wiener Tramway-Gesellschaft anzutreten. Im Winter war seine Tätigkeit besonders kräftezehrend, hieß es doch, den Gleiskörper nicht nur von Verunreinigungen zu befreien, sondern auch von Eis. Alena verabschiedete ihn mit einem Kuss und dem Versprechen, dass ihn bei seiner Rückkehr eine heiße Brühe und eine kuschelige Bettstatt erwarten würden.

Danach kümmerte sie sich um Jakub. Sie wusch den Buben in einem Lavoir*, las ihm Geschichten und sang ihm Lieder vor. Anschließend kehrte sie die Stube mit einem struppigen Besen aus Reisig, leerte die Potschamperl** und holte zwei Kübel mit frischem Wasser aus dem Brunnen im Innenhof.

---

* Waschschüssel
** Nachttopf

Auf dem kleinen ehernen Ofen bereitete sie die Brühe zu, sorgte sich, dass ihr Sohn anständig aß, und legte ihn zum Mittagsschlaf nieder.

Nun hatte Alena zum ersten Mal an diesem Tag etwas Zeit für sich. Sie sah aus dem Fenster, vor dem der Wind Schneeflocken vor einem blitzblauen Himmel hertrieb, entrissen den Dächern und Türmen, als plötzlich ein weißes Etwas vorbeihuschte.

Alena sprang auf, stürzte zum Fenster, blickte hinaus – tatsächlich! Punktgenau am Dachfirst stand ein weißes Kätzchen, bis zum Bauch im Schnee, und neigte den Kopf, als stellte es eine Frage.

Alena öffnete das Fenster.

»Was bist denn du für eine?«, fragte sie, die Stimme verstellt, als würde sie mit einem fremden Kleinkind sprechen. »Zu wem gehörst du denn?«

Das Tier streckte sich durch, als wollte es sich das Rückgrat brechen, bis nur noch sein Hinterteil und der buschige Schwanz aus dem Schnee ragten. Dann kam es behutsam näher getapst.

»Willst du dich ein bisschen bei uns wärmen?«

Alena streckte ihre Hand aus. Nach kurzem Zögern rieb die Katze ihren Kopf daran, schnurrte, als hätte man eine Mechanik aktiviert.

»Du bist aber eine Hübsche.«

Ein Greinen im Hintergrund – Jakub schien schlecht zu träumen.

Mit einem Mal machte die Katze einen Satz zurück, stieß ein infernalisches Fauchen aus, als hätte sie ihren Todfeind erblickt. Dann wandte sie sich um und war nach drei Sätzen hinter dem nächsten Hausdach verschwunden.

Alena schloss das Fenster, setzte sich zu Jakub auf den

Strohsack und streichelte ihm über den Kopf, worauf sich der Bub wieder beruhigte. Mit eigenartig verklärtem Blick verharrte die Frau am Fenster, gleich so, als hätte sie gerade etwas gesehen, was es so nicht geben konnte – etwas, gleich einem Geist.

Ein mulmiges Gefühl machte sich in Alena breit. Sie legte sich auf die Bettstatt neben ihren Sohn, umarmte ihn und versuchte sich etwas vorzustellen, was sie beruhigte. Heiligabend. Vor ihrem geistigen Auge sah sie, wie sie in drei Wochen Weihnachten feiern würden, zu dritt vor einem Christbaum, der so prachtvoll und unerschwinglich mit Zierwerk und Naschereien behangen war wie jener, der im Schaufenster eines Nobelkaufhauses am Graben stand. Wie die Kerzen ein himmlisch warmes Licht spenden würden und Jakub sein erstes Wort sprach …

»Was in Dreigottesnamen ist hier los?«

Alena fuhr aus dem Schlaf hoch. Umhüllt von der Dunkelheit des Abends verharrte ihr Gemahl in der Tür. Dicker, beißender Qualm erfüllte die Wohnung. Der Topf, in dem sie die Brühe zubereitet hatte, stand glutheiß am Ofen.

Jaro lief zum Fenster, riss es auf, griff einen Fetzen und versuchte, den Topf zu packen, ohne sich zu verbrennen. Dann schleuderte er ihn hinaus aufs Dach, wo dieser zischend im Schnee versank.

»Was ist hier los?«, schrie er seine Frau an.

Alena war gänzlich verwirrt. Was war geschehen? Sie wollte sich doch nur ein paar Minuten ausruhen.

Jaro atmete tief durch, versuchte, seinen Ärger unter Kontrolle zu halten. »Ich hackel* den ganzen Tag wie ein Viech, und du fackelst die Stube ab?«

* Wienerisch »hackeln«: schwer arbeiten

Tränen liefen Alena über die Wange. »Ich weiß nicht, was ich sagen soll. Es tut mir so leid.«

»Nicht so leid, wie es mir tut. Bis auf einen Apfel hab ich den ganzen Tag nichts gegessen, und dann komm ich heim –«

Er brach ab, den Blick unstet wie ein gehetztes Tier. »Ich geh in das Tschocherl auf der anderen Straßenseite. Vielleicht bekomm ich ja dort einen Teller Suppe.«

»Jaro –«

Die Tür fiel ins Schloss.

Jakub weinte.

Alena tröstete das Kind. Dann rappelte sie sich auf, holte den erkalteten Topf vom Dach und setzte sich in der dunklen Wohnung auf einen Stuhl, hoffend, dass Jaro bald wieder nach Hause kommen würde und sein Zorn verflogen war.

Jaros Zorn war auch verflogen, als er zur Tür hereintorkelte, oder besser gesagt hatte er ihn in Fensterschwitz* und Krautschnaps ertränkt. Nun lag er lautstark schnarchend neben Alena, während sie den tröstenden Schlaf nicht finden konnte, nach dem sie sich sehnte. Das ungeplante Nachmittagsschläfchen hatte wohl sein Übriges dazu beigetragen, dass sie nun putzmunter war. Auch die Vorstellung von einem idyllischen Weihnachtsfest half ihr nicht.

Da drang ein klägliches Miauen vom Treppenhaus in die Stube, zart und gebrochen. Alena setzte sich auf, lauschte. Irgendwo im Haus, so schien es, litt ein Kätzchen Qualen.

Sie rüttelte ihren Gemahl wach. »Hörst du das auch?«

Der verengte zornig die Brauen. »Was? Was soll ich hören?«

---

* Volkstümlich für billigstes, abgestandenes Dünnbier

»Dieses Miauen. Ganz deutlich. Hör doch.«

Jaro wälzte sich zur Seite. »Du wirst schon echt deppat. Ich hör gar nichts.«

»Aber –«

Alena brach ab, wissend, dass es keinen Sinn hatte. Offenbar wollte Jaro nichts hören. Sie stand auf, schlüpfte in ihren geflickten Wintermantel und schritt zur Tür. Vorsichtig, um Jakub nicht zu wecken, öffnete sie diese, streckte den Kopf in das dunkle Treppenhaus hinaus.

Da war es wieder! Ein flehendes Maunzen wimmerte von unten herauf.

Alena holte sich eine Petroleumfunzel, stieg vier Stockwerke hinab, bis sie vor der Tür stand, die in den Keller führte. Dahinter, so war ihr, lag die Quelle des herzerweichenden Klagens.

Sie öffnete die Tür, ließ den ersten dunstigen Schwall an Moder an ihr vorbeiziehen, der aus dem Keller quoll. Dann nahm sie eine abgetretene Stufe nach der anderen, hinein in die beinahe stoffliche Finsternis.

Als würde man in einer Kathedrale wandern, hallte das Miauen durch die labyrinthartigen Kellergewölbe. Die einst roten Ziegel waren von schwarzem Schimmel und staubigen Spinnweben überzogen. Morsche Truhen stapelten sich in den Nischen, gefüllt mit Gegenständen, die niemand mehr wollte. Da der gestampfte Lehmboden Alenas Schritte schluckte, bewegte sie sich förmlich lautlos auf die Quelle des Flehens zu.

Gleich musste sie da sein, war Alena überzeugt, gleich hinter der nächsten Ecke würde sich das arme Tier befinden. Womöglich war es in eine Rattenfalle getappt, vielleicht handelte es sich sogar um die weiße Katze vom Dach.

Die Frau streckte die Funzel in einen kleinen Raum, als das Miauen mit einem Mal erlosch.

Stille.

Plötzlich ertönte ein markerschütterndes Knacken, gleich so, als würde man einem großen Hasen das Genick brechen. Danach herrschte wieder alles erdrückende Stille.

Hektisch schwenkte Alena die Funzel durch die Dunkelheit, ließ den Schein die Mauern absuchen und in alle Winkel hineinkriechen. Nichts. Hier befand sich weder eine Katze noch sonst irgendein Getier.

Alena schauderte. Hatte sie sich das alles nur eingebildet? Spielten ihr ihre Sinne einen garstigen Streich, hervorgerufen durch Ängste aufgrund der Veränderungen in ihrem Leben?

Da entdeckte sie etwas in einer Ecke, beinahe vollständig unter Schutt und Staub verborgen – eine kleine Schatulle aus Blech.

Sie stellte die Funzel daneben, befreite das Behältnis von der Schicht der Vergessenheit und öffnete den Deckel. Im flackernden Schein der Lampe sah Alena, was das blecherne Gehäuse beherbergte: über zwei Dutzend Zettel, vollgeschrieben mit schwarzer Tinte. Die Frau verengte die Augen, versuchte im Zwielicht der Lampe zu entziffern, was da geschrieben stand. Doch außer einzelnen Worten, die sie der hastigen Handschrift entreißen konnte, blieb der Inhalt im Ungewissen.

Entschlossen nahm Alena die Schatulle, denn sie wollte sie am nächsten Tag, ausgeruht und bei Tageslicht, erkunden. Dass sie eigentlich wegen einer Katze heruntergekommen war, hatte Alena beinahe schon wieder vergessen, als sie hinter sich ein Rascheln hörte. Sie schwenkte die Funzel in die Richtung, konnte jedoch erneut nichts erkennen. Vermutlich handelte es sich um Ratten, dachte sie und merkte, wie die Müdigkeit schlagartig von ihr Besitz ergriff.

Alena machte sich auf den Weg, die fünf Stockwerke hinaufzusteigen, und mahnte sich, zum Einschlafen nur an einen wunderschönen Christbaum zu denken.

Sie fiel auf die Knie. Erfüllt von tiefrotem Schmerz krallte sich Alena ihre Fingernägel in die Bauchdecke, drückte sie unter die Haut, hinein in die brennende Wärme ihres Leibes. Sie musste sich die Pein herausreißen, auch wenn dies ihren Tod bedeutete!

Ein flüchtiger Kuss, dann machte sich Jaro zur Tür hinaus, seinen Dienst als Tramwayschienenritzenkratzer anzutreten. Noch immer benommen von ihrem schrecklichen Traum umsorgte Alena ihren Sohn mit der gleichen Liebe, wie sie es jeden Tag tat. Dann fegte sie die Stube und kochte aus einem Krauthappel*, Erdäpfeln und Karotten einen schmackhaften Eintopf. Vorsichtshalber stellte sie diesmal den Kessel damit auf den Boden und deckte ihn zu.

Während Jakub seinen Mittagsschlaf machte, kam Alena endlich dazu, sich dem Inhalt des gefundenen Kästchens zu widmen.

Doch bereits beim ersten Zettel wurde sie daran erinnert, wie schlecht sie des Lesens mächtig war, was zur Folge hatte, dass es enorm viel Zeit verschlang, einen Satz nach dem anderen zu entziffern. Doch Alena mühte sich:

Schon wieder lässt er mich allein. Obschon ich ihn mehr liebe als alles andere auf der Welt, so vermeine ich, dass

* Kohlkopf

er mir die Wahrheit verschweigt. Ja, mich richtiggehend belügt. Dort, wo er sagte, dass er sei, fand ich ihn nicht, und immer schrecklicher empfinde ich die Abscheu, mit welcher er mir begegnet. Vielleicht war es ein Fehler, hier einzuziehen? Aber nun ist es zu spät.

Jakub erwachte, forderte die Aufmerksamkeit seiner Mutter. Doch obwohl sie sich rührend um ihn kummerte, drehten sich Alenas Gedanken ausschließlich um das, was sie gelesen hatte. Offenbar stammten die Notizen von einer verzweifelten Frau, vielleicht gar von einer, die hier im Hause gelebt hatte. Doch was war ihr widerfahren? Wie hatte sie ihr Schicksal gemeistert? Alena zählte in Gedanken die Stunden, bis Jaro nach Hause kam, sie gegessen hatten und er und ihr Sohn schliefen, damit sie weiterlesen konnte.

Doch Jaro kam nicht. Oder zumindest nicht zu der üblichen Zeit. Erst weit nach Anbruch der Nacht torkelte er in die Stube, stank nach dem gleichen billigen Alkohol wie am Vorabend. Dass Alena auf Nadeln gesessen und seine Ankunft herbeigesehnt hatte, schien ihm einerlei zu sein. Zu sehr schwärmte er von der fidelen Kameradschaft, die er in dem Tschocherl gefunden hatte. Niemand dort, der ihn einen »Gleisböhm« schimpfte, auf ihn hinuntersah. Gleichgesinnte im Geiste und im Tun, das waren seine neuen Freunde, schwärmte er, bevor er auf die Bettstatt fiel. Dass Alena und Jaro bisher gereicht hatten, ihm das Gefühl zu vermitteln, er sei die wichtigste Person in ihrem Leben, schien er gänzlich vergessen zu haben. Alena kränkte sich und war doch gleichzeitig voll der Hoffnung, dass dies nur eine kurze Phase sein würde.

Als sich die Stille des Schlafs in der Stube breitmachte,

setzte sich Alena an den Tisch, drehte die Petroleumfunzel so hell wie möglich und las weiter.

Ich höre, wie sie lachen. Wie sie über mich lachen. In meinem Kopf höre ich sie. Doch was soll ich bloß tun? Mit ihm bin ich zumindest das gehörnte Eheweib. Ohne ihn bin ich nichts. Ohne ihn habe ich nichts, für was es sich zu leben lohnt. Warum sieht er das bloß nicht? Aber neben den Stimmen, die durch meinen Kopf hallen wie eine andauernde Predigt im Steffl, schwelt in mir eine dräuende Vorahnung – sie trachten mir nach dem Leben!

Endlich bekam Alena zu fassen, was ihr solche Pein bereitete! Die Schmerzen missachtend packte sie das Etwas in ihrem Magen, umklammerte es und riss es sich aus dem Leib. Zitternd und der Ohnmacht nahe öffnete sie die Hand, betrachtete voller Entsetzen das, was dort kirschkerngroß und in Blut getunkt ruhte –

»Alena!« Jaros Worte klangen scharf und herrscherisch. »Was tust du am Tisch?«

Die Frau sah sich verschlafen um. Sie musste über ihrem Kellerfund eingeschlafen sein.

»Entschuldige, můj milovaný, ich konnte erst nicht einschlafen«, murmelte sie. »Möchtest du einen Eintopf? Du hast gestern keinen gegessen.«

Jaro schüttelte den Kopf. »Hab im Tschocherl gegessen und bin schon spät dran.«

»Aber heute Abend kommst du doch heim?«

»Natürlich.« Er gab ihr einen Kuss auf die Wange. Sein Atem roch immer noch nach Alkohol und Tabak. »Bis später.«

»Ich liebe dich«, rief sie ihm nach, doch Jaro war bereits entschwunden.

Heute habe ich sie gesehen. Dieses widerwärtige Weibsbild von nebenan. Ich hab sie dabei beobachtet, wie sie eine Katze tötete. Warum sie das tat, weiß ich nicht. Aber verstörender als die Tötung selbst finde ich, dass sie das tote Tier mit in ihre Wohnung genommen hat. Wofür nur?

Alena kratzte sich am Kopf. War der armen Frau am Ende etwas zugestoßen? Und wenn ja, wer hatte die Schachtel mit ihren Notizen im Keller deponiert, und warum? Ein Schatten, der vor dem Fenster vorbeihuschte, riss Alena aus ihren Gedanken.

Ein weißes Fellknäuel, das sich an der vereisten Scheibe rieb. Alena öffnete die Läden. Die Katze ging in Abwehrposition. Langsam streckte die Frau dem Tier die Hand entgegen. Das stutzte. Dann ließ es sich, wie tags zuvor, bereitwillig am Kopf streicheln und genüsslich schnurrend unter dem Kinn kraulen. Als sich Jakub mit lautem Gähnen bemerkbar machte, fauchte die Katze und kratzte Alena mit der flinken Bewegung ihrer Pfote am Handrücken.

»Ah! Was soll das?«

Alena sah das Tier wütend an und schupfte Schnee gegen die Katze, worauf diese davonsprang.

»Dann bleib, wo du bist!«, rief sie über die Dächer und kam sich im selben Augenblick dumm vor. Die Katze hatte sich wohl einfach nur erschreckt.

Jakub auf ihrem Schoß hoppernd las Alena gebannt in den Zetteln weiter.

Ich weiß nun, wie sie mich töten wollen, da ich sie belauschen konnte. Das Mark aus den Knochen der Katze wollen sie mir in die Speise rühren, auf dass ich vor lauter Schmerzen zugrunde gehen möge.

Alena schluckte. Das Knochenmark einer Katze? Ein Bild ihres Traumes schoss ihr in den Sinn: das, was in ihrer Hand gelegen, was sie sich aus dem Leib gerissen hatte – den Wirbelknochen einer Katze.

Aber wie konnte sie gestern von etwas geträumt haben, worüber sie gerade eben erst las? Um Alena schien sich alles zu drehen, ihr wurde übel. Hatte das alles gar mit ihr zu tun?

Wie in Trance stieg sie die Treppen hinab, um sich mit Brunnenwasser zu erfrischen.

»Grüßi!«, schallte es ihr entgegen. Eine ältere, dralle Frau in einem schmutzigen Kittel stand in der halb geöffneten Tür ihrer Wohnung im Parterre. »Sind Sie die Neue?«

Alena nickte. »Ich und mein Mann und unser Sohn. Wir wohnen im Dachgeschoss.«

»Aha. Ich bin die Hausbesorgerin.« Die Frau rümpfte die Nase. »Wo kommt's denn her?«

»Aus Senftenberg.«

»Na bravo! Genau das, was unser Wien braucht: noch mehr Böhmen.«

Alena wollte etwas Ruppiges entgegnen, besann sich dann jedoch eines Besseren. »Wissen Sie vielleicht, wem eine weiße Katze gehört, die hier herumstreunt?«

Der Blick der Hausbesorgerin wurde ernst. »Was reden S' denn da? Bei uns streunt kein Katzenviech herum.« Dann erblühte ein hämisches Grinsen in ihrem Gesicht. »Hat's Ihnen der Zinsherr nicht erzählt?«

»Was denn?«

»Ach, nichts. So, ich muss mich jetzt um meine Gschrappen* kümmern. Wiederschaun.« Die Hausbesorgerin ließ ihre Tür ins Schloss fallen.

»Ebenfalls *Wiederschaun*«, äffte Alena die Frau nach und sah das Stiegenhaus hoch. Vielleicht würde sie in den anderen Zetteln eine Antwort auf ihre Fragen finden.

Doch dazu kam Alena nicht. Jakub beanspruchte ihre ganze Aufmerksamkeit, und als sie ihn endlich schlafen gelegt hatte, kam Jaro nach Hause, erneut trunken. Sie verkniff sich jeglichen Tadel, wartete nur, bis er eingeschlafen war.

Wieder widmete sie sich im Schein der Funzel den Zetteln, doch was folgte, waren nur wirre Gedankenkonstrukte, Vermutungen und Anschuldigungen. Immer wieder bemitleidete sich die Schreiberin selbst, gab allen anderen die Schuld für ihre Misere. Mit fortlaufenden Worten vermittelte sie den Eindruck, als wäre sie irrsinnig geworden.

Schließlich, auf dem letzten Zettel, der in der blechernen Schatulle lag, standen nur drei Worte.

Ich bin frei.

Alena atmete tief durch. Eine Erklärung, wie sie gehofft hatte, stellte dies nicht dar. Im Gegenteil. Der letzte Zettel warf noch mehr Fragen auf.

Erneut drang von draußen ein klägliches Miauen herein.

Alena raufte sich die Haare. Was wollte das Vieh von ihr? Oder bildete sie sich das doch nur ein? Verfiel sie ebenso dem Wahnsinn wie die Verfasserin der Zettel? War es das,

* Kleine Kinder

was ihr der Zinsherr verschwiegen hatte? Dass einen die Wohnung in den Wahnsinn trieb?

Das Miauen wurde immer ohrenbetäubender.

Unsanft rüttelte Alena ihren Gemahl wach.

»Hörst du es auch?«, flehte sie. »Bitte, du musst es doch hören.«

Jaro knurrte unwirsch. »Alles, was ich höre, ist mein zänkisches Weib. Lass mich gefälligst schlafen, oder es setzt was!«

Alena wich zurück. Noch nie hatte Jaro in solch einem Ton mit ihr gesprochen. Immer war er sanft gewesen, selbst wenn er sich ärgerte. Aber seitdem sie hier eingezogen waren, da –

Mit einem Mal wusste sie, was sie tun musste. Die Stunden bis dahin wollte sie sich jedoch Ruhe gönnen. Alena legte sich so nah an den Rand der Bettstatt, dass sie beinahe von ihrem Strohsack herunterrutschte, schloss die Augen und zwang sich, an den schönen Christbaum im Schaufenster des Kaufhauses zu denken, an einen besinnlichen Abend im Kreis ihrer Lieben, an dem es nach Zimt und Nelken duftete …

Jaro war gegangen.

Jakub war versorgt.

Alena klopfte an die marode Eingangstür im Parterre.

»Was wollen S' denn?« Die Hausbesorgerin machte aus ihrem Zwider* keinen Hehl.

»Was wollten Sie mir gestern erzählen? Dass in unserer Wohnung eine Wahnsinnige gehaust hat?«

Die Hausbesorgerin stutzte.

»Ich weiß davon«, fuhr Alena unbeirrt fort. »Ich weiß, dass hier im Haus eine Frau gewohnt hat, deren Mann sie

* Schlechte Laune

mit der Nachbarin betrogen und sogar ein Mordkomplott gegen sie geschmiedet hat.«

»Na, nicht schlecht, Frau Inspektor«, meinte die Hausbesorgerin abfällig. »Aber so stimmt das nicht ganz. Und vor allem fehlt noch was. Wie es geendet hat.«

Alena verschränkte herausfordernd die Arme vor der Brust.

»Na, von mir aus«, gab sich die Hausbesorgerin bemüht jovial. »Also die Frau, von der Sie da grad gesprochen haben, hat nicht irgendwo im Haus gewohnt, sondern in der gleichen Stube, wo Sie und Ihre Familie jetzt auch hausen. Ist schon über zehn Jahre her. Auch stimmt, dass ihr der Göttergatte fremdgegangen ist. Verscharmiert hat er sich in die frivole Nachbarin und sie sich wohl in ihn. Gemeinsam haben die beiden nur Unfug im Kopf gehabt, haben gesoffen, als gäb's kein Morgen. Nur die Gemahlin stand ihrem gemeinsamen Glück im Wege, eine redliche Frau übrigens. Also wollten sie sie vergiften.«

»Mit dem Mark aus Katzenknochen.«

»Sie sollten echt bei der Polizei anfangen«, meinte die Hausbesorgerin mit schiefem Grinsen. »Ja, so war's. Aber durch eine deppate Verwechslung, wie sie im Leben halt mal passiert, aß die vergiftete Suppe nicht die arme Gemahlin, sondern die frivole Giftmischerin. Es hat nicht lange gedauert, da fing diese an, sich äußerst seltsam zu verhalten. Komische Laute hat sie von sich gegeben, ihre Bewegungen waren, na ja, immer ähnlicher der einer Katze. Das Gift hat ihr Hirn zersetzt, hieß es später. Sie glaubte tatsächlich, sie sei ein Katzenviech. Durchs ganze Haus ist sie gewetzt, bis runter in den Keller. Miaut und gefaucht hat sie auch. Das Weib war reif für den Gugelhupf*.«

* Irrenhaus in Wien, vom Volksmund ob seiner Form so getauft.

Alena bekreuzigte sich.

»Keine Sorge«, beruhigte die Hausbesorgerin sie. »Hat nicht lang gedauert. Denn was so einem pelzigen Viecherl eigen ist – der elegante Gang, die Sprungkraft, der Gleichgewichtssinn –, das fehlt uns Menschen halt. Die frivole Giftmischerin hätte das alles umso dringender gebraucht, denn sie ist auf allen vieren auf dem Dach herumspaziert. Und dann –«

»Sie ist also –«

Die Hausbesorgerin klatschte in die Hände.

»So hat's geklungen, als sie auf dem Straßenpflaster aufgeschlagen ist. Das Gnack* hat sie sich gebrochen. Damit war der Spuk vorbei. Na ja, beinahe. Manch einer der Hausbewohner vermeinte danach eine geisterhafte Katze zu sehen, die auf den Dächern herumflanierte. Aber die Leut sind ja alle ein wengerl deppat im Schädel.«

»Was wurde aus der betrogenen Frau?«

»Weggezogen ist sie, gleich darauf. Ihr Göttergatte war da schon über alle Berge. So. Sind S' jetzt zufrieden?«

Alena nickte. »Ein bisschen erleichtert bin ich, dass das alles schon so lang her ist. Danke.«

»Keine Ursache. Also, wiederschaun, Frau Inspektor.«

»Auf Wiederschaun, nochmals danke.«

Während Alena ins Dachgeschoss stieg, ratterten die Gedanken in ihrem Kopf. War es purer Zufall, dass sie von den Schmerzen im Bauch geträumt hatte? Oder verband sie gar etwas mit der Giftmischerin?

Ihr Göttergatte war da schon über alle Berge.

Eine schreckliche Erkenntnis ergriff von Alena Besitz. Wie von Sinnen kehrte sie um, lief so schnell sie konnte

---

* Genick

die abgetretenen Stufen im Stiegenhaus hinab. An der Tür der Hausbesorgerin vorbei. Weiter in den Keller.

Karges Tageslicht fiel durch die schmutzigen, halb runden Kellerfenster, erhellte das Gewölbe gerade ausreichend, dass sich Alena zurechtfand.

Schließlich stand sie vor jener Ecke, an deren Fuß sie die Schatulle gefunden hatte. Sie kniete sich auf den Lehmboden, griff sich einen abgebrochenen Ziegel und begann, den Boden aufzugraben.

Die plötzliche Anstrengung raubte Alena beinahe den Atem, Schweiß lief ihr in Strömen übers Gesicht. Sie kicherte hysterisch, wissend, was folgen würde –

Da! Inmitten des freigelegten Erdreichs lag er, der Schädel eines Menschen.

Der abtrünnige Göttergatte.

Ich bin frei.

Hier hatte ihn die Frau verscharrt und damit ihre Fesseln gelöst.

Das faustgroße Loch im Totenschädel erklärte, wie sie sich befreit hatte.

Mit eigenartiger Erleichterung sank Alena in sich zusammen. Zumindest den Teil des Rätsels hatte sie gelöst. Die Giftmischerin war zu Tode gestürzt und die Verfasserin hatte sich ihres Gemahls entledigt. Wohl um endgültig abzuschließen, ließ sie ihre Notizen hier bei ihm zurück.

Blieb nur noch eins – die weiße Katze vor dem Fenster. War sie wirklich oder nur eine Einbildung? Oder gar jene Geisterkatze, die die Seele der Giftmischerin gefangen hielt?

Alena musste ob ihrer Gedanken schmunzeln. An Engel glaubte sie, an Geister nun wahrhaftig nicht. Ein Stein fiel ihr vom Herzen.

Sie raffte sich auf und freute sich darauf, das Ganze Jaro zu erzählen. Dann würde er erkennen, dass sie nicht irrsinnig geworden war, sich nichts zusammensponn.

Doch es kam anders.

Noch bevor Alena ihren Mann begrüßen konnte, begann der ihr mit Bier im Atem eine Tirade zu halten, wie sehr sie sich doch in den wenigen Tagen, seit sie hier eingezogen waren, verändert hatte. Dass sie es offenbar vorzog, die Nacht zum Tag zu machen. Dass sie nicht für ihn da war, wenn er nach getanem Tagwerk nach Hause kam. Ja, sogar, dass sie Jakub vernachlässige, was Alena heftig bestritt.

In diesem Augenblick durchfuhr die beiden Streitenden ein kalter Schauder. Sie hielten inne. Stumm wandten sie sich um, suchten die Stube ab.

Sahen das geöffnete Fenster …

Hektisch stürzten sie hin, erblickten gemeinsam, was drohte: Jakub krabbelte über das Dach, dem First entgegen, auf dem die weiße Katze saß.

Jaro stieß Alena zur Seite, wollte gerade hinausklettern, als sie ihn zurückhielt.

»Můj milovaný«, sagte sie überraschend sanft. »Du hast getrunken. Ich würde euch beide verlieren.«

Jaro zögerte.

»Lass mich gehen.«

Ohne auf Antwort zu warten, kletterte Alena durchs Fenster, hinaus in die Kälte und den Schnee, der dick die Dachschindeln bedeckte.

»Jakub!«, rief sie ihren Sohn mit weicher Stimme, bemüht, ihn nicht die Angst spüren zu lassen, dass er abrutschen könnte.

Der krabbelte jedoch unbeirrt auf das Tier zu, das sich

allerdings nicht von der Stelle rührte, sondern ihn beinahe herausfordernd anstarrte.

Auf allen vieren kroch Alena durch den Schnee voran, wünschte sich, die Geschmeidigkeit einer Katze zu haben und nicht jene plumpe Schwerfälligkeit, die ihr innewohnte.

Nur noch ein paar Fuß, mahnte sie sich zur Vorsicht. Eine unbedachte Bewegung und es wäre ihr Genick, das auf den Pflastersteinen brechen würde.

Der Bub streckte die rechte Hand nach dem Kätzchen aus.

Alena griff nach ihrem Sohn.

Er zog das Tier mit schierer Leichtigkeit zu sich.

Sie bekam ihn am Nachtkleid zu fassen.

Mutter, Sohn und Katze traten den Weg zurück in die warme Stube an.

»Kommt zu mir!«, rief ihnen Jaro entgegen. Der schwere Zungenschlag, den er bei seinem Eintreffen nicht zu verbergen vermocht hatte, war einer festen Stimme gewichen. Den Blick klar, streckte er beide Hände aus dem Fenster.

Alena griff nach seiner Hand – und rutschte ab.

Der Bruchteil einer Sekunde erschien mit einem Mal wie eine Ewigkeit. Vor ihrem geistigen Auge sah die Mutter, wie sie am Trottoir zerschellte. Wie ihr Sohn ihr in den Tod folgte. Wie die Katze auf allen vieren landete und nonchalant unversehrt ihren Weg fortsetzte.

Ein fester Griff, und Alena befand sich wieder im Hier und Jetzt. Jaro hatte sie gepackt, zog sie und seinen Sohn zu sich, hinein in die Stube, hinein in Sicherheit.

Drei Menschen und ein Stubentiger lagen auf dem Dielenboden, hielten sich so fest umklammert, als würde immer noch ihr Leben davon abhängen.

»Ich liebe dich«, flüsterte Jaro.

»Ich liebe dich auch«, sagte Alena.

»Gatze«, sprach Jakub. Sein erstes Wort.

Zum Christbaum, wie ihn sich Alena in ihren Träumen vorgestellt hatte, hatte es natürlich nicht gereicht. Aber den dicken Tannenzweig, den Jaro mitgebracht hatte und den sie mit einigen Kerzen und Figuren aus Papier verziert hatten, empfand die Familie als mindestens ebenso schön.

In der Stube duftete es nach Zimt und Nelken.

Zu dritt saßen sie rund um den Zweig und tranken heißen Kakao.

Das Tschocherl hatte Jaro seit jener Schreckensnacht nicht mehr besucht. Alena träumte nicht mehr schlecht und hörte auch kein Gemaunze mehr. Und auch wenn Jakub seither nichts anderes als »Gatze« gesprochen hatte, so waren seine Eltern doch überglücklich, denn sie wussten, dass er mehr reden würde, wenn er wieder etwas zu sagen hatte.

Auf dem Schoß des Jungen schlief das weiße Pelzgetier, eingeringelt murmelte es eigenartige Laute, als würde es im Schlaf sprechen.

Dass die Samtpfote noch die Seele der Giftmischerin in sich tragen könnte, das bezweifelte Alena. Denn die Liebe, die ihr Sohn dem Tier entgegenbrachte, würde jeden aus seiner Verdammnis erretten.

Es heißt, dass die Seele ewige Ruhe findet, sobald der Leib beerdigt wird. Doch manchen Seelen wohnt eine derart diabolische Bösartigkeit inne, dass sie auf ewig dazu verdammt sind, auf Erden zu wandeln.

Bis die Liebe einer reinen Seele sie erlöst.

VII.
Die Schlittenfahrt

1921

spy - erspähen spionieren

tough - zäh

though - obwohl

never mind = keine Ursache

search - sought = suchen suchte

entire - ganze

rubbish = Müll

queue (kiu) = Warteschlange

I'm afraid = ich fürchte

~~help~~ spend your money - Geld ausgeben

Mall = Einkauf Ladenstraße

sneaking around - Herumschleichen

borrowing ~~someone else's~~ = ausleihen

someone else - jemand anderes

pineapple - Ananas

really fast - besonders schnell

hiding - verstecken

go straight ahead – gerade
direction – Richtung
backwords rückwärts
forwards vorwärts
which way wo entlang
turn back umkehren
bottom – Unterseite
tie Krawatte
pants Unterhose
skirt Rock
tights Strumpfhose
how stupid is that
hair brush – Haarbürste

The One Horse Open Sleigh

(James Lord Pierpont, 1857)

Dashing thro' the snow In a one horse open sleigh,
O'er the hills we go, Laughing all the way;
Bells on bob tail ring, Making spirits bright,
Oh what sport to ride and sing A sleighing song tonight.

Jingle bells, Jingle bells, Jingle all the way;
Oh! what joy it is to ride In a one horse open sleigh.

A day or two ago I thought I'd take a ride
And soon Miss Fannie Bright Was seated by my side,
The horse was lean and lank Misfortune seem'd his lot
He got into a drifted bank And we, we got up sot.

Jingle bells, Jingle bells, Jingle all the way;
Oh! what joy it is to ride In a one horse open sleigh.

A day or two ago, The story I must tell
I went out on the snow, And on my back I fell;
A gent was riding by In a one horse open sleigh,
He laughed as there I sprawling lay, But quickly drove away.

Jingle bells, Jingle bells, Jingle all the way;
Oh! what joy it is to ride In a one horse open sleigh.

Now the ground is white, go it while you're young,
Take the girls tonight and sing this sleighing song.
Just get a bobtailed bay, two-forty for his speed,
Then hitch him to an open sleigh, and crack! You'll take
the lead.

Jingle bells, Jingle bells, Jingle all the way;
Oh! what joy it is to ride In a one horse open sleigh.

Ungetrübt und in voller Pracht strahlte die Sonne an diesem zweiten Adventsonntag vor Weihnachten von einem blitzblauen, wolkenlosen Himmel. Unter ihr erstreckte sich die tief verschneite Landschaft, glitzernd gleich einer Daunendecke voller Diamanten. Dort, wo sich Häuser zu Siedlungen ballten, quoll dichter Rauch aus den Schloten.

Im Süden erhoben sich majestätisch die Gipfel des Karwendels auf über zweitausend Meter Höhe, unweit davon erstreckten sich mehrere Seen. Die Oberfläche des größten unter ihnen, des Würmsee oder auch Starnberger See, wie ihn der Volksmund nannte, war zu einer dicken Eisdecke erstarrt.

Rund um den See führte eine Vielzahl von Spuren – Wildtiere, Pferde und Kufen der von ihnen gezogenen Schlitten. Ein zauberhaftes Knistern lag in der Luft, unterbrochen nur vom Knacken der Eisdecke und vom gelegentlichen Zwitschern eines Bergfinks oder eines Eichelhähers.

Auf einmal erklangen inmitten der kalten Stille Schellen, erst leise, dann immer lauter werdend. Schwere Hufe stapften mit scheinbarer Leichtigkeit durch den hohen Schnee, stoben ihn auf wie ein Schiffskiel die Wellen.

Zwei gescheckte Tinker zogen schnaubend einen Schlitten, die offene Karosserie groß wie eine Kutsche, ungefedert auf Metallkufen montiert. Im Schlitten saßen sich zwei Paare gegenüber, die alle Mitte dreißig waren. Die Herren waren in dicke teure Mäntel mit Pelzkrägen gekleidet, die beiden Damen in noch teurere Pelzmäntel und Pelzmützen.

Die vier lachten laut und hemmungslos.

»Soll uns nie schlechter gehen!«, rief Rainer von Strombeck und erhob sein Glas aus Bleikristall.

»Nie schlechter!«, stimmten die drei anderen mit ein, ließen die Gläser erklingen und tranken auf ex.

Otto Irmer nahm die offene Flasche Champagner, die neben ihm in einem Picknickkorb stand, und schenkte seiner Gemahlin Bridget sowie auch Rainers Frau Ingeborg nach. Danach seinem Freund und sich selbst.

Derweilen holte Rainer ein Zigarrenetui aus Mahagoniholz aus seinem Mantel hervor. Er öffnete den Deckel und hielt Otto die Rauchware, die dicker als sein Daumen und doppelt so lang wie sein Zeigefinger maß, präsentativ entgegen.

»Hab ich vom Kolonialwarenhändler meines Vertrauens«, sagte er mit einem Zwinkern.

Otto nahm sich grinsend eine Zigarre. »Dem mit der drallen Rothaarigen hinterm Tresen?«

»Eben diesem«, meinte Rainer und raunte zu seiner Gemahlin. »Stimmt so nicht. Ist ein kleiner dicker Glatzkopf.«

Ingeborg hob keck eine Augenbraue. »Ist schon gut, mein Schatz. Mein Lieblings-Spezereienverkäufer ist auch kein vollblütiger Italiener namens Giuseppe«, sagte sie, gefolgt von einer nickenden Kopfbewegung, die das eben gesagte konterkarierte.

»Solange man zu Hause speist, ist nichts dagegen einzuwenden, sich ab und an Appetit zu holen«, verlautbarte Bridget voller Inbrunst, mit immer noch hörbarem Akzent ihrer amerikanischen Herkunft, und leerte sogleich die Hälfte ihres Glases.

Otto rempelte sie möglichst unauffällig an. »Die Runde um den See ist noch ordentlich lang, Liebes.«

Seine Frau sah ihn gespielt irritiert an. »Du willst also bei der Trunkenheit auch Erster sein – so wie im Bett, Sweetheart?«

Ein Hauch von Kränkung huschte über Ottos Gesicht.

Doch Bridget drückte ihm sogleich einen dicken Kuss auf die Wange und kuschelte sich an ihn. »Mumpitz! Ich habe den besten Mann der Welt neben mir!«

Otto erwiderte den Kuss.

»Ihr und euer Herumgeturtel«, kommentierte Rainer, ohne erkennen zu lassen, ob er es abfällig oder anerkennend meinte. Vermutlich ein wenig von beidem.

Er kappte seine Zigarre. Dann entzündete er erst die Zigarette seiner Frau, danach seine eigene Rauchware.

»Hab mich schon gefragt, ob eure schamlose Zurschaustellung von Zuneigung nach der ersten oder der zweiten Flasche Schampus beginnt«, stichelte Ingeborg weiter.

Bridget zwinkerte ihr zu. »Na, Hauptsache, sie beginnt überhaupt. Ich bin jeden Tag froh, meinen Rainer aus dem großen Krieg unversehrt wiederzuhaben.«

»Sind wir doch alle.«

Ingeborg zog sich die Decke aus Lammfell bis zu ihrer üppigen Brust hoch. »Überhaupt genießen wir nun alles viel intensiver. Hab ich nicht recht, mein Schatz?«

Ihr Gemahl nickte und zog dabei so heftig an seiner Zigarre, als wollte er sie aussaugen. Anschließend stieß er einen nicht enden wollenden Schwall an Rauchwolken aus, gleich eines Dampfschiffs, das Fahrt aufnahm.

»Trotzdem war nicht alles schlecht am Krieg, oder, mein Freund?«, warf Otto ein. »Wer mutig genug war, zum richtigen Zeitpunkt in das Richtige zu investieren –« Er machte eine prahlerische Handbewegung. »Der wurde auch reichlich belohnt.«

»Besonders wenn er auf die Investment-Ratschläge seines Schwiegervaters aus Amerika gehört hat«, murmelte Bridget ein wenig pikiert. »Du weißt, ich mag solche Angebereien nicht, Sweetheart.«

Otto verkniff sich einen Konter. Natürlich wusste er, wie viel er seiner Gemahlin und ihrer Familie in Übersee zu verdanken hatte. Und doch war es sein Geld gewesen, das er zu Beginn des europäischen Konflikts in die Hand genommen hatte, wenn auch auf Anraten von Bridgets Vater. Der hatte vorausgesehen, dass sich die Rüstungskonzerne eine goldene Nase verdienen würden, insbesondere mit schweren Artilleriegeschützen. Dass sein Vaterland den großen Krieg verloren hatte, schmerzte Otto zwar ein wenig, aber die Gewinne, die er durch Anleihen und Aktien gemacht hatte, sowie die Gewissheit, sein Vermögen in Dollar gesichert zu wissen, trösteten ihn ausreichend – und zwar jeden Tag aufs Neue.

Dass er nicht im Dreck der Stellungsgräben an der Front hocken und das Stahlgewitter seiner Investments über sich ergehen lassen musste, tat sein Übriges, damit Otto Irmer auf die vier Kriegsjahre mit einer gewissen Leichtigkeit zurückblicken konnte.

So gesehen könnte er trotz galoppierender Inflation und überbordender Reparationsleistungen mit unbeschwerter Leichtigkeit durchs Leben wandeln, gäbe es da nicht jenes dunkle Geheimnis, das wie ein Damoklesschwert über ihm schwebte und alles zu zerstören drohte, was er sich aufgebaut hatte …

»Was für Trübsal bläst du denn gerade?« Ingeborg sah Otto mit zusammengekniffenen Brauen an.

Der riss sich aus seiner Gedankenwelt. »Alles bestens, meine Teure, alles bestens«, tönte er selbstbewusst und zwirbelte sich den braunen Schnurrbart. »Worüber hätte ich wohl zu klagen?«

»Das meine ich auch«, stimmte ihm Ingeborg zu und wurde schlagartig todernst. »Übrigens, die von Bleichröders sind aus dem Haus uns gegenüber ausgezogen. Vor vier Wochen.«

Bridget runzelte die Stirn. »Waren das nicht die beiden dicken Alten?«

Ingeborg nickte. »Vorgestern hab ich sie wiedergesehen. In der Schlange vor einer Suppenküche sind sie angestanden.«

»Wohl nicht mehr so dick«, scherzte Otto und merkte noch im selben Augenblick, wie deplatziert seine Worte klangen.

»Nein, nicht mehr so dick«, stieß Ingeborg tonlos nach. »Bleiche Gestalten, die in ihrem schönsten Gewand steckten, das auch gar nicht mehr so schön war.« Sie seufzte. »Versteht mich nicht falsch, meine Teuren – ich liebe es, dass wir nicht jede Mark zweimal umdrehen müssen. Aber ein gewisses Maß an Demut sollte jedem von uns eigen sein.«

Ihr Gemahl holte eine Münze aus seiner Manteltasche und klemmte sie sich, einem Monokel gleich, ins rechte Auge. Dann steckte Rainer sich die Zigarre in den Mundwinkel, erhob sein Champagnerglas und mimte den polternden Großindustriellen: »Weltwirtschaftskrise? Hören Sie mir doch auf!«

Die drei anderen im Schlitten mussten lachen.

Hätten sie jedoch Rainer beobachtet, wäre ihnen wohl kaum jener Augenblick entgangen, der zwar nur einen Herzschlag lang dauerte, in welchem dem Mann jedoch jeglicher Protz und alle Zuversicht entglitten. Ein Augenblick, in dem er wirkte, als stünde er dem Unfassbaren gegenüber – etwas, was ihn gleich darauf mit Haut und Haaren zu verschlingen drohte. Rainer von Strombeck schien am Abgrund zustehen, bereits den Schritt nach vorne ansetzend.

Noch vor wenigen Monaten hätte er solche Gemütszustände ins Reich der Fantasie geheißen. Wie sein Freund Otto war auch er dem Schicksal entgangen, von Granaten zerfetzt, von Giftgas verätzt oder von Flammenwerfern verbrannt zu werden. Vom Ende des Krieges hatte er gleichermaßen unaufgeregt erfahren wie von dessen Beginn: in einem Büro sitzend, in der Nähe eines warmen Kachelofens. Nur dass er 1918 ein gemachter Mann gewesen war, der mit Spekulationen und risikoreichen Darlehen ein kleines Vermögen hatte anhäufen können. Dieses Vermögen war zwar in den letzten drei Jahren geschwunden, mal mehr, mal weniger schnell, trotzdem hatte für ihn nie wirklich Grund zur Sorge bestanden.

So meinte er zumindest. Den Paukenschlag, der Rainer in seinen Grundfesten erschüttert hatte, den hatte er nicht kommen sehen. Nun machte er mit seiner geliebten Frau diese Schlittenfahrt und wusste nicht, wie es danach weitergehen sollte. Oder ob es überhaupt weiterging …

»Nein, im Ernst«, sagte Rainer und ließ die Münze aus seinem Auge in seine Hand fallen. »Ich möchte unsere jährliche Schlittenfahrt nie im Leben missen.«

»Oder unsere alljährliche Bootsfahrt«, ergänzte Bridget und nippte nun schmallippig an ihrem Champagner.

»Hört, hört!«, stießen die drei unisono aus und lehnten sich, ebenfalls im Gleichklang, an die Rückenpolsterung des Schlittens.

Mit einem Windhauch erlosch das Gespräch. Unter den Kufen knirschte der Schnee, vor dem Schlitten stampften die Hufe der Zugpferde, untermalt vom rhythmischen Klang der Schellen.

Aus den Augenwinkeln beobachtete Ingeborg Otto und

Bridget, die ihr gegenübersaßen. Die beinahe vierzig Jahre, die jeder von ihnen auf dem Buckel hatte, sah man ihnen nicht an. Vermutlich eine Mischung aus guter Vererbung und sorgenfreiem Leben, mutmaßte die Frau und musste unwillkürlich schmunzeln. Auch sich selbst sah sie die Jahre nicht an, auch wenn sie wusste, dass man selbst sein zahnlosester Kritiker war.

Sosehr sie sich auf die Schlittenfahrt gefreut hatte, so wusste sie doch bereits im Vorhinein, wie sie sich zutragen würde. Von der überschwänglichen Begrüßung zu jenen Themen, über die sie lachten, bis hin zu denen, die sie mit gebotenem Ernst abhandeln würden. Dass Bridget die Erste sein würde, die zu lallen begann. Dass Otto immer mehr den Gönner geben würde, der er ansonsten nur selten war. Dass sich die beiden Männer irgendwann um den Hals fallen würden, ihre ewigwährende Freundschaft betonend. Und dass sie selbst, wenn sie all dem überdrüssig zu werden drohte, sich mit noch mehr Champagner und dem einen oder anderen Näschen Zauberpulver verwöhnen würde.

Trotzdem Ingeborg all das wusste, war diese Schlittenfahrt am zweiten Adventsonntag vor Weihnachten ein fester Bestandteil ihrer Jahresplanung. Beinahe wie ein Theaterstück, bei dem man Handlung und Wendungen auswendig kannte und gerade deshalb immer wieder die Vorstellung besuchte. Man bekam, wofür man gekommen war.

Ihren Ehemann zu ihrer Rechten nahm sie seit heute Morgen erneut als eher ruhelos wahr, fast schon fahrig. Eine Eigenschaft, die sie an ihm so nicht kannte. Immer war er ausgeglichen, immer der Ruhepol gewesen, selbst wenn sie schon längst aus der Haut gefahren war. Aber seit knapp zwei Wochen wirkte er gehetzt. Stand grundlos um vier Uhr früh auf, trank grundlos bereits am Tage. Würde plötzlich die Polizei in ihr Haus stürmen und ihn mit gezogener Waffe eines Kapitalverbrechens beschuldigen, so wäre Ingeborg kaum überrascht gewesen.

War doch das Gewissen das Bewusstsein des inneren Gerichtshofes im Menschen – zumindest laut Kant. Irgendetwas nagte an ihm. Auf ihr Nachfragen antwortete Rainer jedoch zumeist flapsig, immer ausweichend, immer öfter aggressiv. Selbst das Wiedersehen mit seinem ältesten und besten Freund vermochte nicht darüber hinwegzutäuschen, dass es in ihm brodelte.

Doch auch wenn Ingeborg nicht wusste, was in ihrem Mann vorging, so konnte sie zumindest teilweise mit ihm fühlen. Auch in ihr schlummerte die Sehnsucht, das, was sie verschwieg, endlich in die Welt hinauszuposaunen, ungeachtet der Konsequenzen. Doch noch zögerte sie. Mögen die Schlittenfahrt und der Rest des Wochenendes so vergehen wie jedes Jahr. Dann erst würde ihre Zeit kommen …

Die vier Freunde im Schlitten wirkten matt, beinahe schläfrig. Allmählich, so schien es, kroch ihnen der Alkohol ins Unterbewusstsein.

»Ich weiß nicht, wie's euch geht«, durchbrach Otto schließlich das Schweigen. »Aber mir knurrt der Magen. Wollen doch mal gucken, was wir für Schnittchen mitgenommen haben!«

Mit diesen Worten nahm er jenen Picknickkorb von der Bank hinter sich, der mit einem weißen Spitzendeckchen verhüllt war, und hob ihn zu sich auf den Schoß.

Spitzbübisch lugte Otto unter die Abdeckung, nur um die anderen mit großen Augen und offenem Mund anzustarren.

Bridget schnaubte über ihren Kindskopf von Mann. »Schnittchen mit Lachs und Kaviar, wie jedes Jahr, Sweetheart?«

Dessen Miene wurde miesepetrig. »Lass mir doch mein Gaudium. Hätten ja auch Schmalz und Marmelade sein können.«

Ingeborg zuckte mit den Schultern. »Also ich mag Schmalz- und Marmeladeschnittchen. Erinnern mich an meine Kindheit in –«

»Dem kleinen Dorf im Nirgendwo, wo ihr bloßfüßig zur Schule und zur Kirche gehen musstet«, unterbrach sie ihr Gemahl ruppig. »Armut ist keine Sünde, mein Schatz. Aber es nervt, wenn man sie andauernd betont.«

Ingeborg verschränkte gekränkt die Arme. »Deine Mit-einem-Goldlöffel-in-der-Schnauze-geboren-Geschichte will aber auch keiner mehr hören.«

Nun wandte Rainer sich seiner Frau zu, mit funkelnden Augen. »Zunächst einmal ist nur eine hier mit einem Goldlöffel geboren worden.«

Er wies auf Bridget, die sich sogleich empörte. »Na, hör mal! Was soll das denn heißen?«

»Und außerdem«, fuhr er unbeirrt fort, »wäre es erquicklich, wenn du zumindest dieses Wochenende deine Spitzen gegen mich sein lassen könntest. Das nervt seit Wochen!«

»Vielleicht weil du dich seit Wochen benimmst, als hättest du eine Bank ausgeraubt und dabei ein Gewissen entwickelt.«

»Na, hallöchen«, sagte Otto beschwichtigend. »Jetzt beruhigen wir uns erst einmal.«

»Dein ›Hallöchen‹ kannst du dir sonst wohin schieben«, knurrte Ingeborg und erwiderte den funkelnden Blick ihres Mannes.

Otto zog die Spitzendecke vom Korb, hielt ihn in die Wagenmitte. »Dann hätte ich aber weniger Platz für die köstlichen Schnittchen, was schade wäre«, meinte er verschmitzt. »Na kommt. Nächstes Jahr sorge ich persönlich dafür, dass es auch welche mit Schmalz und Marmelade gibt, versprochen.«

Mit dem bockigen Blick eines schmollenden Kindes griff sich Ingeborg eine Schnitte mit Kaviar.

»Darfst dann nächstes Jahr auch ruhig die Stiefel ausziehen und bloßfüßig dasitzen, wenn dies das Erlebnis abrundet«, fügte er augenzwinkernd hinzu.

»Idiot«, murmelte Ingeborg, nun wieder mit schelmischem Blick. »Der Kerl an meiner Seite schafft es eben immer noch, mich auf die Palme zu bringen.«

Rainer tätschelte den Oberschenkel seiner Frau. »Solange ich dich nicht langweile, ist es ja gut.«

Nun griffen auch die anderen zur Jause. Mit den ersten Bissen schien jeglicher Groll verflogen zu sein.

»Gar nicht mal so gut«, scherzte Bridget mit vollem Mund.

»Meine Rede«, pflichtete ihr Otto bei.

Rechts an der Kutsche zog die tief verschneite Landschaft vorbei, während sich links von ihr die Eisdecke des Sees beinahe bis zum Horizont erstreckte und unter den Strahlen der Wintersonne immer wieder knackte, als würde unter ihr ein Vulkan brodeln.

Während es sich seine Fahrgäste mit Decken aus Wolle und Schaffell wohlig warm gemacht hatten, hatte sich der Kutscher nur eine Kotze aus dickem Filz über Hemd und Joppe geworfen, saß ruhig und konzentriert auf dem Bock, die Zügel in Händen. Keine seiner Regungen ließ erahnen, ob er der Freundesrunde Gehör schenkte oder nicht.

»Was zum Runterspülen!«

Otto holte eine silberne Taschenflasche aus dem Inneren seines Mantels. »Ein Korn, geschmeidiger, als es ein Weibsbild jemals sein könnte!«

Seinem schmierigen Grinsen folgte Bridgets gestrenger Blick, was Otto nicht davon abhielt, einen ordentlichen Schluck zu nehmen. Dann reichte er den Flachmann an seinen Freund weiter, der gleich doppelt so viel trank.

Ingeborg nippte kurz daran und war bemüht, den Hustenreiz zu unterdrücken, den das scharfe Gesöff in ihr hervorrief. Bridget verweigerte ganz. Ihr Mann gab sich zwar erstaunt, übernahm aber bereitwillig ihren Teil und leerte das Behältnis zur Gänze.

»Geschmeidig, oder?«

»Weltklasse«, stimmte ihm Rainer zu.

Bridget schloss die Augen. Das Schellen der Glocken am Geschirr der Pferde erinnerte sie an ihre Kindheit, damals, auf der anderen Seite des Atlantiks.

Jingle bells, Jingle bells, Jingle all the way …

Sag es, mahnte sich Bridget. Aber was könnte sie bei diesem einträchtigen Geläut schon Schlimmes sagen? Sag es doch! Sag es, dann ist es draußen! Weiß der Herrgott, warum sie sich so zierte. War es doch verwunderlich, dass es ihr noch nie widerfahren war. Auch wenn sie wusste, dass sich ihr Leben dadurch ändern würde, so bedeutete es doch nicht das Ende der Welt! Otto würde es schon verstehen. Würde sich womöglich sogar darüber freuen. Ja, wenn er es geschickt anstellte – und Bridget war überzeugt davon, dass er das könnte – würde man ihm dafür auf die Schulter klopfen und das eine oder andere Pils spendieren.

Oh! what joy it is to ride …

Unwillkürlich sah Bridget an sich herunter, unwillkürlich führte sie die rechte Hand zu ihrem Bauch. Nicht, dass dieser merklich größer geworden war, aber sie wusste, was sie in sich trug.

Ich habe den besten Mann der Welt neben mir! Das hatte sich doch vor Kurzem erst verlautbart. Dann finde heraus, ob dem auch so ist, befahl sie sich innerlich. Stehe deine Frau, feuerte sie sich an, sag es, und du wirst dich frei fühlen!

Bridget atmete tief durch.

Ließ den Blick zu ihrem Mann schweifen, weiter zu Ingeborg, dann zu Rainer.

In a one horse open sleigh. Hey!

Sie stutzte –

Verhielten sich gerade alle so wie sie selbst? Jeder in diesem Schlitten schien es zu spüren, schien nur darauf zu warten, ihr zuvorzukommen. Jeder, so kam es Bridget vor, wollte seinen Ballast loswerden.

Immer schneller wechselten die Blicke.

Otto, dessen Finger sich um den Flachmann krampften wie um einen Rettungsanker.

Ingeborg, die sich an der Lammfelldecke festklammerte, als hinge ihr Leben daran.

Rainer, die Arme vor der Brust verschränkt, die flache Hand auf den Mantel über seine linke Brust gepresst, als wollte er seinen Herzschlag durch den Stoff spüren.

Mit einem Mal brach es aus allen heraus, gleichzeitig, emotional – und gänzlich unverständlich.

Und ebenso gleichzeitig erkannten alle, dass dies nicht der richtige Zeitpunkt für das war, was jeder von ihnen zu sagen hatte.

Ein metallener Aufprall. Otto war die Taschenflasche aus der Hand gerutscht und am Boden des Schlittens aufgeprallt.

Instinktiv beugte Rainer sich vornüber, hob das Behältnis auf und reichte es seinem verdattert dreinblickenden Freund.

»Was … hast du da unter dem Mantel?« Ingeborg hatte die Worte mehr gehaucht als gesprochen.

Rainers Kopf, vom Alkohol und der frischen Luft schon leicht gerötet, wurde nun hochrot. Mit schnellem Griff zog er seinen Mantel wieder zu, der sich beim Vornüberbeugen geöffnet haben musste.

»Nichts, Schatz«, stammelte er. »Gar nichts.«

Den schnellen Griff seiner Frau hatte er nicht kommen sehen.

Einen Atemzug später saß Ingeborg da, starrte ungläubig auf das, was sie aus dem Mantel ihres Mannes gezogen hatte – einen Revolver.

»Wofür … hast du eine Waffe?«, stotterte sie.

Otto und Bridget wirkten wie versteinert.

Rainer rang nach Worten, ohne dass ihm ein Laut entfuhr.

»Warum nimmst du ein verdammtes Schießeisen zu unserer Schlittenfahrt mit?« Ingeborgs Worte klangen tonlos und schal.

Rainer versuchte zu antworten. Vergebens.

»Den ganzen verfluchten Großen Krieg hast du keine Waffe angefasst.« Ingeborg schluckte. »Und plötzlich bist du – was? Mein bewaffneter Beschützer?«

»Ich bin nicht dein Beschützer«, gab Rainer nun kleinlaut von sich. »Ich konnte ja nicht einmal unser Hab und Gut beschützen, als letztes Jahr eingebrochen wurde.«

Er senkte den Kopf.

Ingeborg blickte hilfesuchend um sich. »Also, ich wollte nicht –«

Mit einem Mal sah ihr Gemahl ihr in die Augen, der Blick klar, die Haltung gefasst. »Wir sind pleite, mein Schatz, bankrott. Ruiniert. Wir haben alles verloren, verstehst du, alles. *Ich* habe alles verloren.«

Ingeborg verstand nicht. Auch Bridget und Otto konnten nicht recht begreifen, was ihr Freund mitzuteilen versuchte.

»Aber deine ganzen Anteile …«, warf Otto ein. »Die Streuung, die ich dir empfohlen hatte …«

Rainer schüttelte den Kopf. »Ich dachte, ich könnte noch mehr herausholen. Hab alles auf ein Pferd gesetzt.«

»Beim Pferderennen?«, stieß Bridget spitz hervor.

»Schwachsinn! Natürlich nur sprichwörtlich. Aber es ist alles weg.« Rainer atmete tief durch. »Nach dieser Schlittenfahrt, nach diesem Wochenende, stehen wir vor dem Nichts.«

Ingeborg nickte, offenbar selbst über ihre gefasste Reaktion überrascht. »Was … was wolltest du dann mit dem –«

Ihr Blick fiel auf den Revolver.

Plötzlich versuchte Rainer, die Waffe an sich zu reißen, blitzschnell, wie es auch seine Frau getan hatte. Nur, dass er nicht mehr dieselbe Reaktionsfähigkeit besaß wie sie. Ingeborg riss die Waffe hoch, Rainer fasste nach –

Ein Schuss peitschte durch die Luft.

Mit einem Wiehern bäumten sich die Zugpferde auf, galoppierten panisch los.

Der Kutscher wurde nach hinten geworfen, verlor den Halt und stürzte vom Bock in die offene Karosserie. Die vier Insassen darin schrien auf.

In halsbrecherischer Geschwindigkeit glitt der Schlitten nun durch den Schnee. Links und rechts stob die weiße Pracht auf, als würden Granaten einschlagen. Das Schnauben und Wiehern der Pferde dröhnte ohrenbetäubend, wie auch das metallene Knarzen des Gefährts selbst.

Als die Pferde die erste Kurve nahmen, neigte sich die Kutsche gefährlich zur Seite. Bei der zweiten Kurve verlor eine der Kufen die Bodenhaftung.

Erneut schrien die Fahrgäste auf.

Otto versuchte auf den Bock zu klettern, wurde jedoch durch das heftige Holpern des Schlittens immer wieder zurückgeworfen.

Das Gefährt schlingerte, drohte umzukippen – brach schließlich aus und schlitterte aufs Eis des Sees hinaus. Es riss die Pferde mit sich, kam nach einer gefühlten Ewigkeit endlich zum Stehen.

Stille.

Dann das Knacken der Eisdecke.

»Bist du noch ganz bei Sinnen?«, entfuhr es Ingeborg, während sie mit dem Revolver vor dem Gesicht ihres Mannes herumfuchtelte. »Willst du uns alle umbringen?«

Der schüttelte seinen Kopf, wie in Trance.

»Nein.« Mit einem Mal verstand Ingeborg. »Du wolltest nur dich umbringen.« Tränen schossen ihr in die Augen. »Wie kannst du nur –«

»Ich habe versagt«, flüsterte Rainer, mehr zu sich selbst. »Wer möchte schon mit einem Versager verheiratet sein? Das hast du nicht verdient. So kannst du dir jemanden suchen, der dir wieder all das bietet, was du so sehr genießt.«

Ingeborg rang nach Luft. »Weil ich all das mit *dir* genießen kann, du Hornochse.«

Sie senkte die Waffe, begann zu schluchzen. »Ich will ein Leben mit dir, auch wenn wir bettelarm sind.«

Schweigen breitete sich aus.

»Verzeihung, die Herrschaften«, sprach der Kutscher und versuchte, wieder auf den Bock zu klettern. »Aber wir sollten uns beeilen.«

Rainer nutzte die Ablenkung. Er riss den Revolver an sich, hielt ihn unter sein Kinn. Spürte das kalte Metall auf seiner Haut. Sehnte sich nach der Erlösung, die ihm sein Zeigefinger sogleich bringen würde.

»Ich bin schwanger!«

Alle Blicke schnellten zu Bridget.

Ottos Faust schnellte jedoch ebenfalls, und zwar nach vorn, schlug Rainer die Waffe aus der Hand, die in hohem Bogen wegflog und auf die Eisdecke krachte. Dann wandte sich der Mann wieder seiner Frau zu.

»Du bist schwanger? Von wem?«

Die traf die Frage, als wäre sie es gewesen, die seine Faust getroffen hatte.

»Von wem? Natürlich von dir!«

Otto schluckte schwer. Lehnte sich zurück. Blickte zu Rainer, der noch immer nicht verstanden zu haben schien, dass ihm die Waffe erneut geraubt worden war. Sah zu Ingeborg, deren Augen zwischen Bridget und Rainer hin und her schnellten. Atmete tief aus.

»Ihr seid meine besten Freunde, das wisst ihr«, sagte Otto mit gefasster Stimme. »Und ich bin des Versteckens so müde.«

Ein Seufzen.

»Also … ich liebe Männer.«

Erneutes Schweigen.

Dann markerschütterndes Knacken und Knirschen,

gefolgt vom plötzlichen Einsinken des Schlittens und dem Einbrechen eiskalten Wassers.

Die beiden Frauen schrien auf, die beiden Männer fluchten. Ein dritter ließ die Zügel schnalzen …

Wer wem geholfen hatte, wusste niemand mehr so genau. Aber dass es der Kutscher war, der sie alle gerettet hatte, stand außer Frage. Seiner Geistesgegenwart war es zu verdanken, dass die Pferde das Gefährt gerade noch rechtzeitig aus dem brechenden Eis ziehen konnten.

Nun glitt der Schlitten wieder durch den Schnee, gleich so, als wäre nie etwas geschehen. Doch die beiden Paare saßen sich stumm gegenüber, zitterten, drückten sich aneinander, die Kleidung bis zur Hüfte durchnässt.

»Warum hast du nie etwas gesagt?«, fragte Rainer schließlich seinen Freund. »Mir musst du doch nichts vormachen.«

»*Uns*«, korrigierte Ingeborg. »Wir wissen, dass das strafbar ist, aber wen interessieren schon Gesetze, wenn sie idiotisch sind? *Uns* ist es herzlich einerlei, wen du liebst, solange es für dich und Bridget passt und ihr beide glücklich seid.«

»Das sind wir«, meinte diese. »Ich habe es heute ernst gemeint. Ich könnte mir keinen besseren Mann als Otto wünschen. Und gewisse Dinge holen wir uns eben anderweitig.«

»Aber das Kind –«

Bridget sah Otto liebevoll in die Augen. »Auch wenn du nicht der Erzeuger bist – *du* wirst Vater. Du und niemand sonst.«

Der begann übers ganze Gesicht zu strahlen, drückte seiner Frau einen dicken Kuss auf den Mund.

»Und du nimm's nicht zu schwer«, meinte er in Richtung seines Freundes, der bar jeder Hoffnung zum Horizont starrte.

Otto wandte sich an Ingeborg. »Sagst du es ihm endlich, oder soll ich?«

Die schüttelte den Kopf, griff energisch Rainers Hand. »Schatz, du weißt doch noch, als man bei uns eingebrochen hat?«

Rainer runzelte die Stirn.

»Streng genommen handelte es sich nicht um einen Einbruch.«

»Streng genommen?«

Ingeborg räusperte sich. »Vor einiger Zeit hatte ich dich doch gebeten, mir einen kleineren Teil an Bargeld zu überlassen, damit ich auch investieren kann. Erinnerst du dich, was du damals gesagt hast?«

»Dass Frauen das nicht vermögen«, antwortete Rainer ohne Umschweife. »Geschweige denn derlei Geschäfte an der Börse tätigen dürfen.«

Ingeborg nickte. »Aber wir leben in den Zwanzigerjahren. In den Zwanzigerjahren des zwanzigsten Jahrhunderts, wohlgemerkt, nicht des Neunzehnten. Also habe ich den Einbruch vorgetäuscht und mir genommen, was sowieso auch mein war.«

Ihr Gemahl verstand nicht.

»Da Frauen nicht an der Börse handeln, suchte ich mir eben einen vertrauenswürdigen Mann, der dies in meinem Namen tat.«

Sie blickte zu Otto.

Rainer blickte zu Otto.

Der zuckte mit den Schultern, vermochte ein Grinsen kaum zu unterdrücken. »Was soll ich dir sagen, mein Freund? Deine Frau hat ein Händchen dafür.«

»Du hast also unser Geld –«

»Ganz recht«, unterbrach ihn Ingeborg. »Gewinnbringend vermehrt. Äußerst gewinnbringend sogar. Der Schuldturm muss also noch ein Weilchen auf uns warten. Frohe Weihnachten, mein Schatz.«

Den Rest der Fahrt bewältigten die vier Freunde schweigend. Zu sehr war jeder damit beschäftigt zu verarbeiten, was er erfahren und gelernt hatte. Über sich, über seinen Ehepartner, über seine Freunde.

Der eine ein selbstmordgefährdeter Pleitier, der andere heimlich homosexuell.

Die eine schwanger von einem Unbekannten, die andere mit kriminellem Börsengespür.

Und doch stiegen alle vier glücklicher und hoffnungsvoller aus dem Schlitten, als sie eingestiegen waren. Sie standen mit sich im Reinen und hatten die Gewissheit, von ihren Freunden so akzeptiert zu werden, wie sie waren.

»Ich gratuliere dir ganz herzlich zum Nachwuchs«, sagte Ingeborg schließlich zu Bridget. »Aber wenn Otto nicht der leibliche Vater ist, wer ist es dann?«

»Einer, der zu seinem Wort steht«, antwortete die werdende Mutter und lächelte geheimnisvoll.

Dann machten sich die vier ins Hotel auf, um sich für das Dinner umzuziehen.

Als Letzte im Bunde drückte Bridget dem Kutscher inniglich die Hand, schenkte ihm einen Augenaufschlag und raunte ein süßes »Danke«.

VIII.
Der Spielzeugmacher

1901

Es wird scho glei dumpa

(Österreichisches Weihnachtslied,
Text Anton Reidinger 1884)

Es wird scho glei dumpa, es wird scho glei Nocht,
Drum kim i zu dir her, mei Heiland auf d'Wocht.
Will singan a Liadl, dem Liabling dem kloan,
Du mogst jo ned schlofn, i hear die lei woan.
Hei, hei, hei, hei!
Schlaf siaß, herzliabs Kind!

Vergiss hiaz, o Kinderl, dein Kummer, dei Load,
dass d'doda muaßt leidn im Stall auf da Hoad.
Es ziern ja die Engerl dei Liegerstatt aus.
Möcht schöna ned sein drin im König sein Haus.
Hei, hei, hei, hei!
Schlaf siaß, herzliabes Kind!

Ja Kinderl, du bist halt im Kripperl so schen,
mi ziemt, i kann nimmer da weg von dir gehn.
I wünsch dir von Herzen die süaßte Ruah,
die Engerl vom Himmel, die deckn di zua.
Hei, hei, hei, hei!
Schlaf siaß, herzliabes Kind!

Mach zua deine Äugal in Ruah und in Fried
und gib ma zum Abschied dein Segn no grad mit!
Aft wern ja mei Schlaferl a sorgenlos sein,
aft kann i mi ruahli aufs Niederlegn gfrein.
Hei, hei, hei, hei!
Schlaf siaß, herzliabes Kind!

»Omama, erzählst du uns noch eine Geschichte?« Therese, ein siebenjähriges Mädchen mit lockigem braunem Haar machte große, unschuldige Augen.

»Oh ja, bitte«, stimmte ihr um ein Jahr jüngerer Bruder Philipp mit ein, dessen Gesicht mit Sommersprossen übersät war.

Beide Kinder lagen nebeneinander in einem Bett aus dunklem Holz, das mit bunten fantasievollen Figuren bemalt war. Eingemummt unter einer dicken Decke voll Daunenfedern wirkte es – hätte man nur einen schnellen Blick riskiert –, als wären die beiden Kinder eingeschneit worden.

Auf einem Schammerl neben dem Bett saß Elfriede, eine alte Frau, ihre Klappbrille auf der Nase, die weißen Haare zu einem Knödel zusammengebunden. Die Großmutter lächelte gütig.

»Aber natürlich erzähle ich euch noch eine Gutenachtgeschichte, meine Zwei. Aber keine allzu lange. Denn morgen kommt das Christkind, und da wollen wir doch alle ausgeschlafen sein, oder etwa nicht?«

Die beiden Geschwister nickten zustimmend.

Elfriede nahm das in Leder gebundene Buch zur Hand, das auf dem Nachtkästchen lag und in dessen Einband die Worte »Grimms Märchen« in güldenen Lettern geprägt waren.

»Nein!«, protestierte Therese. »Die Märchen kennen wir schon alle auswendig. Erzähle uns eine wahre Geschichte!«

Die Großmutter verschränkte ernst die Arme vor der Brust. »Eine wahre Geschichte? Seid ihr dafür nicht noch etwas zu jung?«

Das einstimmige »Nein!«, das folgte, duldete keinen Widerspruch.

Schmunzelnd legte Elfriede das Märchenbuch wieder zur Seite. »Also gut.«

Ihr Blick wanderte zur Wand, die unzählige feine Risse durchzogen, dann weiter zum Fenster, dessen Glas feine Schneeflocken bedeckten, gleich so, als hätte man es mit Staubzucker bestreut.

Ein Gedanke ließ die Augen der alten Frau aufleuchten. Sie atmete mehrmals tief durch, haderte mit sich – dann fasste sie einen Entschluss.

»Seid ihr auch gut unter der Decke eingepackt? Denn meine Erzählung spielt ebenfalls im Winter. Nicht, dass euch fröstelt.«

Das Mädchen und der Bub zogen sich die Daunendecke bis zu den Nasenspitzen, die Augen auf die Erzählerin gebannt.

»Nun denn«, begann die Großmutter. »Es war einmal vor langer Zeit ein kleiner Laden, vollgestopft mit allerlei Spielzeug. Mit Schaukelpferden, Windrädchen, Hampelmännern und Holzpuppen. Mit Kreiseln, Eisenbahnen, Kaufmannsläden und Puppenhäusern. Alles, was ihr euch zum Spielen erträumen könnt, in jeder Farbe und jeder Größe, konnte man in dem Laden käuflich erwerben. Sein Inhaber war der Spielzeugmacher Alonsius Kettelhut, der einst das Geschäft bei seinem Vater gelernt und nach dessen Tod weitergeführt hatte. Doch im Gegensatz zu seinem Vater verstand es der Spielzeugmacher nicht nur, Spielgeräte anzufertigen, sondern auch, ihnen eine –«

Die Großmutter suchte nach den richtigen Worten.

»– eine Seele zu verleihen. Oftmals genügte der eine oder andere Pinselstrich, und aus einem einfachen Kreisel wurde ein lustiger wirbelnder Wüterich, aus einer Lokomotive ein beherztes Dampfross, und so weiter. Diese seine

Gabe schätzten auch die Menschen, und so konnte er das ganze Jahr nicht über zu wenig Kundschaft klagen. Besonders jetzt, zur Weihnachtszeit, stand die Bürgerschaft oft in einer langen Schlange vor seinem Laden, um die trefflichsten Geschenke für ihre Kinder bei ihm zu finden.«

Elfriede schmunzelte unwillkürlich. »Er war jedoch nicht nur ein begabter Handwerker. Er war auch ein guter Mensch, mit einem großen Herzen. So war er der Überzeugung, dass Spielzeug nicht nur dem Nachwuchs aus reichem Elternhaus vorbehalten sein sollte, sondern allen Kindern zustand. Wann immer ein armes Menschlein vor seinem Laden stand und sehnsüchtig in die Auslage blickte, ahnend, dass es niemals eine solche Kostbarkeit besitzen würde, kam der Spielzeugmacher aus seinem Laden und schenkte diesem Kind eine Kleinigkeit – einen Kreisel, eine Figur, einen Würfel. Und die glänzenden Augen des Beschenkten waren ihm Lohn genug.«

»Zu dem Spielzeugmacher würde ich auch gerne gehen!«, rief Philipp begeistert.

»Dann meinst du, dass du ein armes Kindlein bist, das einer solchen Gabe bedarf?«

Elfriede machte ein ernstes Gesicht. Der Bub sah auf seinen Spieltisch, der in der Ecke der Stube stand und auf dem sich eine Vielzahl an Spielgeräten stapelte.

»Nein«, meinte Philipp kleinlaut. »Ich bin nicht arm.«

»Das meine ich auch«, fuhr Elfriede fort. »Dass man sich aus einer Freude oder spontanen Ungestümheit heraus Dinge wünscht, die andere viel nötiger haben als man selbst, ist nicht verwerflich, meine zwei. Das ist jedem von uns schon so ergangen. Verwerflich wird es erst, wenn man mit Vorsatz handelt. Dann beraubt man andere ihrer Freude, womöglich gar dem, was sie zum Leben bitter benötigen. Nun, Spielzeug gehört natürlich nicht zu den lebensnotwendigen Dingen im Leben, wichtig ist es dennoch.

So geschah es, dass eines Tages ein Bub vor dem Schaufenster des Spielzeugmachers stand, inmitten der Unbilden des späten Novemberwetters. Zwölf Lenze mag er alt gewesen sein, Mütze trug er keine. Seine blonden Haare standen in alle Richtungen von seinem Haupt ab. Die Kleidung war zerschlissen, sein Gesicht schmutzig. Was seinem Antlitz innewohnte, war eine seltsame Mischung aus süßer kindlicher Einfalt und unangenehmer Verschlagenheit. Unangenehm deshalb, weil man so etwas normalerweise erst in erwachsenen Menschen findet, die bereits auf Jahre liederlichen Lebens zurückblicken. Der erste Eindruck des Buben vermochte also durchaus trügen, zum Guten wie zum Schlechten.

Schließlich bemerkte Alonsius Kettelhut den Armen, trat vor seinen Laden und schenkte dem Buben ein handgroßes Schaukelpferd, das er erst wenige Tage zuvor fertiggestellt hatte. Mit dankbaren Augen sah ihn das Kind an. Doch wie gesagt, seinem Blick wohnte noch etwas anderes inne, etwas, was der Spielzeugmacher nicht zu deuten vermochte – noch nicht.

Eine Woche später stand der Bub erneut vor der Auslage, und erneut kam der Spielzeugmacher heraus. Es schneite und ein garstiger Wind schnitt durch die Gassen. Also lud Alonsius den zitternden Buben zu sich in den Laden ein, kredenzte ihm eine Schale mit heißer Trinkschokolade. Dankbar genoss das Kind das Getränk und machte sich so gestärkt wieder hinaus in die Kälte. Als der Spielzeugmacher am Abend seinen Laden absperren wollte, bemerkte er jedoch, dass einige kleine hölzerne

Soldaten fehlten, die er fein säuberlich auf der Verkaufstheke angeordnet hatte. Aber wahrscheinlich, kam ihm in den Sinn, hatte er sich geirrt. Sie standen wohl noch im Lager.«

Die Großmutter nahm einen Schluck erfrischenden Pfefferminztee, ehe sie mit erhobenen Brauen fortfuhr.

»Doch am nächsten Tag, als Alonsius im Lager nachsah, konnte er besagte Figuren nicht finden. Er hätte wohl keinen Gedanken mehr daran verschwendet, hätte tags darauf nicht wieder der arme blond gelockte Bub vor seinem Laden gestanden. Wieder bat ihn Alonsius herein, wieder schenkte er ihm eine Schale Trinkschokolade aus. Das Schaukelpferd, gestand der Junge, hatten ihm andere Kinder gestohlen. Das mache ihn sehr traurig, denn seine liebe Mutter besitze kein Geld, um ein neues zu erstehen.

Alonsius nickte beruhigend. Dann holte er einen hölzernen Nussknacker hervor, den er kunstvoll in knallbunten Farben bemalt hatte, und überreichte ihn dem Buben. Damit, so meinte er, könne dieser spielen und seine Mutter würde ein nützliches Werkzeug zur Hand haben. Wieder verabschiedete sich der Bub, wieder mit jenem eigenartigen Leuchten in den Augen.

Als der Spielzeugmacher an diesem Abend seinen Laden schließen wollte, erreichte ihn der Lakai einer vornehmen Herrschaft. Diese bat Alonsius handschriftlich, sie in zwei Tagen in ihrer Wohnung aufzusuchen, da sie mit ihm einen größeren Auftrag besprechen wolle.«

Die Großmutter blickte über den oberen Rand ihrer Klappbrille zu ihren Enkelkindern.

»Und ihr wisst, was man tut, wenn man um etwas gebeten wird?«

»Man geht der Bitte nach«, erklärte Therese naseweis.

»Ganz recht«, schmunzelte die Großmutter, »das tut man. Und genau das tat der Spielzeugmacher auch. Am nächsten Tag schloss er seinen Laden früher als sonst und machte sich über das schneevereiste Straßenpflaster auf, die ihm unbekannte Herrschaft zu besuchen. Sein Weg führte ihn in ein prunkvolles Palais, wo ihm derselbe Lakai die Tür öffnete, der ihm die Nachricht überbracht hatte. Alonsius wurde durch Räumlichkeiten geführt, die dermaßen verschwenderisch ausgestattet waren, dass er aus dem Staunen nicht herauskam. Noch nie zuvor hatte er Vergleichbares gesehen. Schließlich erreichte er seinen Auftraggeber – Graf Wilhelm von Hacker. Der Mann, der Ende dreißig sein musste, begrüßte den Spielzeugmacher mit jener Art, wie man sie oft bei derartigen Herrschaften beobachten konnte – zweckdienliche Freundlichkeit, da man ja etwas von seinem Gegenüber wollte, verpackt in mühsam unterdrücktes Wissen, man sei etwas Besseres.

Doch Alonsius ließ sich von derartigem Gehabe nicht irritieren. Mit bübischer Keckheit streckte er als Erster dem Herrn seine Hand zum Gruße entgegen, den dieser sogleich erwiderte.

›Ich freue mich, Sie persönlich kennenzulernen, Herr Kettelhut‹«, intonierte Elfriede den Grafen mit verstellter tiefer Stimme. »›Ihr Ruf eilt Ihnen weit voraus. Ich wette, Sie brennen darauf zu erfahren, warum ich Sie zu mir bat.‹

Und weil dem so war, führte der Graf den Spielzeugmacher in den nächstgelegenen Salon, der ausschließlich als Weihnachtszimmer diente. Darin stand eine dichte, raumhohe Tanne. Bunte Ketten aus Glasperlen hangelten sich von Zweig zu Zweig. Unzählige Glaskugeln aus einer Thüringer Manufaktur hingen von den Ästen, farbenfroh glitzernd. Über drei Dutzend Kerzen, die mittels neuartiger

Klemmhalter an ihrem Platz befestigt wurden, versprachen einen himmlischen Schein am Heiligen Abend.

Neben dem Baum stapelten sich große und noch größere Geschenke auf einem Gabentisch, bedeckt mit einem seidenen Tuch. Die hohen Fenster im Raum waren ebenfalls mit Girlanden aus Tannenzweigen geschmückt, verziert mit Schleifen aus rotem Papier. Über einer mit kunstvollen Intarsien verzierten Kommode, die vermutlich mehr kostete, als der Spielzeugmacher in seinem Leben verdienen konnte, hing ein Ölgemälde des Heilands.

Dorthin wies der Graf.

›Sehen Sie, mein verehrter Herr Kettelhut‹, begann er zu erklären. ›Nachdem ich im Frühjahr in den Schweizer Alpen der Wanderlust gefrönt und im Sommer Großwild auf dem schwarzen Kontinent geschossen hatte, begab ich mich zur Erholung von den körperlichen Strapazen, vom heißen Wetter und den aufdringlichen Hottentotten nach Pyrmont.«

»Omama, was ist ein Hottentotte?«, wollte Philipp wissen.

»Das ist eine abwertende Bezeichnung für einen Mohr, mein Schatz«, erklärte die Großmutter. »Wenn ein Mensch solche Begriffe verwendet, sagt das viel über ihn aus, verstehst du?«

Philipp nickte und Elfriede fuhr mit ihrer Erzählung fort.

»Pyrmont ist ein bekannter Kurort im Deutschen Reich. In einem dortigen Kurhaus hatte der Graf eine junge Frau kennengelernt und sich in sie verliebt – oder vielmehr in den Reichtum, den sie in die Ehe mitbringen würde. Aus diesen niederen Beweggründen hatte er sie für das Weihnachtsfest nach Wien eingeladen und war nun bemüht, alles dafür zu tun, um sie zu beeindrucken.«

»Dann wollte der Graf gar keinen so schönen Christbaum und so viele Geschenke?« Therese rümpfte die Nase. »Ich könnte nie so lügen.«

»Dazu hast du auch keinen Grund, mein Schatz«, beruhigte die Großmutter. »Aber der Graf war nur auf seinen Vorteil bedacht. Und weil er wusste, dass die junge Frau sehr gläubig war, wollte er ihr auch mit einer wunderschönen Krippe imponieren, die er auf die Kommode zu stellen gedachte. Deshalb hatte er nach dem Spielzeugmacher geschickt. Nur Alonsius Kettelhut könne den Figuren Leben einhauchen, wie der Graf beteuerte. Dieser zierte sich, da das Geschäft zu Weihnachten ohnehin schon arbeitsam genug war. Daraufhin versprach ihm der Graf einen außerordentlich großzügigen Lohn. Doch der Spielzeugmacher hatte genug Geld zum Leben, und daher bat er, der Graf möge doch außerordentlich großzügig an die städtischen Armenhäuser spenden.

Irritiert von der Selbstlosigkeit des Mannes versprach der Graf, diesem Wunsch nachzukommen. Dieses Versprechen wiederum bewegte nun Alonsius dazu, die Krippe für den Grafen zu bauen, auch wenn er wusste, dass er in den kommenden Wochen bis Weihnachten wohl nicht einmal an Schlaf zu denken brauchte.

Gerade als sich der Spielzeugmacher von seinem Auftraggeber verabschiedete, spazierte ein Bub in den Salon, eine Zuckerstange in der Hand. Franz, der Sohn des Grafen. Das Haar blond, den Schalk im Nacken.«

»Das ist der Bub, der immer zum Schokoladetrinken kam!«, rief Philipp aufgeregt.

Elfriede nickte wissend. »Da hast du recht, mein Schatz. Bei seinem Anblick versteinerte der Spielzeugmacher – warum in Gottes Namen hatte ihn der Bub derartig hinters

Licht geführt? Welch teuflische Narretei ritt einen, sich als armes Kind Spielzeug zu erbetteln, wenn man doch, wie er, in solchem Überfluss hauste? Der Knabe jedoch sah dem Spielzeugmacher unverhohlen in die Augen, während er an seinem Naschwerk schleckte, wirkte gar sonderbar bedrohlich. In all den Jahrzehnten, in denen Alonsius schon auf Erden wandelte, hatte er gelernt, wann es vonnöten war, einen Streit auszufechten, und wann es geboten war, Stillschweigen zu bewahren. An jenem Abend, das wusste der Spielzeugmacher, hatte es Letzteres zu sein. Also behielt er Stillschweigen.

Während Alonsius das Palais hinter sich ließ und im Schneetreiben nach Hause schritt, kreisten seine Gedanken nur um ein Wort: warum. Und er beschloss nicht eher zu ruhen, bis er eine Antwort darauf gefunden hatte.«

Therese verschränkte trotzig die Arme über der Daunendecke. »Wie lautet die Antwort?«

»Wenn ich euch die Antwort einfach sage, würdet ihr sie nicht verstehen, mein Schatz«, meinte die Großmutter. »Zuweilen ist der Weg zum Finden einer Antwort wichtiger als die Erkenntnis selbst. Und so begab es sich auch in diesem Fall. Tag und Nacht schuftete der Spielzeugmacher in seinem Laden, der zugleich seine Werkstatt beheimatete, um die Krippe für den Grafen rechtzeitig fertigzustellen. Von früh bis spät sägte, hämmerte, leimte und pinselte er. Denn auch wenn Eile geboten war, wollte er doch kein Detail auslassen.«

»Vom Hudeln kommen schiache Kinder![*]«, gab Philipp zum Besten.

Elfriede lachte auf.

»Philipp!« Thereses Blick glich einem Dolch.

---

* Sprichwort: Vom oberflächlichen Arbeiten kommen hässliche Kinder.

»Sagt unser Herr Lehrer«, fügte der Bub kleinlaut hinzu.

»Ist schon gut«, meinte die Großmutter, nachdem sie sich wieder beruhigt hatte. »Du hast ja nicht unrecht. Wo war ich? Ach ja. Der Spielzeugmacher arbeitete sogar so viel, dass sein Weib im Laden aushelfen musste, denn ganz Wien, so schien es, wollte in diesem Jahr Alonsius' Spielsachen kaufen. Eines Abends, der Spielzeugmacher war allein in seinem Laden und werkte emsig, betrat der kleine Franz wieder das Geschäft. Diesmal gestriegelt, aber gleich so, als wäre er zum ersten Mal hier.

›Womit kann ich dir dienlich sein?‹, fragte Alonsius argwöhnisch. ›Möchtest du etwas haben, was eigentlich für arme Kinder bestimmt ist? Oder dich an einer Trinkschokolade laben, wo du solche doch im Überfluss haben musst?‹

Franz grinste dreist. ›Es war schlau von Ihnen, meinem Vater nichts zu erzählen‹, begann der Bub. ›Sonst hätte ich Sie der Lüge gescholten und der Auftrag wäre an einen anderen Handwerker gegangen – und die Armenhäuser leer aus.‹

›Warum bist du nur so?‹, wollte der Spielzeugmacher wissen.

›Weil ich es kann‹, kam die Antwort des Knaben wie aus der Pistole geschossen. ›Was ich heute von Ihnen will, ist irgendein anderes Spielzeug, eines, das hält. Das Schaukelpferd ist zersprungen, da habe ich es gerade einmal vom zweiten Stockwerk zur Erde fallen lassen. Und der Nussknacker hat als Scheit im Kamin wenig getaugt.‹

›Und die Soldaten, die du mir gestohlen hast?‹

›Haben mich schnell gelangweilt.‹

Alonsius schauderte ob derartiger Geringschätzung von Spielgeräten, mit denen ein anderes Kind seine hellauf begeisterte Freude gehabt hätte. Doch er besann sich eines Besseren. Er griff sich eine kleine, hölzerne Puppe, malte ihr mit flinken Pinselstrichen blondes Haar sowie zwei Gesichter – eins auf den Vorderkopf, eins auf den Hinterkopf. Das eine fröhlich, das andere traurig. Dann überreichte er die Figur Franz.

›Wann immer du fröhlich bist‹, erklärte er, ›wann immer du eine gute Tat vollbracht oder deine Mitmenschen glücklich gemacht hast, drehe den Kopf der Figur so, dass sie dich anlacht. Wann immer du traurig, wütend oder missgünstig bist oder einem anderen neidig, drehe den Kopf so, dass dich das traurige Gesicht anstarrt.‹

›Und dann?‹

›Dann merkst du dir, an welchen Tagen deine Figur glücklich und an welchen sie traurig war. Am Ende jeder Woche erkennst du, was überwiegt. Und sollte die Traurigkeit überwiegen, weißt du, dass es Zeit zu handeln ist. Nur der, der innerlich glücklich ist, vermag es auch, andere glücklich zu machen.‹

Franz besah sich die Puppe, unschlüssig, was er davon halten sollte, steckte sie schließlich in seine Westentasche. Ohne eine Verabschiedung verließ er den Laden.«

Die Großmutter sah ihre beiden Enkelkinder an. »Ihr könnt euch vorstellen, wie sich der Spielzeugmacher fühlte. Hätte er eine solche Puppe besessen, würde er ihren Kopf auf traurig drehen.«

Therese und Philipp nickten mitfühlend.

»Fünf Tage vor Weihnachten war es schließlich so weit: Alonsius hatte die Krippe fertiggestellt. Der Graf ließ sie vom Laden abholen und der Spielzeugmacher baute sie im Weihnachtssalon des Palais auf. Das ansonsten distanziert wirkende Gesicht des Auftraggebers erstrahlte wie das eines Kindes.

›Damit wird mir mein Liebchen zu Füßen liegen‹, schwärmte er unverhohlen. ›Nichts lieben diese katholischen Scheitlknier mehr als die Verbildlichung ihres Heilands zu jenen Festtagen, die sie einst den Heiden raubten.‹

›Dann hat Weihnachten für Sie gar keine Bedeutung?‹, fragte Alonsius entsetzt. ›Auch nicht um Ihres Sohnes willen?‹

›Für mich hat alles eine Bedeutung‹, prahlte der Graf. ›Alles, was mir von Nutzen ist. Einerlei, was man in den Armenmessen predigt. Es gibt nur einen Herrgott – den hier.‹

Mit diesen Worten zog der Graf einen Fünfzigguldenschein aus seiner Jacke und wedelte damit in der Luft.

Alonsius verabschiedete sich schnellstmöglich, denn er wollte keine Minute länger in Gegenwart eines solch raffgierigen Mannes verbringen. Er eilte nach Hause zu seinem Weib und genoss den ersten freien Abend seit Langem, gekuschelt an ihre Seite und dankbar dafür, dass er allen Reichtum der Welt nicht brauchte, solange er sich ihrer Liebe gewiss war und sie sich der seinen.

Am Tag vor Heiligabend schlenderte Alonsius durch die Stadt, freute sich über den abflauenden Trubel auf den Straßen und Plätzen, die festliche Stimmung, die überall herrschte, und die Freundlichkeit seiner Mitmenschen, die so nur kurz vor Weihnachten spürbar war.

Er bog gerade in eine Seitengasse ein, als zwei Kinder an ihm vorbeiliefen, schreiend, die Arme in die Höhe gerissen, gefolgt von einem dritten Kind – einem Buben mit blondem Haar.

Franz.

Der jagte die beiden bis zur nächsten Gabelung, dann blieb er stehen und schoss ihnen mit seiner Steinschleuder hinterher, wobei er den kleineren Flüchtenden am Kopf traf.

Der Spielzeugmacher drückte sich in eine Toreinfahrt, beobachtete, wie der Bub gleich darauf die Figur, die er geschenkt bekommen hatte, aus der Westentasche holte und ihren Kopf drehte. Von Trauer auf Freude.

Alonsius verstand nicht. Wie konnte einem das Freude bereiten? Und welche anderen Missetaten würden ihn ebenfalls glücklich machen? Daher beschloss er, dem Knaben zu folgen.

In gebührendem Abstand schlich er hinter Franz her, der durch verwinkelte Gassen und enge Innenhöfe streunte. Auf der Suche nach … ja, wonach nur? Worauf war der Bub aus? Ablenkung? Abenteuer? Franz wirkte ganz und gar nicht seinem Alter entsprechend – zu fordernd seine Schritte, zu zielstrebig sein Blick. Zu abgründig sein Tun.

Mit seiner Schleuder schoss er auf Tauben, unbekümmert, wenn sie getroffen von Dächern und Geäst fielen und verletzt flatternd im Schnee liegen blieben. Mit seinen Füßen trat er nach Hunden und Katzen, die jaulend oder fauchend vor ihm Reißaus nahmen. Selbst kleine Löcher, in die sich die Nagetiere im bitterkalten Winter zurückzogen, verstopfte er mit Hadern* oder Steinen.«

Therese und Philipp verschwanden mit ihren Köpfen immer weiter unter der Decke.

»Ich hör ja schon auf«, meinte die Großmutter besänftigend. »Aber ich sagte euch: Zuweilen ist der Weg zum Finden einer Antwort wichtiger als die Erkenntnis selbst. Die Taten des Buben waren fürchterlich. Was Alonsius aber beinahe noch mehr erschreckte, war, dass Franz nach jeder Missetat die Holzfigur aus seiner Westentasche nahm

* Lumpen, Fetzen

und prüfte, ob sie ihn noch immer anlachte. Kein Anflug von Reue, kein Anzeichen von Trübsal. Es schien, als wäre der Bub voll und ganz mit sich im Reinen. Was dies für die Zukunft des Kindes und die seiner Mitmenschen bedeutete, vermochte sich der Spielzeugmacher nur in seinen schlimmsten Albträumen ausmalen.

Benommen von der beobachteten Garstigkeit trottete Alonsius nach Hause und tat das, was er immer machte, wenn er traurig war –«

»Er trank ein Bier!«, schrie Philipp übermütig.

»Blödsinn«, konterte Therese. »Er aß eine heiße Suppe. Die hilft immer.«

»Ihr habt beide recht und doch wieder nicht«, sprach Elfriede geheimnisvoll. »Alonsius *speiste* eine Suppe und *trank* auch ein Bier. Aber er tat dies gemeinsam mit seinem Weib, und nach dem Mahl kuschelte er sich an sie und schloss die Augen – dann erst vergaß er die Schrecken und Mühsal der Welt, vergaß sogar Franz und seinen Vater. Denn er war dort, wo er sich am wohlsten fühlte.«

Die Großmutter trank die Schale Pfefferminztee aus und fuhr schließlich fort.

»Die Zeit verging, so auch das Weihnachtsfest. Der Spielzeugmacher genoss die zwei freien Tage, die dem vierundzwanzigsten folgten. Dann verspürte er eine gewohnte Unruhe in sich. In seinem Kopf formten sich bereits neue Ideen für neues Spielgerät, bildeten sich Formen und Muster, um im Neuen Jahr noch Schöneres herzustellen. Doch zuvor galt es, eine Ungewissheit auszumerzen. Alonsius besuchte die Armenhäuser der Stadt, fragte nach, ob und wie viel der Graf denn gespendet hatte …

Niedergeschmettert musste er feststellen, dass die gesamte Summe kaum mehr entsprach als dem, was er für ein gewöhnliches Schaukelpferd berechnen würde – geschweige denn für die aufwendige Herstellung der Krippe.

Der Vater ein Geizhals, der Sohn missraten! Hätte er doch nie seinen Laden verlassen und der Bitte der Herrschaft entsprochen.«

»Aber das muss man doch tun«, protestierte Philipp.

»Natürlich.« Elfriede strich ihm über den Kopf. »Trotzdem war der Mann so wütend, dass er wünschte, er wäre ähnlich schlecht erzogen gewesen wie der kleine Franz.

Seinen Kummer erzählte er wie immer seinem Weib, und wie immer verstand diese, ihn mit den richtigen Worten zu trösten. Mit den richtigen Worten und einem Vorschlag, der ihn aufhorchen ließ. Selten, ganz, ganz selten müsse man eingreifen, meinte sein schlaues Weib. Dann müsse man zum Wohle vieler die Grenzen weniger überschreiten. Nur so könne die Welt eines Tages eine bessere werden.

Alonsius trug ihren Vorschlag in sich, wog Für und Wider ab. Zögerte. Hatte nicht jeder Mensch eine zweite Chance verdient? Oder zumindest fast jeder? An diesem und an jedem weiteren Abend raffte sich der Spielzeugmacher nach getaner Arbeit auf, durchstreifte Gassen und Innenhöfe, bis er plötzlich fand, wonach er gesucht hatte – Franz. Der Bub raufte gerade wieder mit einem viel jüngeren Buben, riss ihn an den Haaren, traf ihn mit Fäusten und trat ihn, als dieser schon am Boden lag.

Der Spielzeugmacher schritt augenblicklich ein, zerrte den Buben von dem Jüngeren fort, der mit blutiger Lippe und blauem Auge die Flucht ergriff.

Alonsius beutelte den Buben, als wäre er ein alter Teppich, aus dem man den Staub bekommen wollte.«

Die Kinder kicherten, während die Großmutter die Tätigkeit imitierte.

»Irgendwann stellte er Franz wieder auf die Erde und sogleich zur Rede.

›Was ist bloß los mit dir?‹, wollte er wissen. ›Warum nur gehst du derart garstig mit deinen Mitmenschen und den lieben Tieren um?‹

Franz baute sich trotzig auf. ›Weil ich frei bin, es zu tun.‹

›Aber hör doch‹, versuchte sich der Spielzeugmacher, der aus den Worten des Jungen dessen Vater sprechen hörte, und kniete sich zu ihm auf das vereiste Pflaster. ›Zu tun, was man will, wo man will und wie man will, hat nichts mit Freiheit gemein. Deine Freiheit endet, wo du die eines anderen beschränkst. Wie würde es dir gefallen, wenn ich derart mit dir verführe?‹

Doch Franz grinste nur hämisch. ›Würden Sie das tun, würde mein Vater Sie vernichten. Sie und Ihren Laden und alle, die Ihnen lieb und teuer sind.‹

Alonsius' Stimme wurde sanft. ›Willst du mir denn gar nicht zuhören? Ist *dir* denn gar nichts lieb und teuer?‹

Franz holte die Figur hervor, die der Spielzeugmacher ihm geschenkt hatte, drehte deren Kopf und zeigte sie.

Das weinende Antlitz.

›Also bist du doch traurig?‹

Einen Moment lang schwieg der Bub, dann brach er in Gelächter aus.

›Sie hätten sich sehen müssen!‹, spottete er. ›Oh, das Büblein ist traurig.‹

Erneut drehte Franz den Kopf der Figur, diesmal ins Gegenteil – das lachende Gesicht strahlte Alonsius an.

›So glücklich fühle ich mich! Und es gibt nichts, was Sie dagegen tun können!‹ Er schleuderte Alonsius die Puppe hin. ›Und wenn Sie mir nur ein Haar krümmen, erzähle ich es meinem Vater!‹

Mit diesen Worten lief der Bub davon, sein schallendes Gelächter hallte noch lange durch die Gassen.

Alonsius senkte traurig den Kopf, sah die Figur verkrümmt im Schnee liegen. Sah zu seiner rechten Hand, die eine blonde Locke hielt.

Wenn Sie mir nur ein Haar krümmen …

›Oh, aber ich habe dir bereits ein Haar gekrümmt‹, sprach er, nun mit finsterer Miene. ›Du hast nur noch keine Ahnung, wie dir geschehen wird.‹«

Die Großmutter atmete tief durch.

»So, meine Zwei, den Rest der Geschichte erzähle ich euch morgen Früh, damit ihr nicht schlecht träumt.«

Das folgende Protestgeschrei ihrer Enkelkinder war lang – und schließlich von Erfolg gekrönt.

»Also gut«, setzte Elfriede an. »Versprecht mir nur, dass ihr mich unterbrecht, wenn es zu schaurig wird.«

Philipp und Therese nickten im Gleichklang.

»Mit der Puppe und der Haarsträhne in der Hand ging Alonsius wieder nach Hause, in seine Werkstatt. Er legte beides in eine Blechschale, dann begann er zu werken. Er hielt nicht an, als ihm sein Weib ›Gute Nacht‹ sagte, er hielt nicht an, als die Turmuhr Mitternacht schlug. Und er hielt nicht an, als die ersten Morgenstrahlen der Sonne zum Fenster hereinfielen. Schließlich hatte er es geschafft – vor ihm auf der Werkbank lag ein kunstvoll gefertigter Nussknacker, so groß wie ein Unterarm und bestehend aus über vierzig Teilen, die der Spielzeugmacher gesägt, gefeilt und bemalt hatte. Die Augenbrauen waren buschig und schwarz, der Uniformrock dunkelblau mit güldenen Knöpfen. Beinkleid und Stiefel hatte er ebenfalls in

Schwarz gehalten. Ein finster dreinblickender Geselle, gleich so, als wäre er sich der Bürde seiner künftigen Aufgabe gewahr.

Der Spielzeugmacher drehte den Nussknacker auf die Rückseite, nahm die Haarsträhne des Buben und legte sie gemeinsam mit der kleinen Figur in ein Fach im Rücken des großen Hebelmannes. Dann verschloss er das Fach sorgsam mit einer kleinen Holzplatte und Fischleim.

Sein Weib war bereits auf das, was nun folgen musste, vorbereitet. In der gemeinsamen Stube über der Werkstatt legte sie den Nussknacker auf den Dielenboden, zeichnete mit Kreide einige fremde Zeichen daneben.

Entzündete eine Kerze.

Ritzte sich den rechten Zeigefinger und drückte ihn auf die Stirn des ernst dreinschauenden hölzernen Gesellen, auf dass sie einen blutroten Abdruck hinterließ.

Dann schlug sie ein uraltes Buch auf, sprach daraus eigenartig klingende Verse.

Mit einem Mal erzitterte das Flämmchen der Kerze, immer heftiger, bis es schließlich erlosch.

Feiner Rauch erfüllte die Stube.

›Schlaf süß, mein liebes Kind‹, murmelte sie, rappelte sich auf und gab ihrem Gemahl einen Kuss auf den Mund. ›Es ist getan.‹

Alonsius wusste, was sie damit meinte. Niemals wieder würde der kleine Franz andere Kinder dreschen, niemals wieder einem Tier Leid zufügen. Sein irdisches Ich war verpufft, hatte sich aufgelöst wie eine Schneeflocke in einem Bach und war zu etwas anderem geworden. Etwas, was man nur aus uralten Überlieferungen kannte – ein Geist, gebannt in einem Gegenstand, gefangen in einer unscheinbaren Hülle.

Das Ehepaar blickte auf den Nussknacker, der immer noch am Boden lag. Darin sollte Franz seine Ruhe finden.

Und es gab nichts, was sein hochnäsiger Geizhals von einem Vater dagegen tun konnte. Irgendwann, so hoffte Alonsius zumindest, würde auch der erkennen, dass Geld nicht alles beherrschte. Was nützte einem Reichtum, wenn man niemanden hatte, mit dem man ihn teilen konnte?

Der Vater vereinsamt, der Sohn in den Nussknacker gebannt – das war es, was ›getan‹ war.«

Die Großmutter seufzte.

»Nun, meine zwei, versteht ihr die Moral von der Geschichte?«

Die Kinder nickten beeindruckt.

»Dass man lieb zu seinen Mitmenschen sein soll«, erklärte Philipp.

»Und auch zu den Tieren«, ergänzte Therese.

Elfriede lächelte und legte sich die Hand auf die Brust. »Nur wer hier drinnen glücklich ist, wird anderen Glück bescheren. Also schlaft gut, ihr zwei. Morgen kommt das Christkind.«

Dann erhob sich die Großmutter und löschte die Lampe.

»Omama?« Therese klang zögerlich.

»Ja, mein Schatz?«

»Wurde Franz jemals wieder aus dem Nussknacker befreit?«

Elfriede nickte. »Aber natürlich, mein Schatz. Aber natürlich.«

Behutsam schloss die Großmutter die Tür zum Kinderzimmer, atmete tief durch. Mit solch einer Gutenachtgeschichte hatte sie heute selbst nicht gerechnet.

Sie schritt die knarrenden Stufen hinab ins Erdgeschoss, wo sich ihr Bett befand. Ging daran vorbei, hin zur Kellertür und weiter, hinab in den feuchten modrigen Keller.

Dort öffnete sie einen alten Schrank, öffnete auch dessen Rückwand und holte aus einer Nische in der Mauer etwas hervor, was man in alte Leinentücher eingewickelt hatte.

Sie schlug die Tücher auf und besah, was sie in Händen hielt – den Nussknacker, den der Spielzeugmacher einst so meisterhaft gefertigt hatte. Doch das Buchenholz war dunkel geworden und die Farben beinahe verblasst.

»So viele Jahre ist es her«, sprach die alte Frau, mehr zu sich selbst. »So viele Jahre. Doch die Erinnerungen sind so lebendig, als wäre es gestern gewesen. Besonders an dich, mein geliebter Alonsius.«

Die Großmutter wischte sich eine Träne aus dem Augenwinkel, blickte zum Ziegelgewölbe hinauf und sah doch durch selbiges hindurch, hinauf bis zum Himmel.

»Nicht mehr lang, mein Schatz, dann bin ich bei dir. Ich verspreche es. Doch zuvor muss ich noch unsere Enkelkinder ins Leben geleiten.«

Sie lächelte bittersüß. Dann richtete sich ihre Aufmerksamkeit wieder auf den Nussknacker.

»Und was dich betrifft, du elendiges Gfrastsackl*. Ich hab nicht gelogen. Irgendwann einmal werde ich dich freilassen.«

Wie einst drückte sie ihren rechten Zeigefinger auf die nun fast schwarze Stelle auf der Stirn des Nussknackers, an der immer noch ihr Blut klebte. Dann schlug sie die Leinentücher zusammen.

»Aber nicht in diesem Jahr.«

---

* Mensch, der andere übervorteilt

IX.
Das Pfefferkuchenhäuschen

1928

Fröhliche Weihnacht überall!

(Text: vermutlich A. H. Hoffmann von Fallersleben /
Melodie: aus England, 19. Jhd.)

»Fröhliche Weihnacht überall!«
tönet durch die Lüfte froher Schall.
Weihnachtston, Weihnachtsbaum,
Weihnachtsduft in jedem Raum!
»Fröhliche Weihnacht überall!«
tönet durch die Lüfte froher Schall.

Darum alle stimmet
in den Jubelton,
denn es kommt das Licht der Welt
von des Vaters Thron.

»Fröhliche Weihnacht überall!«
tönet durch die Lüfte froher Schall.
Weihnachtston, Weihnachtsbaum,
Weihnachtsduft in jedem Raum …

Licht auf dunklem Wege,
unser Licht bist du;
denn du führst, die dir vertrau'n,
ein zu sel'ger Ruh'.

»Fröhliche Weihnacht überall!«
tönet durch die Lüfte froher Schall.
Weihnachtston, Weihnachtsbaum,
Weihnachtsduft in jedem Raum …

Was wir ander’n taten,
sei getan für dich,
dass bekennen jeder muss,
Christkind kam für mich.

In Friedrichshain, am Boxhagener Platz, zwischen Seifen-Parfümerie und Bierhaus, stand eine winterliche Novität. Ein wunderlicher Münzautomat, bis dato ungekannt im gesamten Ortsteil. Nicht, dass Münzautomaten per se eine Novität darstellten – es gab Stollwerck-Spender, Automaten in der Form von Schokoladeneier legenden Hennen aus Gusseisen und orientalische Elefanten zur Postkarten-Entnahme, sogar »Hopp-Hopp«-Etagenspielautomaten in Kneipen, bei denen man ein Bier gewinnen konnte.

Automaten hatten in ihrer Mannigfaltigkeit also bereits den Weg in die breite Masse der Gesellschaft gefunden. Aber solch einen wie den am Boxhagener Platz hatte es hier eben noch nie gegeben. Sein Gehäuse war aus Blech gefertigt, getrieben in Form eines kleinen Häuschens und bunt mit Bildern von Pfefferkuchen bemalt – das Haus der Hexe aus dem Märchen »Hänsel und Gretel«.

Kurz bevor sich die Dämmerung auf die dicht verschneite Reichshauptstadt legte, schlurfte eine alte Frau, gestützt auf einen knorrigen Stock, über den Platz. Sie passierte die verwaiste Kinderplansche, die man hier drei Jahre zuvor errichtet hatte, und ärgerte sich darüber, wie leichtfertig die Stadt das hart verdiente Geld seiner Bürger für derlei Mumpitz verschwendete. Dann steuerte sie auf den Münzautomaten in Form des Hexenhäuschens zu.

Der braune Pelzmantel, den sie trug, hatte wie sie selbst seine besten Jahre längst hinter sich. Zudem wies er außen etliche kahle Stellen auf und das Innenfutter des Kragens war von Mottenfraß gezeichnet. Eine dunkle Pelzhaube wärmte das Haupt der Frau, auch wenn sie farblich so gar nicht zu dem Mantel passen wollte. Ihre von der Gicht verkrümmte linke Hand steckte in einem alten Muff.

Vor dem Automaten angekommen hielt die alte Frau inne, kam nur langsam wieder zu Atem. Helene Gruel schmerzten die Lungen ob der kalten Luft. Mit überraschend wachen Augen überflog sie die Front des Geräts, das ein großer Schaukasten zierte. In ihm war mit kleinen Figuren jene Szene aus dem Märchen nachgestellt, in der die Hexe die Wohlgenährtheit des in einem Käfig gefangenen Hänsel prüfen wollte, doch er reichte ihr einen Knochen. Im Hintergrund wartete Gretel, ein Bündel Feuerholz in Händen haltend. Im Vordergrund saßen ein weißer Hund und eine schwarze Katze. Unter dem Schaukasten stand »Knusper, knusper, knäupchen, wer knuspert an meinem Häuschen?« geschrieben.

Helene hustete einige Male schwer, wägte ab, was sie tun sollte. Argwöhnisch holte sie ein Reichszehnpfennigstück aus ihrer Manteltasche hervor, führte es zittrig zum Einwurfschlitz und drückte es hinein. Ein mehrfaches metallisches Klacken drang aus dem Inneren des Münzautomaten. Helene griff die kleine Kurbel, die neben dem Spruch aus dem Gehäuse ragte, und drehte sie einmal im Uhrzeigersinn herum. Dabei wackelten der Schwanz der Katze und der Kopf des Hundes, da beide auf Federn montiert waren. Ein weiteres Klacken war zu hören, gefolgt vom Miauen der Katze und dem Bellen des Hundes – beide Laute wurden durch Blasebälge im Inneren des Automaten erzeugt, die die Drehbewegung der Kurbel aktiviert hatte.

Ein kurzes Schmunzeln, hervorgerufen durch die tierischen Laute, huschte über Helenes ansonsten stets mürrisches Antlitz, das von Falten so zerfurcht war wie ein Stück uraltes Leder.

Einen Augenblick später fiel eine bunte Blechkugel in

der Größe einer Kinderfaust in die Ausfallschale, die unten aus dem Automaten ragte.

Helene griff die eiskalte Kugel, öffnete sie unter Mühen und fand darin ein Stück Pfefferkuchen. Erwartungsvoll entnahm sie das Gebäck, brach ein Stück davon ab und schob es in ihren beinahe zahnlosen Mund – nur um es wenige Augenblicke später angewidert wieder auszuspucken. Anstatt der erwarteten Süße, gepaart mit orientalischen Gewürzen, schmeckte der Pfefferkuchen hart und unerträglich säuerlich bitter – genau wie ihr Leben, kam Helene in den Sinn. Der schneidende Stich, den sie in ihrem Herzen spürte, unterstrich den Schmerz, der sie tagein, tagaus verfolgte.

Die Blechkugel warf sie auf einen Schneehaufen auf dem Bürgersteig, dann wandte sie sich ab und trat den beschwerlichen Weg nach Hause an.

Insgeheim ärgerte sie sich über sich selbst – wie hatte sie erwarten können, dass ihr zumindest einmal Gutes widerfuhr? Ihr ganzes Leben bestand aus Pein, auch wenn die alte Frau nicht wusste, weshalb, aus Enttäuschungen und Ärgernissen. Es bescherte ihr sudetendeutsche Nachbarn, deren kleines Kind Tag und Nacht wie am Spieß brüllte. Doch auch andere Zeitgenossen machten Helene das Leben schwer – der Apotheker, der Zeitungsjunge, die Hausmeisterin …

Die Liste könnte Helene schier endlos fortsetzen. Selbst der Hund des Seifen-Parfümeurs – alle schienen es darauf abgesehen zu haben, der alten Frau die letzten Lebensjahre zur Hölle zu machen.

In ihrem Mietshaus erklomm Helene keuchend drei Stockwerke, öffnete dann so behutsam, wie sie nur konnte, die Tür zu ihrer Wohnküche. Doch bereits beim ersten

Klacken des Schlosses brüllte das Kind in der Nachbarwohnung auf. Die alte Frau wusste, was das für sie bedeutete – sie würde in der Nacht wieder einmal kaum ein Auge zutun. Denn im Gegensatz zu ihrem Körper, der sie mehr und mehr im Stich ließ, funktionierte ihr Gehör immer noch einwandfrei.

Verärgert warf sie nun die Eingangstür zu, was die Lautstärke des Schreihalses nebenan jedoch nur verstärkte. Helene zog ihren Mantel aus und legte einige Kohlen im Ofen nach. Sie humpelte zu dem kleinen Tisch neben dem Herd, ließ sich ermattet auf den Stuhl fallen. Ihre Gelenke waren steif und schmerzten, ihr Atem rasselte.

Durch das Fenster sah sie, dass Schneetreiben eingesetzt hatte. Menschen in unnötig neumodischer Kleidung eilten durch die kalte Nacht, die Gesichter voll dümmlicher Glückseligkeit der Vorweihnachtszeit. Ein Hohn, empfand Helene, war es doch schon so lange her, dass sie auch nur ansatzweise etwas Ähnliches wie Glück oder Zufriedenheit verspürt hatte. Wenn sie genau darüber nachdachte, wusste sie nicht einmal mehr, wie sich das anfühlte.

Wie jeden Abend nahm sie einen Löffel mit Lebertran zu sich. Dann kroch sie unter die kalten Laken ihres Bettes, das neben dem Tisch und gegenüber dem Ofen stand, und starrte an die rußgeschwärzte Decke der Stube, untermalt vom Gebrüll des Nachbarkindes. Das Einzige, was ihr blieb, war zu hoffen, dass der Schlaf schnellstmöglich ihren unsäglichen Tag beendete – oder vorzugsweise der Tod ihr unsägliches Leben.

Noch vor Tagesanbruch wachte Helene Gruel auf, wie immer zum Geschrei des Nachbarkindes. Mit der Faust hämmerte sie gegen das Mauerwerk, das sie von der Nachbarwohnung trennte, und krächzte ein zorniges »Ruhe, verflucht noch einmal!«

Natürlich half das nichts.

Mürrisch wälzte sie sich aus dem Bett, verärgert, dass es – ebenfalls wie immer – augenscheinlich der Schlaf und nicht der Tod gewesen war, der den gestrigen Tag beendet hatte.

Bat man den Herrgott, dass er einem half, kam der alten Frau in den Sinn, so blieb man ungehört. Aber Schicksalsschläge ließ Er auf einen hereinprasseln, noch und nöcher!

Behäbig bereitete sie sich eine Tasse Malzkaffee zu, trank ihn mit unzähligen kleinen Schlucken, während sie ein hartes Stück Stulle mehr lutschte denn kaute, und betrachtete dabei ein altes gerahmtes Foto. Darauf hielt ein Mann eine Frau in Armen, beide lächelten beseelt voll Glück in die Linse der Kamera, als vermochte diese nicht nur das Motiv, sondern auch das gemeinsame Glück für immer festzuhalten.

Vermochte sie aber nicht.

Nicht einmal ein Jahr, nachdem die Aufnahme entstanden war, starb ihr Heinz. Abgerutscht war der tüchtige Dachdecker, ein kleiner Fehltritt, zur falschen Zeit am falschen Ort. Und sie war allein mit dem gemeinsamen Sohn Karl zurückgeblieben. Seit auch der sie vor über zehn Jahren verlassen hatte, war sie dazu verdammt, ihr Leben allein zu verbringen. Ein Umstand, den sie den beiden speziell während der rührseligen Weihnachtszeit nicht verzeihen konnte.

Wie jeden Morgen wischte sich Helene eine Träne aus dem Augenwinkel. Obschon so viele Jahrzehnte seither vergangen waren, der Schmerz wollte einfach nicht weichen.

So raffte sie sich auf, zog sich Rock und Bluse an, darüber den struppigen Pelzmantel, griff ihren Korb, den Stock und den Muff, und begann, die tägliche Runde zu gehen. Auch wenn diese einem Spießrutenlauf durch Ärgernisse gleichkam – zumindest verging dabei die Zeit.

»Guten Tag«, grüßte die Nachbarin mit starkem böhmischen Dialekt Helene, als die an ihrer offenen Wohnungstür vorbeihumpelte. Ihr Schreikind hoppelte sie dabei auf dem Schoß, was dessen Brüllerei jedoch nicht minderte. Die alte Frau würdigte die Mutter keines Blickes. Vermutlich lernte man im Sudetenland nicht, wie man Kinder richtig erzog, mutmaßte Helene, während sie die breite Treppe des Stiegenhauses hinabstieg. Und wohl auch nicht, wie man arbeitete. Denn der Ehemann der Frau, ein junger Mann mit Schiebermütze, hockte neben ihr auf einem Stuhl, jenen ausdruckslosen Blick in den Augen, den zumeist Arbeitsuntätige aufwiesen – oder Arbeitsunwillige, dachte sich Helene.

Am Ende der Treppe angekommen fiel der alten Frau sogleich der Schmutz auf, den Bewohner mit dem Schneematsch hereingetragen hatten und der außer ihr offenbar niemanden störte, nicht einmal die Hausmeisterin.

Bei der klopfte Helene nun zornig an. Die Tür wurde von einer Frau Mitte dreißig geöffnet, deren Haare wirkten, als würden Vögel darin nisten, und deren Schürze so schmutzig war, als hätte man damit Fenster geputzt.

»Wann gedenken Sie eigentlich, Flur und Treppen aufzuwaschen?«, schmetterte Helene ihr grußlos entgegen.

Die Hausmeisterin zuckte mit den Schultern, als könnte ihr nichts mehr einerlei sein.

»Was geht Sie das bitte an?«, fragte sie mit tonloser Stimme.

»Ich wohne hier! Im Winter muss man halt den Allerwertesten öfters in die Höhe bekommen«, setzte Helene nach. »In den Suppenanstalten stehen Menschen Schlange, die sonst was dafür geben würden, Ihre Arbeit zu machen.«

»Dann sagen Sie denen eben Bescheid«, meinte die Hausmeisterin, erneut tonlos und gänzlich ohne Interesse, und schloss die Tür wieder.

Helene atmete tief durch. Eine Zeitlang hatte sie die Nachlässigkeit der Hausmeisterin damit entschuldigt, dass ihr Mann sie hatte sitzen lassen. Aber dies war nun schon sechs Monate her und das Haus würde sich schließlich nicht von allein putzen.

Helene wandte sich schnaubend ab und begann ihren täglichen Spießrutenlauf.

Zuerst passierte die alte Frau den Laden des Seifen-Parfümeurs am Eck, schlich vorbei, als hätte sie etwas gestohlen und Angst, durch ein lautes Geräusch entdeckt zu werden. Just in dem Augenblick, in dem sich Helene außer Gefahr wähnte, schoss der weiße Terrier des Inhabers aus dem Laden und keifte sie an, als wolle er ihr an den Kragen gehen.

Helene hob drohend die Hand, was das Tier nur noch wütender machte, es die Ohren anlegen und die Zähne fletschen ließ.

Schwankend versuchte die alte Frau, das Tier mit ihrem Stock abzuwehren, traf es schließlich an Kopf und Leib, worauf der Kläffer Reißaus nahm.

Außer Atem wünschte sie ihm alle nur erdenklichen Krankheiten auf den Pelz und darunter, während sie ihren Weg fortsetzte. Dass sie einfach die Straßenseite wechseln oder eine andere Route gehen könnte, war ihr zwar schon öfters in den Sinn gekommen, doch warum sollte sie es sein, die klein beigab? Helene wohnte in diesem Kiez schon weit länger, als es den Laden und wohl auch den Terrier gab – wenn sich also einer zu ändern hatte, dann war dies mit Sicherheit die Töle und nicht sie!

Der Wind frischte auf und trieb scharfkantige Schneekörner durch die Luft, die wie Nadelstiche die Haut traktierten. Selbst die Witterung war der alten Frau nicht wohlgesonnen.

Helene passierte die »Konditorei Paris«, in der einem ihrer Auffassung nach nur überteuerter Süßkram angedreht wurde, danach den viel zu düsteren Krämerladen. Es folgten ein Geschäft für Pelzwaren, die man sich niemals im Leben leisten konnte, sowie ein Galanteriewaren-Laden, der nur unnützes Zeug anbot.

Über die Grünbergerstraße fuhren nach ihren Zugtieren stinkende Pferdewagen. Doch zumindest lärmten diese nicht so unerträglich wie die Automobile, empfand Helene, wenngleich sie mindestens ebenso stanken.

Warum über dreieinhalb Millionen Leute an diesem Ort leben mussten, wusste wohl niemand. Überhaupt schien die Stadt völlig aus den Fugen geraten zu sein. Gigantische Luftschiffe kreuzten bedrohlich über den Dächern, Lichtspielhäuser reihten sich an Amüsierpaläste, und hell erleuchtete Reklametafeln versprachen, was kein Mensch brauchte. Die Bürgerschaft eilte den ganzen Tag lang rastlos durch die Stadt und Helene fragte sich innerlich, ob denn keiner von ihnen malochen müsse. Alles schien sich einzig dem schnöden Zeitvertreib verschrieben zu haben.

Endlich hatte die alte Frau ihr Ziel erreicht, die Apotheke von Hermann Krausnick. Durch die verglasten Ladentüren konnte sie den Mann bereits ausmachen, der wie immer mit verschränkten Armen vor der Brust hinter seiner Theke auf Kundschaft wartete.

Sie trat ein.

»Ah! Die Frau Gruel«, sagte der Apotheker in einem unwirschen Tonfall, als hätte man ihn bei einem Nickerchen gestört. »Das Übliche?«

Helene wartete mit der Antwort, bis sie den Tresen erreicht hatte. »Was denn sonst, Herr Krausnick?«

Wortlos verschwand der Mann im hinteren Bereich seines Ladens. Nach einer gefühlten Ewigkeit kam er wieder, ein Fläschchen aus Braunglas in Händen, gefüllt mit einer Flüssigkeit.

»Wollen Sie nicht mal eine größere Flasche kaufen? Dann müssten Sie nicht zweimal die Woche kommen«, fragte der Apotheker.

»Nun werden Sie mal nicht pampig!«, fuhr ihn Helene an, fasste sich aber sogleich wieder.

»Dann würde mir ja Ihr sprühender Liebreiz entgehen«, fügte sie mit gezwungenem Lächeln hinzu. »Aber wenn Sie meines Geldes überdrüssig sind, trage ich es woanders hin.«

Der Apotheker machte eine abwehrende Handbewegung. »Alles gut, Frau Gruel. War nur eine Frage.«

Er wickelte das Fläschchen in Papier und gab es seiner Kundin, die es in ihren Korb legte und sogleich den Weg nach draußen antrat. »Dann auf bald. Machen Sie's gut.«

Helene winkte zum Abschied, ohne sich umzudrehen.

Der Apotheker verschränkte wieder seine Arme vor der Brust. »Schrulle.«

»Pfeife«, murmelte Helene und ließ den Laden hinter sich.

Sie passierte das Geschäft des »Optiker Lindmann«, der mit einem Zettel im Schaufenster einen Gehilfen suchte, und steuerte auf den Zeitungsjungen zu, der täglich an der Ecke Scharnweberstraße und Blumenthalstraße stand. Das Gesicht des Zwölfjährigen strotzte vor Schmutz und seine Kleidung schien nur mehr aus Flicken zu bestehen. Sein rechtes Auge war bläulich verfärbt, die Wange darunter geschwollen.

»Ein Tageblatt«, murmelte Helene und drückte dem Jungen ein Fünfzigreichspfennigstück in die Hand. Der Junge nickte, übergab der alten Frau das Druckwerk und kramte dann in seiner Joppentasche nach Wechselgeld.

Als Helene dieses überprüfte, stutzte sie.

»Jungchen, du willst mich schon wieder übers Ohr hauen!«

Sie streckte ihm die Hand entgegen, auf der drei Zehnpfennigstücke lagen sowie ein Zweipfennigstück.

Der Zeitungsjunge erschrak sichtlich. »Verzeihen Sie, bitte.«

Mit zitternden Fingern griff er nach dem kupferfarbenen Zweier, holte einige Münzen aus seiner Joppe und betrachtete sie mit zusammengekniffenen Augen, als könnte er ihren Wert nicht ausmachen.

Mit der Zielsicherheit eines Habichts griff sich Helene ihr fehlendes Wechselgeld, hob drohend die Hand. »Das war jetzt schon das was weiß ich wievielte Mal, dass du mich ums Wechselgeld betrügen wolltest. Das nächste Mal hol ich einen Tschako!«

Der Junge zuckte zusammen, hielt sich die geschwollene Backe. »Bitte nicht, es war keine Absicht. Ich schwör's.«

Helene packte die Zeitung in ihren Korb und wandte sich ab. Vermutlich hatte der Junge ob seiner Dreistigkeit bereits eine ordentliche Schote* ausgefasst. Vielleicht merkt er sich es ja so, mutmaßte die alte Frau. Dann nahm sie

* Ohrfeige

das letzte Ziel auf ihrer Route ins Visier – den Pfefferkuchen-Automaten am Boxhagener Platz.

Der Schlitz für den Münzeinwurf schluckte das Zehnpfennigstück. Helene drehte die Kurbel.

Metallisches Klacken aus dem Inneren des Automaten. Die Katze miaute. Der Hund bellte. Eine bunte Blechkugel rollte in die Ausfallschale.

Helene entnahm die kalte Kugel, öffnete sie mit zitternden Händen. Sie brach ein Stück Lebkuchen heraus, schob es sich in den Mund.

Sie schloss die Augen …

Härte. Bitterkeit. Fäulnis.

Mit einem Schauder spuckte Helene das Stück Pfefferkuchen in hohem Bogen wieder aus. Warum nur hatte sie erwartet, dass es heute anders schmecken würde als gestern? Wahrscheinlich enthielt der Münzautomat schlicht nur verdorbene Ware, kam ihr in den Sinn, als ihr Blick auf ein kleines Mädchen fiel, das neben seiner Mutter auf einer Parkbank saß und mit herzhaftem Genuss Pfefferkuchen aus einer Blechkugel naschte.

Helenes Mundwinkel sackten nach unten. Das Gör hatte augenscheinlich das letzte wohlschmeckende Naschwerk aus dem Automaten gedreht. Die alte Frau stieß ein gutturales Knurren aus. Wenn sie der verdammte Apotheker nur nicht so lange aufgehalten hätte, dann könnte sie sich nun an des Kindes statt an der Köstlichkeit laben!

Wie am Tag zuvor verfluchte Helene die Welt im Allgemeinen und ihr Leben im Besonderen. Dann machte sie sich auf den Heimweg und vermeinte dabei, bereits das nervtötende Geschrei des Nachbarkindes zu hören.

Ermattet von einer schlaflosen Nacht hatte Helene sich wieder aufgemacht, die Tageszeitung zu holen.

Dichter Nebel hatte in die Reichshauptstadt Einzug gehalten, verschmolz das Grau des Himmels mit den schneebedeckten Dächern der Bauwerke und ließ so ihre Fassaden wie seelenlose Fronten einer Geisterstadt wirken. Eine ungekannt feuchte Kälte kroch in jede Ritze, dünnte den Strom an Fußgängern merklich aus und ließ selbst die kräftigsten Zugpferde schlottern.

Derartige Unwegsamkeiten vermochten Helene jedoch nichts anzuhaben. Ihr war auch im Sommer kalt. Und ob sie nun ein wenig mehr oder weniger fror, machte für sie keinen Unterschied. Einzig ihre linke Hand vergrub sie ein wenig tiefer in ihrem Muff.

Plötzlich rempelte sie eine finstere Gestalt grob an.

Die alte Frau wollte gerade einen beherzten Fluch ausstoßen, als sie die Klinge eines Messers bemerkte, das aus der Hand der Gestalt ragte.

»Piepen her, Muttchen«, schnauzte sie der Mann an, dessen Atem nach Schnaps und Erbrochenem stank.

Helene erstarrte. Nicht, dass sie sich noch nie in solch einer Situation befunden hätte – aber damals war sie jünger, agiler und schlagfertiger gewesen. Dreimal hatte sie sich in ihrem Leben gegen Kerle behauptet, die meinten, sie könnten sich einfach mit Gewalt nehmen, was ihnen nicht zustand. Zweimal wollte man sie berauben, einmal sich an ihr vergehen. Aber alle konnte Helene in die Flucht schlagen. Nun, mit über sechzig, hatte sie sich in vermeintlicher Sicherheit gewogen, denn wer wollte schon einer alten Frau wie ihr Böses antun?

»Mach schon!« Der fahrige Blick des Mannes verriet, dass er nicht lange fackeln würde.

Helene begann, am ganzen Leib zu zittern. Sie holte einige Münzen aus der Tasche ihres Pelzmantels, verstreute sie vor lauter Schreck sogleich am Bürgersteig. Das Atmen fiel ihr schwer, ihr Herz stach, Lichtblitze tanzten ihr vor den Augen.

Der Räuber holte mit dem Messer aus.

Ein beherzter Griff von hinten riss den Unhold plötzlich von Helene weg. Zwei gezielte Schläge mit der Faust ließen ihn erst taumeln, ein weiterer ihn zu Boden gehen. Der Mann, der zur Rettung gekommen war, verpasste dem Angreifer noch einige Fußtritte, ehe sich dieser aufrappeln und die Flucht ergreifen konnte.

»Sind sie verletzt?«

Helene sah auf, konnte jedoch erst nach und nach erkennen, wer ihr zur Hilfe geeilt war. Sie runzelte die zerfurchte Stirn.

»Sie sind doch –«

»Václav heiß ich«, stellte sich der junge Mann vor und rückte seine Schiebermütze zurecht. »Ich bin Ihr neuer Nachbar. Also, wir – meine Frau Anna, unser kleiner Sohn Petr, und ich.«

Helene brauchte noch einen Augenblick, um zu verstehen, wer ihr gegenüberstand – der arbeitsunwillige Vater aus dem Sudetenland. Zumindest hatte sie ihn so klassifiziert.

»Ich … danke Ihnen von Herzen«, stammelte Helene und blickte zu ihren Füßen, wo Václav auf den Knien robbte und die Münzen einsammelte.

Schließlich hatte er alle beisammen und wollte sie der alten Frau geben.

»Schon gut, ist für Sie«, sagte Helene in einem Anfall ungekannten Großmutes.

Doch Václav schüttelte energisch den Kopf. »Danke, aber das gehört sich nicht. Eine gute Tat ist Lohn genug. Ist doch bald Weihnachten.«

Mit diesen Worten drückte er Helene die Münzen in die zitternde Hand, hob ihren Korb vom Bürgersteig auf und bot seinen Arm als Stütze an. »Ich bring Sie nach Hause.«

Widerstandslos ließ Helene zu, was ihr Nachbar angeboten hatte.

Er brachte sie bis zu ihrer Wohnungstür, sperrte ihr auf und vergewisserte sich, dass sie auf dem Stuhl vor dem Fenster Platz genommen hatte. Erst dann schloss er die Tür zu der Wohnstube der alten Frau, nicht ohne ihr zum Abschied ein Lächeln zu schenken.

Eine schiere Ewigkeit folgte, ohne ein Geräusch, ohne einen Atemzug, ohne dass die Zeit verging.

Dann brach Helene in Tränen aus.

Mit einem tiefen Atemzug erwachte Helene in ihrem Bett. Erneut hatte der Schlaf den furchtbaren gestrigen Tag beendet und nicht der Tod. Erneut schrie das Nachbarskind wie am Spieß. Helene ballte die Hand zur Faust und wollte gerade eine sinnlose Maßregelung krächzen, als sie innehielt. Wollte sie tatsächlich den kleinen Sohn ihres Nachbarn beflegeln? Jenem Nachbar, der sie gestern vor dem Unhold gerettet hatte?

Die alte Frau raffte sich auf, schleppte sich zu der schäbigen Kommode an der Wand und blickte in den kleinen Spiegel, der darauf stand. Ein verbittertes, altes Weib starrte ihr entgegen, jede Falte der ledrigen Haut eine Pein, ein Schicksalsschlag, und doch – wie hatte sie nur so werden können? Bar jeder Herzenswärme, bar jeden Mitgefühls? Ein Mensch, der an allem und jedem etwas auszusetzen wusste, der als Einziger zu durchschauen glaubte, dass sich das Leben gegen einen selbst verschworen hatte.

Helene sah zu dem Foto, das sie und ihren Heinz zeigte.

»Es tut mir so leid«, murmelte sie, während ihr Tränen über die fahlen Wangen kullerten. »Du würdest mich verabscheuen, wenn du mich so erleben könntest.«

Ihr Blick fiel wieder auf ihr Spiegelbild und sie schämte sich mit einem Mal, so wie es nur Kinder taten, deren Gewissen noch zwischen richtig und falsch unterscheiden konnten.

Das Geschrei des Kindes von nebenan riss Helene mit einem Mal aus ihren Gedanken und verlieh ihr sogleich Antrieb.

Die alte Frau kniete sich auf den geschundenen Dielenboden und öffnete eine Truhe, die sie schon seit einer gefühlten Ewigkeit nicht mehr geöffnet hatte.

»Sie wünschen?«

Die Frau von nebenan sah Helene überrascht an. Die Augen der jungen Mutter umfassten tiefschwarze Ringe, ihr Haar war zerzaust, ihre Erscheinung matt.

»Frau Anna, nicht wahr? Ich, also …« Helene suchte nach den richtigen Worten. »Ihr Mann war gestern so freundlich und hilfsbereit, da dachte ich … also –«

Die alte Frau brach ab. Dann hielt sie einen großen, abgegriffenen Plüschbären der Firma Steiff hoch.

»Karl, mein Sohn, hat den Bären geliebt«, erklärte Helene mit brüchiger Stimme. »Aber er ist in Flandern geblieben, müssen Sie wissen, wie so viele junge Männer.«

»Das tut mir sehr leid«, bekundete Anna mit leiser Stimme.

»Danke. Also … ich glaube, er braucht ihn dort, wo er nun ist, nicht mehr, und ich meinte, dass es doch schade wäre, wenn der Bär in einer Truhe von den Motten gefressen wird.« Sie hielt den Bären ihrer Nachbarin hin. »Vielleicht erfreut sich ja Ihr Hosenmatz daran.«

Der Nachbarin hatte es die Sprache verschlagen. Wortlos ging sie in die Stube, holte das brüllende Kind aus der offenen Kommodenlade, in die es gebettet lag, und brachte es zu Helene. Die drückte ihm den Bären in die Hände, wobei das abgegriffene Plüschtier beinahe ebenso groß war wie das Kind selbst.

Wenige Augenblicke später endete das Geschrei abrupt. Die plötzliche Stille wirkte wie Hohn vor dem Gebrüll, das wohl unweigerlich gleich wieder einsetzen würde. Aber das tat es nicht. Der Junge begann, vor sich hin zu brabbeln und ungelenk auf den Bären einzuschlagen, was wohl als Streicheln und Liebkosung gedacht war.

»Ich weiß nicht, was ich sagen soll«, meinte Anna schließlich mit bebenden Lippen und konnte augenscheinlich nicht fassen, wie ihr geschah.

»Sie brauchen nichts zu sagen«, meinte Helene. »Eine gute Tat ist Lohn genug. Frohe Weihnachten.«

Mit diesen Worten machte sich die alte Frau auf, ihren Spießrutenlauf der Widrigkeiten erneut zu beginnen.

Beim Bäcker kaufte sie einige Schnitten Schwarzbrot, beim Metzger drei Räder Blutwurst, beim Gemischtwarenhändler vier Eier. Ein Festmahl wollte sie sich am frühen Abend zubereiten, bestand doch die berechtigte Hoffnung, dass sie ohne Kindergeschrei einschlafen und aufwachen würde. Zudem belebte sie ein schon lange nicht mehr gespürtes Gefühl des Glücks, wenn sie daran dachte, wie sich der Hosenmatz über den Bären gefreut hatte.

Doch ihr Weg führte Helene nicht schnurstracks nach Hause, sondern am Laden des Seifen-Parfümeurs vorbei –

und dessen tollwütigen Terriers. Doch von dem Wauwau fehlte jede Spur. Vielleicht war ihm zu kalt?

Erst als Helene dem Geschäft den Rücken zuwandte, schoss das Tier aus dem Laden und kläffte und knurrte sie erneut an, als wollte er sie jeden Augenblick in Stücke reißen. Doch dieses Mal bewahrte die alte Frau die Ruhe. Mehr noch. Aus ihrem Korb holte sie ein Rad Blutwurst und wedelte damit vor der Schnauze des Hundes.

Der stutzte, verstummte, legte den Kopf schief. Dann bellte er kurz und aufgeregt, setzte sich auf die Hinterfüße und schmachtete mit heraushängender Zunge die blutrote Köstlichkeit an.

Helene warf dem Tier den Happen zu, der diesen schmatzend verspeiste. Erst dann beugte sie sich zu ihm, streichelte ihm über den Kopf und kraulte ihn hinter den Ohren, was dieser besonders zu genießen schien.

»Also abgemacht«, raunte Helene verschwörerisch, auf dass sie nur niemand belauschen konnte. »Es herrscht ab sofort Waffenstillstand zwischen uns beiden.«

Der Terrier drehte sich noch einige Male im Kreis, dann trottete er zufrieden in den Laden zurück.

Helene musste schmunzeln. Eigentlich fand sie das vorlaute Tierchen sogar recht herzig.

Sie überlegte. Noch einmal machte sie kehrt, humpelte bis zum Boxhagener Platz zurück und warf eine Münze in den Lebkuchenautomaten.

Vielleicht, so hoffte sie, würde ihr Fleiß heute belohnt werden.

Doch die Münze kullerte unter dem Einwurfschlitz wieder heraus – das Gerät war wohl leer. Helene zuckte mit den Schultern. Besser kein Naschwerk als ein Verdorbenes.

Eier, Blutwurst und Brot hatten der alten Frau geschmeckt wie schon lange nichts mehr. Und die zwei Gläschen Likör, die sie danach getrunken hatte, ließen sie angenehm müde werden. Seit ungeahnt langer Zeit schlief Helene an diesem Abend ein, umringt von völliger Stille.

Auf dem neuerlichen Weg zum Apotheker war Helene im Treppenhaus auf die Hausmeisterin getroffen. Diese hatte sich endlich dazu aufgerafft, den Schmutz wegzukehren und Gänge und Treppen aufzuwischen. Sie selbst sah jedoch so verwahrlost aus wie eh und je, und auch der Ausdruck in ihrem Gesicht ließ die Vermutung zu, dass es mit ihrem Gefühlsleben nicht zum Besten stand. Immer wieder hatte sich die Frau bei ihrer Tätigkeit Tränen aus den geröteten Augen gewischt, immer wieder um Fassung gerungen.

Helene kannte solch tiefe Traurigkeit. Sie entstand, wenn man jemanden verloren wusste, den man unbändig geliebt hatte. Sie selbst war nie über den Tod ihres Heinz hinweggekommen und ähnlich erging es wohl gerade der Hausmeisterin. Doch Helene wusste auch, dass sie damals einen Fehler begangen hatte. Einen Fehler, den sie nie mehr korrigieren konnte – zumindest nicht bei sich.

Beim Apotheker angekommen prüfte Helene mit schnellem Blick auf dessen Hände, was sie wissen wollte, während er ihr das Fläschchen mit Lebertran in Papier einwickelte. Dann tat sie etwas, was sie noch nie zuvor getan hatte: Sie kaufte noch ein mit einer roten Schleife hübsch zugebundenes Säckchen voller Lakritze. Und sie verabschiedete sich dermaßen freundlich von dem Mann, dass diesem beinahe der Mund offen blieb.

Nachdem Helene wieder das Mietshaus betreten hatte, klopfte sie bei der Hausmeisterin an und überreichte ihr das Säckchen mit dem bittersüßen Naschwerk.

»Soll ich Ihnen vom Apotheker am Eck überbringen«, log Helene, ohne dabei rot zu werden.

Die Hausmeisterin schien ein Schauder zu durchfahren, der sie zugleich aufrichtete. »Der Herr Apotheker kennt mich?« Ihre Augen erstrahlten sanft. »Mich?«

Die alte Frau zuckte beiläufig mit den Schultern.

»Was weiß ich«, spielte sie ihr Konstrukt herunter. »Hermann Krausnick heißt er. Ich meine, der Mann will zu Weihnachten eben nicht allein sein. Geht mich aber nichts an. Guten Tag.«

Helene wandte sich um und begann den Treppenaufstieg. Mit spitzbübischem Grinsen bemerkte sie, wie die Hausmeisterin immer noch in der Tür stand und sich Kleidung und Haare zurechtzupfte.

Drei Tage später, Helene hatte gerade den Seifen-Terrier gefüttert und ordentlich hergestreichelt, sah sie, wie die Hausmeisterin in der Apotheke am Tresen lehnte, ein schickes Kleid an, und so herzlich mit dem Inhaber lachte, wie man es mit einem Menschen tat, den man ins Herz geschlossen hatte. Dass seine Hand auf der ihren ruhte, bewies, dass das Gefühl von gegenseitiger Natur war.

Helenes Herz machte einen kleinen Sprung. Denn seit gestern war auch das Stiegenhaus blitzblank geputzt.

Für den Zeitungsjungen hatte sich die alte Frau das korrekte Entgelt bereits zu Hause zurechtgelegt. Allerdings bedauerte sie, dass der Junge nun zwei blaue Augen aufwies. Vermutlich hatte er bei einem jähzornigen Kunden erneut das Wechselgeld falsch bemessen.

Anschließend humpelte Helene zum Pfefferkuchenhäuschen. Zittrig wie stets warf sie den Obolus ein, drehte die Kurbel, erfreute sich am Miauen und Bellen und an dem Geräusch, als endlich die Blechkugel in die Ausfallschale rollte.

Nichts erwartend öffnete sie die Kugel. Nichts erwartend brach sie ein Stück Pfefferkuchen aus der Halbschale. Und nichts erwartend schob sie es sich in den Mund –

Helene war, als hätte sie in ihrem ganzen Leben nichts Besseres gegessen. Ein wahres Füllhorn an Gewürzen machte sich in ihrem Mund breit, brachte Erinnerungen in ihr zutage, die sie längst verloren geglaubt hatte: Weihnachten, wie sie es als kleines Mädchen gefeiert hatte. Im Kreise ihrer lieben Eltern, gemeinsam mit dem jüngeren Bruder und dem Großvater. Eine nach Wein und Pfefferkuchen duftende Stube, erleuchtet vom warmen Kerzenschein, der von dem kleinen geschmückten Nadelbaum herrührte, den sie auf dem Tisch stehen hatten. Die Freude über neue Socken und eine von der Mutter selbst gehäkelte Puppe. Die wunderschönen Lieder, die sie einträchtig und gemeinsam sangen. Und die Gewissheit, dass alles so bleiben würde, wie es an diesem Abend war …

Helene schluckte bitter. Natürlich war dem nicht so gewesen. Für niemanden blieb alles so schön, wie es einem ein Augenblick vorzugaukeln vermochte. Doch zumindest hatte sie die Erinnerung daran, und die konnte sie in ihrem Herzen tragen, solange sie lebte. Auch wenn sie es irgendwann vergessen hatte, nun war alles wieder da. Selbst die Gedankenbilder von jenen Weihnachten, die sie mit ihrem geliebten Fritz und dem gemeinsamen Sohn Karl gefeiert hatte.

Und mit einem Mal dämmerte es Helene: Die beiden hatten sie nicht allein zurückgelassen. Sie war nur die Letzte, die darüber zu berichten wusste, bevor sie den beiden dorthin nachfolgen konnte, wo diese bereits auf sie warteten.

Gerade wollte Helene den Rest des Pfefferkuchens essen, als sie ein Mädchen bemerkte, das gänzlich in Lumpen gehüllt durch den Park schritt und sich dabei hektisch umblickte, ob ein Wachmann von ihr Notiz nahm.

Die alte Frau seufzte.

In den nächsten Tagen könnte sie sich durchaus wieder eine neue Kugel aus dem Pfefferkuchenhäuschen leisten. Da brauchte sie heute diese nicht zu essen. Das Bettlermädchen schon.

In der Truhe, in der der Plüschbär geruht hatte, entdeckte Helene noch etwas – die Lesebrille ihres verstorbenen Liebsten. Das linke Glas hatte einen hässlichen Sprung, doch ansonsten war sie noch in Ordnung. Vorausschauend hatte Helene die Sehhilfe eingepackt und holte sie nun, da sie vor dem Laden des »Optiker Lindmann« stand, aus ihrer Manteltasche.

Dann betrat sie den Laden, fand sich jedoch zu ihrer Überraschung allein darin wieder.

Plötzlich polterte der Meister, ein sonst eitel wirkender Schnösel, fuchsteufelswild aus dem Lager, einen jungen Mann mit dem Gehabe eines Frettchens am Schlafittchen gepackt, und bugsierte diesen quer durch den Laden zur Tür hinaus.

»Lass dich hier nie wieder blicken, du Strolch, sonst setzt es was!«

Das verdatterte Gesicht der alten Frau bemerkend meinte der Optiker voller Zorn: »Hat mich beklaut, nach Strich und Faden!« Er seufzte resignierend. »An Arbeitern herrscht wahrlich kein Mangel. An Qualität derselben leider schon.«

Dann ging er hinter ein Pult, kämmte sich die pomadisierten Haare und zog seine Weste zurecht.

»Womit kann ich Ihnen dienen?«

Helene legte die Brille auf das Pult.

»Sagen Sie, können Sie aus dieser Lesebrille, bei der ein Glas gesprungen ist, ein Monokel herstellen?«

Lindmann hob leicht pikiert das Kinn. »Selbstverständlich! Im Handumdrehen, wenn Sie es wünschen.« Nun musterte er seine Kundin von oben bis unten. »Ein paar Mark wird das aber schon kosten.«

Helene seufzte nun ebenfalls tief, denn das hatte sie befürchtet. Sie war gerade im Begriff zu gehen, als sie sich noch einmal an den Meister wandte.

»Ich mache Ihnen einen Vorschlag: Ich empfehle Ihnen einen jungen, zuverlässigen Mann als neuen Gehilfen und Sie fertigen dafür aus meiner Brille ein Monokel. Was meinen Sie?«

Der Optiker überlegte. »Nun ja. Bevor ich mir Dutzende von Habenichtsen anschaue, die nicht viel besser sind als der, den ich gerade hinauskomplimentiert habe … also gut, abgemacht.«

»Gut«, meinte auch Helene. »Ihr neuer Gehilfe heißt Václav und wird morgen Früh bei Ihnen vorstellig. Mein Monokel hole ich dann am selben Abend ab.«

Lindmann grinste mit einem Mal schelmischer, als man

es ihm zutrauen würde. »Na, Sie sind mir vielleicht eine. Dann bis morgen.«

Die Nachricht davon, dass Helene ihm Arbeit verschafft hatte, nahm Václav auf wie ein Kind, dem man versprach, es würde das Christkind persönlich kennenlernen – ungläubig, aber doch voll hoffnungsvoller Vorfreude.

Als Helene am nächsten Abend wieder den Laden des Optikers betrat, präsentierte dieser ihr das fertige Monokel und klopfte Václav sogleich mehrfach auf die Schulter.

»Einen wie ihn habe ich lange gesucht.«

Mit tiefster Zufriedenheit, wie sich die Dinge entwickelt hatten, suchte Helene nun den Zeitungsjungen auf und überreichte ihm das Monokel. Gewiss sei es nicht perfekt. Besser als ohne sei es aber gewiss, meinte die alte Frau.

Unsicher klemmte sich der Zeitungsjunge die Sehhilfe vor sein blaues rechtes Auge. Dann ließ sich Helene von ihm eine Mark in jede nur erdenkliche Pfennigvariante wechseln, was der Zeitungsjunge nun fehlerfrei zustande brachte.

Auf die spontane Umarmung, die er folgen ließ, war die alte Frau zwar nicht vorbereitet, genoss sie dafür jedoch umso mehr.

Als am Heiligen Abend die Dämmerung einsetzte und vereinzelte Schneeflocken sanft zur Erde schwebten, machte sich Helene noch einmal auf, den Automaten mit einer Münze zu bereichern und um eine Kugel zu erleichtern – schließlich hatte sie nichts Besseres zu tun.

Doch der Automat war leer. So auch der Park rund um sie und die Straßen und Gassen. Ganz Berlin, so schien es, hatte sich im Kreis seiner Lieben zusammengefunden, um das Weihnachtsfest zu begehen.

Doch wo in Helene vor einer Woche noch Zorn und Enttäuschung die Oberhand gehabt hatten, herrschte nun ein warmes Gefühl der stillen Erinnerung an jene Momente, die ihr Leben aller Widrigkeiten zum Trotz wunderschön und einzigartig gemacht hatten. Und sie spürte, dass Fritz und Karl irgendwie bei ihr waren.

Als Helene zu Hause ankam und gerade ihre Wohnung aufsperren wollte, wurde die Tür daneben aufgerissen und Václav streckte seinen Kopf in den dunklen Flur.

»Frau Gruel!«, rief er ihr zu. »Wir dachten schon, sie seien nicht hier.«

Helene zuckte unschlüssig mit den Schultern.

Der junge Mann lächelte herzlich. »Es würde mich und meine Frau sehr freuen, wenn Sie den heutigen Weihnachtsabend mit uns feiern würden.«

Die alte Frau zögerte.

»Und Petr natürlich auch«, sagte Anna, die neben ihren Mann getreten war, den kleinen Jungen im Arm. Dieser hielt den Bären umklammert, als hinge sein Leben davon ab.

Helene schluckte und wischte sich eine Träne aus dem Augenwinkel. Dann humpelte sie auf die junge Familie zu.

»Sie ahnen nicht, was Sie mir damit für eine Freude machen.«

An diesem Weihnachtsabend schlief Helene ein, erfüllt von Glück und Dankbarkeit, umringt von völliger Stille und seit ungeahnt langer Zeit hoffend, dass sie der Schlaf ereilen möge, und nicht der Tod. Denn der morgige Tag könnte noch schöner werden als dieser, dafür würde Helene schon sorgen.

X.
Die geheime Zutat

1883

Alle Jahre wieder

(Text: Wilhelm Hey /
Melodie: Friedrich Silcher, 19. Jhd.)

Alle Jahre wieder
Kommt das Christuskind
Auf die Erde nieder,
Wo wir Menschen sind.

Kehrt mit seinem Segen
Ein in jedes Haus,
Geht auf allen Wegen
Mit uns ein und aus.

Ist auch mir zur Seite
Still und unerkannt,
Dass es treu mich leite
An der lieben Hand.

Das warme Licht der untergehenden Sonne fiel durch die hohen Fenster der geräumigen Küche, tauchte das Mobiliar in kräftiges Orange. Die Luft war erfüllt vom köstlichen Duft nach Backwaren, nach Zimt, Anis und anderen Gewürzen. Im Ofen knisterten Holzscheite, daneben lag zusammengerollt eine Katze mit grauem Fell, in tiefem Schlaf versunken.

Am Arbeitstisch stand eine alte Frau, die grauen Haare streng zusammengeknotet, ihr dunkles Gewand mit einer weißen Schürze geschützt. Die Gelenke ihrer Hände wirkten knorrig, die Falten in ihrem Gesicht waren unzählbar. Doch ihre blauen Augen strahlten eine Lebensfreude und Begeisterung aus, wie man sie sogar bei jungen Menschen selten fand. Eine Melodie pfeifend, deren Tonfolge wohl nur sie selbst kannte, walzte sie mit einem Nudelholz achtsam den Teig aus.

Minna Beek backte Weihnachtsplätzchen.

Und wie jedes Jahr tat sie das mit viel Hingabe und noch mehr Geduld.

Bereits vor Wochen hatte sie ihr handgeschriebenes Backbuch, das Rezepte ihrer Großmutter und Mutter füllten, penibel nach Plätzchen, Gebäck und Makronen durchforstet. Minna hatte abgewogen, welche Köstlichkeiten sie in diesem Jahr backen wollte, ohne zu viele Backwaren vom letzten Weihnachten zu wiederholen. Die beliebtesten würde sie trotzdem erneut zubereiten.

Nachdem Minna sich entschieden hatte, fertigte sie eine Liste der Zutaten an. Und wie in jedem Jahr wusste sie, dass sie mehrere Botengänge machen musste, um alle Ingredienzen nach Hause tragen zu können – und auch, dass die Ausgaben dafür wieder astronomisch sein würden.

Doch all das war nun vergessen. Seit mehreren Tagen

stand sie in der Küche, trennte Eidotter von Eiklar, wog Mehl und Zucker ab und rührte, bis ihr die Arme brannten. Denn die Zubereitung verlangte nicht nur eine gehörige Menge an Zutaten, sondern auch vollen körperlichen Einsatz.

Für ihre Amidamsplätzchen fügte sie den zehn Eidottern in der großen Schüssel noch zwei ganze Eier sowie ein Pfund Zucker hinzu und rührte die Masse eine geschlagene Stunde lang. Dann rieb sie die Schale einer Zitrone, fügte ein halbes Loth Kaneel und ein ganzes Pfund gesiebtes Amidam* hinzu. Die Masse portionierte sie mit einem Löffel in kleine Haufen auf einer ehernen Platte, die sie zuvor mit Mehl bestäubt hatte.

Für ihre Zuckerplätzchen vermengte sie ein Pfund Mehl mit einem Pfund Zucker, neun Eidottern und dem zu Schaum geschlagenen Eiweiß, raspelte wieder eine Zitronenschale und rundete das Ganze mit ein wenig Anis ab.

Minna liebte es, Zutaten vorzubereiten, zu vermengen und zu verfeinern.

Doch der Augenblick, in dem ihr Herz vor Freude beinahe Luftsprünge machte, war jener, wenn sie das fertig Gebackene aus dem Ofen holte. Wenn sie das erste Mal sah, wie sich der Teig zu etwas gänzlich Neuem geformt und seine Farbe verändert hatte, und wenn der Geruch aus dem geöffneten Backrohr quoll, sie umschmeichelte und ihr mit seinem Duft verriet, welche Gaumenfreuden sie erwarten würden.

Minna bestäubte einen Teig aus Eiern, Mehl, Puderzucker und Hirschhornsalz mit einer Prise Mehl, drückte das Nudelholz darauf und dünnte ihn mit gekonnten Bewegungen aus.

---

* Kaneel = Stangenzimt, Amidam = Kartoffelstärke

Kurz schloss sie die Augen, atmete tief ein und aus.

Wie sehr hatte sie es doch geliebt, wenn ihr seliger Mann sie dabei von hinten umarmt, sich an sie gedrückt und ihr ins Ohr geflüstert hatte, dass er es kaum noch erwarten könne, bis ihre köstliche Weihnachtsbäckerei fertig sei und er davon naschen durfte.

Gustav war ihr ein guter Ehemann gewesen. Ein gerader, aufrichtiger Kerl, einfühlsam, wo er konnte, und entschieden, wo er musste. Ein Partner, an dessen Schulter sich Minna immer anlehnen konnte, ohne befürchten zu müssen, ihm lästig zu sein. Er liebte ihre Fehler ebenso wie ihre Stärken, da die beiden Gegensätze sie schlicht zu dem Menschen machten, der sie war, wie er immer betonte. Ihr ging es bei ihm gleich.

Die Gastwirtschaft, die sie gemeinsam geführt hatten, war nicht nur äußerst lukrativ, sie war auch ob ihrer geselligen Art sehr beliebt gewesen. Selbst nach Gustavs unerwartetem Tod kamen die Gäste genauso zahlreich wie davor.

Minna schluckte.

Nie würde sie den Tag vergessen, als man ihr die Nachricht überbrachte, Gustav sei von einem Unbekannten ausgeraubt und so schwer am Kopf verletzt worden, dass er noch in der Gosse liegend verstorben war. Gerade er, der für die Armen immer eine Münze parat gehalten, der sich um andere gesorgt und der bei so manch hoher Zeche schon mal die eine oder andere Bestellung unter den Tisch hatte fallen lassen.

Doch es half nichts, das Leben musste weitergehen. Minna hatte die Ärmel hochgekrempelt und führte die Gastwirtschaft im Sinne ihres verstorbenen Liebsten fort.

Zu ihrer Überraschung fand sich dabei Unterstützung

in Gestalt von Adolf, einem ihrer drei Stiefbrüder. Selbstlos packte er mit an, half, wo immer Not am Manne war, und griff so seiner Schwester unter die Arme. Bis zu jenem Tag, als –

Minna verspürte ein Kribbeln in der Nase, wendete den Kopf vom Teig ab und nieste herzhaft.

Vom Regal neben sich nahm sie drei Modeln aus Birnenholz, die sie von ihrer Mutter geerbt hatte. Die kunstvollen vertieften Formen zeigten Jagdszenen, Tiere des Waldes sowie eine Hochzeitsgesellschaft. Diese drückte die alte Frau auf den Teig, formte so die Motivplätzchen. Dann schnitt sie Formen mit gewelltem Rand aus, um sie nach einer Trocknungszeit morgen im Ofen fertig zu backen.

Das Festtagsgebäck war die Spezialität ihrer Mutter gewesen. Ihr Vater hatte sie geehelicht, ohne das Trauerjahr abzuwarten, nachdem sich seine Frau und die Mutter seiner drei Söhne an einem Ostersonntag in der Speisekammer erhängt hatte. Eine verhärmte Frau soll sie gewesen sein, ein schroffes Weib, unfähig, ihren Söhnen auch nur ein Quäntchen an Liebe zu vermitteln.

Ihre Söhne, Minnas Stiefbrüder ... Carl. Friedrich. Adolf. Alle älter als sie, alle nach ihrer Mutter geraten. Minnas Mutter hingegen hatten die drei Söhne nie akzeptiert.

Minna selbst war geduldet worden, aber nicht mehr. Und das auch nur, wenn sie widerspruchslos alle Aufgaben erledigte, die ihre Stiefbrüder ihr auftrugen.

An solchen Aufgaben herrschte wahrlich kein Mangel. Eine Dienstmagd, so empfand es Minna damals, schuftete weniger als sie. Aber was hatte sie schon für Alternativen? Ihr Vater war oft auf Geschäftsreisen unterwegs, die drei Brüder herrschten, ja beherrschten Haus und Hof.

Irgendwann hatte Minna jedoch gelernt, sich damit

abzufinden, sogar widerspruchslos hinzunehmen, dass ihre Brüder jeden, der ihr auch nur im Ansatz schöne Augen machte, davonjagten.

So war es nicht verwunderlich, dass Minna an dem Tag, an dem sie volljährig wurde, ihre Siebensachen packte und ihre Familie verließ – schlimmer, so dachte sie, könnte es ihr in der weiten Welt auch nicht ergehen.

Und sie sollte recht behalten.

Wenige Monate später lernte sie Gustav kennen, der in der Gastwirtschaft seines Vaters arbeitete. Von da an beherrschten Liebe und Glückseligkeit Minnas Leben.

Töchterchen Charlotte erblickte das Licht der Welt, und auch wenn sie in den ersten Lebensjahren ein wenig kränkelte, sollte sie zu einer gesunden und anständigen Frau heranwachsen, die ihrerseits vor zehn Jahren Ferdinand geboren hatte, einen gesunden Jungen. Weitere Kinder sollten Minna und Gustav jedoch – entgegen ihrem gemeinsamen Wunsch – verwehrt bleiben. Glücklich und vor allem zufrieden waren sie trotzdem.

Minna lächelte in sich hinein.

Vielleicht war es diese Zufriedenheit, die ihr ihre Stiefbrüder nie vergönnt hatten?

Carl. Friedrich. Adolf.

Minnas Verhältnis zu ihnen war nie ein sonderlich nahes gewesen, geschweige denn ein innigliches.

Der Jüngste unter ihnen hielt zumindest regelmäßigen Kontakt. Carl meldete sich von sich aus, kam gern auf Malzkaffee und Kuchen vorbei. Allerdings verkehrte er vorzugsweise in Kreisen, zu denen nur der Adel und andere hochrangige Persönlichkeiten Zutritt hatten. Minna hatte ihm das nie geneidet, fühlte sie sich doch unter dem »einfachen« Volk, zu dem sie sich selbst zählte, am wohlsten.

Minnas Blick schärfte sich wieder auf das Hier und Jetzt, fiel auf das Kruzifix, das an der Wand hing.

Sie musste an Friedrich denken, den mittleren der drei Stiefbrüder. Er war Pastor geworden, angezogen vom kultischen Habitus der Geweihten und der ehrfürchtigen Demut der ihnen Unterworfenen. Nie hatte er es verstanden, warum man zum Wohle anderer seine eigenen Bedürfnisse zurückstecken sollte. Nach seinem Aufstieg in der Kirche musste er es jedoch auch nie erlernen, dachte Minna mit ein wenig Wehmut.

Zumindest war Adolf, der Älteste, immer gut zu Minna gewesen. Oftmals hatte er seine schützende Hand über das Nesthäkchen der Familie gehalten, wenn die anderen Söhne ihres Vaters sie hänselten, zuweilen gar drangsalierten. Dieses Gefühl, nicht dazuzugehören, nicht erwünscht zu sein, hatte Minna nie ganz ablegen können. Doch bald, schon sehr bald, würde sich das ändern, denn –

Ein Klopfen an der Haustür riss die alte Frau aus ihren Gedanken und Erinnerungen. Hastig wischte sie sich die mit Teig und Mehl verklebten Finger in einem Geschirrtuch ab und eilte aus der Küche.

Mit schnellen Handgriffen richtete sie ihr Haar, dann öffnete sie die Tür. Ihre Tochter und ihr Enkelkind warteten in der Kälte.

»Großmutter!«

Minna schloss Ferdinand in die Arme, drückte ihn fest an sich. Dann begrüßte sie Charlotte mit einem Kuss auf die Wange.

»Guten Tag, Mutter.«

»Schön, dass ihr da seid«, sagte die alte Frau und fuhr mit ernstem Blick auf das Schneetreiben fort: »Kommt schnell herein, sonst friert ihr noch an der Schwelle an.«

Die beiden Besucher ließen sich nicht zweimal bitten.

Charlotte, die ihrer Mutter wie aus dem Gesicht geschnitten war, reckte die Nase in die Höhe und schnupperte. »Ist es schon wieder die Zeit im Jahr, in der du dem Backwahn anheimfällst?«

Minna grinste schelmisch. »Dein Näschen trügt dich nicht. Dieses Mal bin ich sogar mit besonderem Eifer dabei. Frag mich nicht, wieso.«

Ferdinand zupfte an der Schürze seiner Großmutter. »Darf ich bitte ein Plätzchen kosten?«

»Natürlich, mein Schatz, aber später. Diese Charge ist für meine Brüder. Also Hände weg, ich mein es ernst.«

Ferdinand nickte artig.

Charlotte machte aus ihrer Abneigung keinen Hehl. »Du bäckst tatsächlich für diese Kerle?«

Minna strich ihrer Tochter sanft über die Wange. »Ich weiß, dass euer Verhältnis nie das beste war. Ging mir ja auch nicht anders. Aber seitdem ich sie letztes Jahr vor Weihnachten zu mir zu Plätzchen und Wein eingeladen habe, verspüre ich das Gefühl, ein wenig versöhnlicher zu sein.«

Charlotte schickte ihren Sohn ins Nebenzimmer, wo er mit Bauklötzen spielen sollte. Dann senkte sie ihre Stimme.

»Warum um alles in der Welt willst du dich mit deinen Stiefbrüdern versöhnen? Nach allem, was sie dir angetan haben?«

Minna ging in die Küche, stellte zwei Gläser auf den kleinen Tisch, schenkte Rotwein ein und setzte sich. Neugierig lugte die graue Katze hinter dem Ofen hervor, trottete zu der alten Frau und ließ sich gnadenhalber hochnehmen und kraulen.

Ihre Tochter nahm ebenfalls Platz.

»Schau, mein Schatz«, begann die alte Frau, immer noch die Katze streichelnd, die laut schnurrte. »Der Groll, den ich gegen meine Brüder hegte, ist auch an mir nicht spurlos vorbeigegangen. Immer wieder ertappte ich mich bei dunklen Gedanken, wünschte ihnen die Pest an den Hals – und Schlimmeres.«

Charlotte schmunzelte. »So kenn ich dich gar nicht, Mutter.«

»Weil ich im Grunde meines Wesens so nicht bin«, erklärte sich die alte Frau. »Und weil ich auch so nicht werden will. Hass frisst einen Menschen auf, langsam, aber sicher. Wenn er obsiegt hat, so wird man selbst voll Hass und man wird auch hasserfüllt handeln. Und das will ich einfach nicht.«

Die Katze leckte ihr als Liebesbezeugung an den Fingern, dann rollte sie sich genüsslich auf ihrem Schoß zusammen.

»Ich weiß, was du meinst, Mutter.« Charlotte nippte am Wein. »Aber man muss ja nicht gleich ein schlechter Mensch werden. Eine gesunde Prise an Ressentiments und Verachtung hat noch niemandem geschadet.«

Auch Minna nippte an ihrem Glas. »So schlimm sind die drei nun auch wieder nicht. Erst letzten Monat hat sich beispielsweise Carl wieder bei mir gemeldet.«

»Onkel Carl.« Charlotte setzte ein süßliches Lächeln auf. »Lass mich raten: Er benötigt dringend Geld für irgendeine aberwitzige Geschäftsidee. Oder setzen ihm Gläubiger wieder einmal das Messer an den Hals?«

Die alte Frau zuckte mit den Schultern. »Ich schätze, ein wenig von beidem.«

»Du hast ihm doch nicht geholfen?«

Minna winkte beschwichtigend ab.

»Zudem ist Onkel Carl ein Tunichtgut und Hochstapler! Das Beste und Feinste war für ihn immer nur gerade gut genug. Man verkehrt ja in besseren Kreisen, leugnet Herkunft und Familienbande.« Charlotte änderte ihre Stimme in eine nasale Tonlage. »Mit dem Pöbel gebe ich mich nicht ab. Beim Adel sehe ich meinen Platz!«

»Ach, Schatz.« Minna legte ihre Hand auf die ihrer Tochter, doch die machte keine Anstalten, sich zu beruhigen.

»Oder der heilige Onkel Friedrich. Zur Rechenschaft nur vor dem Herrn auserkoren. Aber was tat er, als du bei ihm Rat suchtest, während all der furchtbaren Tage der Trauer?« Sie pfiff abschätzig durch die Zähne. »Unabkömmlich gab sich der Herr! Keine Zeit hatte er für dich, seine einzige Schwester. Welcher Mann Gottes handelt so?«

Minna schwieg.

»Erinnere dich an Onkel Adolf. Erst schien es, als wollte er dir nach Vaters Tod im Gasthaus wirklich helfen. Sogar ich vermeinte, er hätte sich geändert. Und dann –« Charlotte seufzte. »Dann hast du ihn dabei erwischt, wie er Gäste betrog und in seine eigene Tasche wirtschaftete.«

Auch Minna seufzte. Was sollte sie auch entgegnen, wo ihre Tochter doch recht hatte.

Die trank das halbe Glas leer, sichtlich aufgewühlt.

»Und bitte erkläre mir jetzt nicht, dass Onkel Adolf immer seine schützende Hand über dich hielt. Du hast mir nämlich auch erzählt, dass er sich dafür redlich entlohnen ließ.«

»Das ist doch schon so lange her.«

»Dann denk an das, was noch nicht so lange her ist.« Charlotte schenkte sich Wein nach. »Denk an Großvaters

Tod. Da zeigten sie ihren wahren Charakter. Du hast mir selbst erzählt, dass du Großvaters Testament zuvor gesehen hast, dass er es dir höchstpersönlich gezeigt hat.«

Minna senkte den Kopf.

»Doch bei der Testamentseröffnung war plötzlich keine Rede mehr von einem Anteil für dich. Alleinige Erben – die drei Brüder. Dass der Herr Notar ein Freund von Onkel Carl war, spielte natürlich keine Rolle.«

»Es geht uns doch gut«, beschwichtigte Minna. »Es fehlt uns an nichts und gesund sind wir auch. Was wollen wir mehr?«

Charlotte verschränkte trotzig die Arme vor der Brust. »Gerechtigkeit.«

»Ach Schatz, so etwas gibt es nicht. Die Welt ist ungerecht, das sollte eine Frau in deinem Alter wissen«, meinte Minna, ohne belehrend klingen zu wollen. »Und warum ist dem so? Weil der Anspruch auf Gerechtigkeit nicht mehr ist als die Hoffnung des Menschen, es möge einem für gute Taten Gutes zuteilwerden. Aber so ist die Welt nun mal nicht beschaffen. Wenn man von sich behaupten kann, man ist zufrieden, dann hat man doch schon mehr erreicht als die meisten.« Sie lächelte. »Und ich bin zufrieden. Zufrieden und dankbar, für dich, für Ferdinand und für meine Zeit mit Gustav.«

Charlotte bemühte sich sichtlich, einzulenken. »Du hast ja recht, Mutter. Die drei regen mich nun mal auf.« Sie blickte zu den Backwaren. »Und dass du ihnen Naschwerk zubereitest und sie auch noch zu dir einlädst, kann ich einfach nicht verstehen.«

Minna atmete tief durch. »Ich verspreche dir, dass es heuer das letzte Mal sein wird, dass sie zu mir kommen. Glaubst du mir?«

Charlotte nickte. »Indem du deinen Stiefbrüdern deine Backwaren vorenthältst, strafst du sie am meisten. Von dir schmecken sie einfach am besten.«

Minna lächelte gütig.

»Du hast mir jedoch nie eines deiner Rezepte verraten.«

»In meinem Rezeptbuch steht alles drin.« Minna tippte mit ihrem knorrigen Zeigefinger auf das Werk, das ebenfalls am Tisch lag. »Du wirst schon sehen.«

»Und deine Geheimzutat steht dort auch drin?«

Minna überlegte kurz, winkte ihre Tochter zu sich, die sich über den Tisch beugte. Dann flüsterte sie Charlotte ins Ohr: »Liebe. Das ist meine geheime Zutat.«

Die führte sich vorgeführt. »Ist schon recht, Mutter.«

»So. Und nun ziehe ich mich um und wir gehen mit Ferdinand essen, was hältst du davon? Ich lade euch ein.«

Die Katze machte einen rettenden Satz von Minnas Schoß hinab. Die beiden Frauen umarmten sich.

»Ich danke dir.«

»Schon gut, mein Schatz. Du wirst sehen, alles wird gut.«

Minna zog ihr Sonntagskleid an und verbrachte einen herrlichen Tag mit ihrer Tochter und ihrem Enkelsohn.

Was sie ihrer Tochter nie erzählt hatte, war, wie sich eines Abends ein Mann in ihrem Wirtshaus so sehr betrunken hatte, dass er mit einem Mal in Tränen ausgebrochen war. Die übrigen Gäste waren bereits gegangen, so hatte Minna sich zu ihm gesetzt und zugehört, was dem Mann auf der Seele lag.

Da hatte er von seinem grauenhaften Geheimnis berichtet …

Davon, wie ihn einst Fremde angeheuert hatten, einen anderen zu erschlagen und es aussehen zu lassen, als handle es sich um schweren Raub. Warum der Mann sterben sollte, erfuhr er auch: Die Fremden wollten sich die lukrative Gastwirtschaft einverleiben, denn die Witwe würde es nicht schaffen, das Geschäft allein zu führen. Es täte ihm unendlich leid, meinte er mit bebender Stimme, aber er hatte den Blutzoll gebraucht, denn sein eigenes Leben hing davon ab.

Minna hatte dem Mann zugehört, ohne ihn zu unterbrechen oder sich anmerken zu lassen, wie sehr sie die Beichte im Herzen verletzte. Sie schenkte ihm Schnaps aus, lud ihn ein zu trinken, was er wollte – bis er ihr die Namen der Fremden verriet. Diese, so der reuige Trunkenbold, würde er niemals vergessen können: Carl, Friedrich und Adolf.

Noch in derselben Nacht fasste Minna einen Plan – ihre Stiefbrüder würden für das, was sie getan hatten, bezahlen.

Aus einem scheinbaren Sinneswandel heraus nahm sie wieder Kontakt mit ihnen auf, backte schließlich Plätzchen und lud sie zu sich, zu einem vorweihnachtlichen Schmaus. Ob der Begeisterung und des Lobes für das Naschwerk versprach sie hoch und heilig, dies im nächsten Jahr zu wiederholen.

Was sie nun auch im Begriff war zu tun.

Die geheime Zutat, die Minna ihrer Tochter genannt hatte, stimmte auch – jedoch nur in Bezug auf die Plätzchen, die sie für sich selbst und ihre Liebsten backte. Für ihre Brüder bestand die geheime Zutat aus etwas anderem – aus Mäusebutter. Diese konnte man nur beim Apotheker kaufen, bestand aus Butterschmalz und Arsenik und galt als todsicheres Mittel gegen Nager und sonstiges Ungeziefer.

Eingedenk dessen feierte Minna mit ihrer Tochter und ihrem Enkel ein besonders fröhliches Weihnachtsfest.

Andernorts kam jede Hilfe zu spät.

Und auch ihr Wort sollte Minna halten – zum nächsten Weihnachtsfest hatten ihre Brüder keinen Bedarf mehr an weiteren Plätzchen.

XI. Corvus

1898

Morgen, Kinder, wird's was geben

(Text: Philipp von Bartsch /
Melodie: Carl Gottlieb Hering, 19. Jhd.)

Morgen, Kinder, wird's was geben,
morgen werden wir uns freun!
Welch ein Jubel, welch ein Leben
wird in unserm Hause sein!
Einmal werden wir noch wach,
heißa, dann ist Weihnachtstag!

Wie wird dann die Stube glänzen
von der großen Lichterzahl,
schöner als bei frohen Tänzen
ein geputzter Kronensaal.
Wisst ihr noch vom vor'gen Jahr,
wie's am Weihnachtsabend war?

Wisst ihr noch mein Räderpferdchen,
Malchens nette Schäferin,
Jettchens Küche mit dem Herdchen
und dem blankgeputzten Zinn?
Heinrichs bunten Harlekin
mit der gelben Violin?

Welch' ein schöner Tag ist morgen!
Neue Freude hoffen wir;
uns're guten Eltern sorgen
lange, lange schon dafür.
O gewiss, wer sie nicht ehrt,
ist der ganzen Lust nicht wert!

Entschlossen schob Frederik Winkelmann seinen Kopf durch die Schlinge. Das grobfasrige Seil scheuerte rau entlang seiner Wangen, kratzte an seinen Ohren und drückte ihm anschließend unangenehm gegen den Kehlkopf.

Frederik schluckte. Zum Glück würden derlei Unbilden schon bald der Vergangenheit angehören. Ein kurzes Ziehen und Drücken am Hals, ein Stechen in den Lungen, ein wenig Panik – dann war es geschafft!

Noch ein Weihnachten würde er jedenfalls nicht verkraften.

Allein auf einem Stuhl stand er inmitten seiner Kammer, die wenigen Habseligkeiten ordentlich auf der Decke seiner Bettstatt aufgereiht. Zwei Hemden, eine Hose, zwei Westen, ein Hut. Ein wenig Zierrat in einer Schachtel. Mehr war ihm nicht geblieben, geschweige denn vergönnt gewesen.

Und das, obwohl er sich zeitlebens mehr abgerackert hatte, als ihm gesundheitlich gutgetan hatte. Als Sechsjähriger hätte ihn beinahe der »Würgeengel der Kinder« dahingerafft. Mit neun Jahren hatte es die Schwindsucht versucht, mit zwölf ein hartnäckiges Fieber. Allem hatte Frederik getrotzt, auch wenn jede der Krankheiten ihre Spuren hinterlassen hatte.

Seinem inneren Antrieb hatte dies allerdings nicht geschadet, im Gegenteil – von frühester Jugend an hatte er sich geschworen, die Welt zu einem besseren Ort zu machen, denn seiner Meinung nach krankte sie an allen Ecken und Enden.

Noch nie hatte Frederik verstehen können, wie sich seine Mitmenschen dem, was sie tagtäglich benutzten, dermaßen gottergeben aussetzen konnten. Ob im Heim oder bei der Arbeit, überall gab es Bedarf an Verbesserungen, und Frederik war davon überzeugt, dass er Abhilfe schaffen konnte. Zudem verhießen Erfindungen nicht nur Ruhm und Ehre für den Erfinder, sondern auch ein anständiges Salär, sofern man sich die Idee patentieren ließ.

Warum sich Frederik zum Erfinder auserkoren fühlte, wusste er: Anscheinend war er der Einzige, dem Missstände nicht nur auffielen, sondern der auch Vorrichtungen ersann, mit denen man sie beseitigen konnte.

So erfand er bereits mit Anfang zwanzig einen Apparat, der es seinem Vater, der an starkem Zittern der Hände litt, ermöglichen sollte, seine Korrespondenz weiterhin so zu führen, dass sie von anderen auch gelesen werden konnte. Ruhm und Ehre – und das damit einhergehende Salär – schienen zum Greifen nah! Zu seiner Enttäuschung musste Frederik jedoch lernen, dass ein gewisser Donaumonarchist namens Peter Mitterhofer einen solchen Apparat nicht nur mehrere Jahre zuvor erfunden hatte, sondern sich der Amerikaner Christopher Latham Sholes diese sogenannte Schreibmaschine bereits hatte patentieren lassen.

Gut, dachte Frederik gekränkt, auch sein Vorbild Leonardo da Vinci hatte wohl die eine oder andere Idee zu Papier gebracht, ohne zu wissen, dass ihm jemand zuvorgekommen war. Also verstärkte Frederik seine Bemühungen.

Doch was als kraftvoller Ansatz seinen Ursprung genommen hatte, mündete zehn Jahre später in kraftloser Lethargie. Nichts, aber auch gar nichts hatte funktioniert …

Einen Knopf, den man nur zudrücken musste, um Kleidung, Taschen oder Portemonnaies flink zu verschließen, hatte sich bereits ein Franzose ausgedacht.

Speziell angefertigtes Papier, um sich nach verrichtetem Geschäft auf der Toilette zu reinigen, stellte schon ein Amerikaner her.

Und Frederiks Idee eines praktischen Federhalters kam ein deutscher Fabrikant zuvor.

Ja, das Leben war grausam zu ihm gewesen, dachte Frederik voll Bitterkeit, den Kopf in der kratzenden Schlinge. Nicht einmal den Henkersknoten vermochte er zu verbessern!

Sein Blick streifte das kleine Fenster in der Stube. Augenblicklich begannen seine Gedanken zu rasen und sein Geist zu analysieren, was dort draußen vor sich ging. Schneeflocken lieferten sich ein Wettrennen, sowohl was ihre Fallgeschwindigkeit als auch ihre Größe betraf. Unaufhörlich taumelten sie zur Erde, formierten sich dort zu Gruppen, die um ein Vielfaches größer als die Summe ihrer Einzelteile waren und irgendwann eine Last aufbrachten, die Gebälk ächzen, morsche Schindeln zerbersten und Fuhrwerke ins Stocken geraten ließ. Wie unendlich weit die Natur doch dem menschlichen Geiste voraus war.

Was wohl geschähe, sinnierte Frederik weiter, wenn von einem Augenblick auf den anderen alle Menschen von der Erde getilgt wären?

Er rang sich ein fatalistisches Grinsen ab. Nichts. Gar nichts würde geschehen. Die Schneeflocken würden weiter vom Himmel fallen und die Natur würde sich all das, was der Mensch großherrlich als seine Errungenschaft pries, Stück für Stück einverleiben, bis irgendwann nichts mehr davon übrig war. Zeitgleich mit den Menschen würden auch die Götter sterben, so wie sie es schon immer getan hatten. Zeus, An, Odin, Jupiter, Brahma und all die anderen, die kamen und gingen. Nichts würde mehr sein, und doch alles …

Aber das würde Frederik nicht mehr erleben. Seines Leidens überdrüssig würden auch seine Gedankenexperimente sogleich obsolet sein.

Frederik schloss die Augen und bekreuzigte sich, einfach weil man das so tat. Er setzte einen Fuß nach vorn, als wollte er eine unsichtbare Leiter hinaufsteigen und –

Ein penetrantes Klopfen gegen Glas riss den Lebensüberdrüssigen aus seinem Tun. Er öffnete die Augen, versuchte zu erkennen, wer das Geräusch verursachte.

Da! Ein kohlrabenschwarzes Tier saß vor der Fensterscheibe, pochte mit dem Schnabel dagegen.

Frederik runzelte die Stirn. »Jacques? Jacques, bist du das?«

Als Antwort schallte ein zweimaliges Picken gegen das Glas.

Frederik haderte mit sich. Was zur Hölle wollte der Vogel gerade jetzt von ihm? Litt er Hunger? Oder gar Schmerzen? Und wenn schon, dachte sich der gefehlte Erfinder, ein Schritt nach vorn und es sollte ihn nicht mehr kümmern.

Dann erblickte er die brennende rote Kerze am Tisch.

Was würde Anna sagen?

Frederik stieß ein unzufriedenes Grunzen aus. Er streifte sich die raue Schlinge vom Kopf, stieg vom Stuhl und öffnete das Fenster einen Spalt. Die Krähe hüpfte auf den Tisch in der Stube, so zutraulich, als wäre es ihr Zuhause.

»Ich glaub, du bist wirklich Jacques«, meinte Frederik mit heiserer Stimme und Blick auf die besonders buschigen Nasalfedern des Vogels. Er nahm ein Stück altes Brot, zerbröselte es über dem kleinen Esstisch.

Auf dem Stuhl hockend beobachtete er die Krähe, die gierig die Krumen verschlang. Vermutlich hatte sie schon lange nichts mehr gefressen.

Was würde Anna sagen?

Wohl nichts mehr, kam Frederik in den Sinn, denn Anna war verstorben. Genau heute, einen Tag vor dem Heiligen Abend, vor einem Jahr.

Frederik seufzte schwer. Sosehr ihn seine beruflichen Fehlschläge auch mitgenommen, ihn nervlich wie finanziell ans Äußerste getrieben hatten, so sehr hatte sich vor zwei Jahren auch sein Leben verändert. Er hatte gerade im Hof des heruntergekommenen Hauses, in dem er wohnte, mit Schwarzpulver und Schießbaumwolle experimentiert. Ziel der Versuche war gewesen, rauchschwaches Schießpulver zu erfinden, damit die Läufe der Waffen nicht so stark verschmutzten und der Schütze zudem ungesehen bleiben konnte. Eine Erfindung, von der sich Frederik viel versprochen hatte.

Doch noch hatte er das gewünschte Ergebnis nicht erzielen können, im Gegenteil. Wieder einmal war an jenem Tag das Pulver mit infernalen Rauchschwaden abgebrannt, wieder einmal blieb nur der beißende Gestank zurück – und eine Gestalt, die inmitten des Tores zu seinem Hof verharrte, als wäre sie versteinert. Frederik kniff die Augen zusammen: Bei der Gestalt handelte es sich um eine junge Frau, die gerade am Haus vorbeigegangen und nun von der Hüfte an aufwärts über und über mit Ruß bedeckt war.

Nur das Weiß ihrer Augen stach aus dem verkohlten Gesicht hervor.

Beim schrecklichen Anblick der schwarzen Gestalt war Frederik instinktiv auf sie zugestürzt und hatte sie mit einem Eimer Wasser übergossen, da er dachte, die Dame stünde in Flammen.

Der Ohrfeige, die er dafür bekam, folgte ein Moment der Stille und der Erkenntnis über das, was gerade geschehen war. Und ein Augenkontakt, der beiden beinahe die Sinne raubte.

Von diesem Tage an waren Frederik Winkelmann und Anna Beck, als die sich die verrußte Dame vorstellte, ein Liebespaar.

Zwei Monate später hatten sie geheiratet.

»Worauf warten?«, hatte Anna gesagt. »Nur weil mein Geist vor dem zögert, was mein Herz schon längst weiß: Wir gehören zusammen.«

Dem konnte Frederik nur glückselig zustimmen.

»Für immer«, meinte sie, »bis dass der Tod uns scheidet.«

Dass der Tod dies ein knappes Jahr später auch tun würde, darauf waren sie nicht vorbereitet gewesen. Ein riesiges Weinfass war eine Gasse heruntergerollt, hatte ein Kind verfehlt, Anna jedoch nicht.

Jeden Knochen im Leib hatte es ihr zerschmettert, augenblicklich war sie aus dem Leben gerissen worden. Nicht einmal ein »Lebewohl« hatte Frederik seiner Liebsten mit auf den Weg geben dürfen.

Heute vor einem Jahr … Noch ein Weihnachten ohne sie würde er jedenfalls nicht verkraften.

Die Krähe immer noch vor sich auf dem Tisch stand der Erfinder auf und schenkte sich einen Becher mit Rotwein voll. Den trank er hastig leer, mit schmerzendem Hals – nicht von der Schlinge, sondern von der Trauer, die ihn immer noch regelmäßig würgte. Wie damals, erinnerte sich Frederik, als er als Kind erkrankte und kaum Luft bekam. Nur dass ihm im Gegensatz zu damals heute auch noch das Herz schmerzte.

Die Krähe pickte immer noch die Krumen, rund um die nun abgebrannte rote Kerze, die Frederik zu Annas Gedenken bereits in der Früh angezündet hatte.

»Jacques« hatte sie den Vogel getauft, kurz vor ihrem Dahinscheiden, nach Jacques Louis du Châtelet, ihrem Lieblingsschriftsteller. Der wiederum war für seine schwülstigen Romane rund um blutsaugende Grafen und die ihn anschmachtende holde Weiblichkeit gleichwohl berüchtigt wie berühmt. Zumindest in literarischen Kreisen rümpften viele die Nase, wenn das Gespräch auf du Châtelet fiel, auch wenn sie ihn vielleicht heimlich lasen. Aber das hatte Anna nie gestört. Ihr gefielen die Geschichten, konnte sie damit doch ins Schicksal anderer eintauchen, die, wie sie Frederik gegenüber zu betonen nie müde wurde, nicht so ein Glück wie sie beide teilten.

Frederik seufzte. Sein Glück war passé, das Leben sollte ihm folgen.

Der Erfinder erhob sich, stieg auf den Stuhl und zwängte seinen Kopf wieder durch die kratzende Schlinge. Zum Abschied nickte er der Krähe zu.

Die starrte ihn kurz an, dann entschwand sie so schnell durch den Fensterspalt, als hätte man sie verscheucht.

Erneut bekreuzigte Frederik sich, erneut setzte er einen Fuß nach vorn, als wollte er eine unsichtbare Leiter hinaufsteigen –

Als plötzlich das angsterfüllte Geschrei einer Frau vom Gang her in die Stube schallte.

Frederik presste Augen und Lippen zusammen. Was zur Hölle hatte er nur verbrochen, dass er sich nicht einmal in Ruhe des Lebens entledigen durfte?

Er stellte den Fuß wieder auf den Stuhl, schob sich die Schlinge vom Hals und eilte durch die Wohnungstür hinaus auf den Gang.

Das Geschrei tönte vom Ende des Flures her, aus der Wohnung von Caroline Schlotheim, einer jungen Frau, die mit ihrem Gemahl und dem gemeinsamen Kleinkind erst vor wenigen Wochen eingezogen war.

Frederik lief so schnell den Gang entlang, wie er konnte, ballte die Fäuste in Erwartung eines Unholds, der wohl in die Wohnung der jungen Mutter eingedrungen war.

Der Erfinder riss die Tür auf, stürzte hinein – und fand niemanden außer Caroline vor, die voller Entsetzen vor dem Bettchen ihres Kindes stand. Darauf saß, frech wie Oskar, die Krähe.

Caroline wirbelte herum, sah Frederik mit weit aufgerissenen Augen an.

»Herr Winkelmann? Menschenskinder, ich flehe Sie an, verscheuchen Sie den Totenvogel!«

Der vermeintliche Retter atmete tief durch. »Frau Schlotheim, jetzt beruhigen Sie sich erst einmal. Das ist nur eine Krähe.«

Er maß den Vogel mit scharfem Blick. Ein abergläubisches Gemüt hätte meinen können, die Krähe hätte die Situation inszeniert, um ihn von seinem Freitod abzuhalten. Frederik jedoch zählte sich nicht zur anthropomorphen Gesellschaft. Ein Zufall wird es gewesen sein, weiter nichts. Wahrscheinlich handelte es sich sogar um einen gänzlich anderen Vogel gleicher Gattung. Die besonders buschigen Nasalfedern des Tieres straften diese Annahme jedoch augenblicklich Lügen.

»Los, Jacques, runter vom Kinderbett!«, befahl Frederik.

Der Vogel gehorchte aufs Wort. Mit erhobenem Schnabel stolzierte er nun durch den Raum und weiter, zur Tür hinaus.

»Ist das … Ihr Vogel?« Caroline verstand nicht. Wer würde sich ein solches Tier halten, wo doch jeder wusste, dass es Tod und Unglück bedeutete.

Frederik schüttelte den Kopf. »Wo denken Sie hin«, meinte er in beschwichtigendem Tonfall. »Meine selige Frau hat die Krähe angefüttert, und, na ja … dumm sind die Tiere ja nicht. Es herrscht bitterkalter Winter, und so kam Jacques wohl eher zu mir, um Futter zu erbitten, als sich meiner Gesellschaft zu erfreuen.«

Caroline lächelte ihn irritiert an. »Trotzdem danke.«

»Machen Sie sich keine Sorgen. Jacques bringt niemandem Unglück, schon gar nicht einem Kind.«

Er lugte in das Bettchen, in dem ein Knabe mit blond gelocktem Haar und roten Bäckchen lag und das Geschehen neugierig beobachtete.

»Halten Sie einfach die Tür gut geschlossen«, meinte Frederik.

»Leider ist das Schloss im Argen.« Die Mutter seufzte. »Und mein Mann hat zwei linke Hände. Bis uns einer seiner Freunde hilft, kann bei uns Tag und Nacht ein und aus gehen, wer will. Was soll ich da machen?«

Frederik nickte verständnisvoll. Dann hob er einem Schullehrer gleich den Zeigefinger und entschwand eilig.

Wenig später kehrte er zurück, eine kurze Eisenkette, einen Schraubenzieher, eine Schraube und einen Schraubhaken in Händen. Das eine Ende der Kette montierte er an den Türstock, das andere Ende mit dem Haken an das Türblatt. Dann demonstrierte er die Funktion, indem er die Kette ein- und aushing.

»Sehen Sie, Frau Schlotheim, damit können Sie Ihre Tür versperren, bis Ihr Mann das Schloss richten lässt. Und mit der Wahl des Kettengliedes können Sie sogar einstellen, wie weit Sie die Tür öffnen wollen. Manchmal will man sich ja nur überzeugen, ob der, der vor der Tür steht, auch der ist, der er vorgibt zu sein.«

Caroline nickte, verwundert und bewundernd zugleich. »Sie sind wahrlich mein Retter, Herr Winkelmann. Gott schütze Sie.«

Frederik verabschiedete sich mit einem bitteren Lächeln. Würde Gott ihn schützen, hätte er ihn nicht seiner Anna beraubt.

Hinter dem Erfinder – der seit heute auch offiziell als Retter tituliert wurde – fiel die Tür zu. Das metallische Rasseln bezeugte, dass Caroline von der Kette sogleich Gebrauch machte.

Immerhin konnte er noch das Leben eines anderen ein wenig verbessern, dachte Frederik halb froh, halb trübsinnig, als er seine Wohnung betrat und den Strick sah. Eine letzte gute Tat hatte er vollbracht, nun war es wirklich Zeit zu –

Das Kreischen der Krähe riss den Mann erneut aus seinen Gedanken. Diese hockte am Tisch, deutete mit dem Kopf immer wieder Richtung Fenster.

»Nun ist aber gut«, meinte Frederik verärgert und erklomm den Stuhl.

Streifte sich die Schlinge über.

Streckte den rechten Fuß aus.

Das Geschrei des Vogels wurde aggressiver, das Deuten mit dem Kopf zum Fenster heftiger.

Wollte ihn das Tier tatsächlich auf etwas hinweisen?

Wieder kniff Frederik Augen und Lippen aufeinander.

Aber er konnte nicht anders …

Schlinge ab. Runter vom Stuhl. Blick aus dem Fenster.

Inmitten des Schneegestöbers sah Frederik ein Mädchen umherirren. Die Passanten wandten sich von ihm ab oder stießen es zur Seite, wirkte es in seinen zerlumpten Kleidern doch wie ein Kind, dem man das Betteln befohlen hatte. Der verzweifelte Ausdruck in seinem geröteten Gesicht ließ jedoch anderes vermuten.

»Es wird sich schon jemand ihrer annehmen«, meinte Frederik mit Blick auf die Krähe.

In dem Moment stieß eine ältere Dame das Kind von sich weg, als hätte es die Pest. Das Mädchen stürzte und kam beinahe unter die Räder eines Fuhrwerks. Der Kutscher des Gefährts beschimpfte daraufhin die Gestürzte lautstark und vulgär.

»Kannst du mich nicht einfach in Ruhe sterben lassen?«, fragte Frederik zähneknirschend.

Ob der darauffolgende Schrei des Vogels nun »Ja«, »Nein« oder »mir doch egal« bedeutete, blieb der Fantasie überlassen.

Nicht jedoch der Fantasie überlassen wollte Frederik, was aus dem Mädchen wurde. Hastig zog er sich Weste und Mantel an, schlang sich einen Schal um den Hals und verließ die Stube.

Die Ironie, dass ihm seine Gesundheit angesichts seines bevorstehenden Freitods eigentlich einerlei sein konnte, zauberte ihm zumindest ein Lächeln auf die Lippen, während er auf die Straße lief. Erfrieren oder jämmerlich am Fieber sterben wollte er jedenfalls nicht. Der Gedanke an Letzteres wühlte immer noch dunkle, wahngeschwängerte Kindheitserinnerungen in ihm auf.

Mitten auf der Straße stehend sah Frederik sich gehetzt um, erkannte das Mädchen nur mehr schemenhaft im immer heftiger werdenden Schneesturm. Er lief zu ihm hin, berührte es sanft an der Schulter und kniete sich nieder.

»Meine Kleine, hab keine Angst«, sagte er. »Hast du dich verlaufen?«

Das Mädchen nickte nur. Angst und Panik standen in seinen großen blauen Augen.

»Wo sind deine Eltern?«

Ein Schulterzucken als Antwort.

»Ich heiße Frederik. Wie heißt du?«

»Sophie.«

Frederik holte ein Stofftaschentuch aus seiner Manteltasche und reichte es dem Kind. »Also gut, Sophie, schnäuz dir erst einmal die Nase«, beruhigte er sie. »Dann werde ich dich zu deinen Eltern bringen. Alles wird gut.«

Das Mädchen nickte tapfer und tat, wie ihm geheißen. Dann nannte Sophie eine Straße, die dafür berüchtigt war, dass nur Tagelöhner und »Arbeitsscheue« in den Wohnungen hausten, die vielmehr den Namen »Löcher« verdienten.

Frederik nahm sich den Schal vom Hals und wickelte damit den Kopf des Mädchens ein, sodass nur mehr wenig von ihrem Gesicht frei blieb. Dann nahm er es an der Hand und machte sich auf den Weg.

Auf ihre schüchterne Frage, wer er denn sei, wusste Frederik erst nicht recht zu antworten. Zu sehr hatte er sich im letzten Jahr hinterfragt, zu sehr hatte er an sich gezweifelt. Zu schwer sein Versagen, zu bitter sein Verlust. Doch davon sollte das vielleicht siebenjährige Kind nichts hören müssen.

»Ich bin ein Erfinder«, sagte er schließlich beherzt. »Ich erdenke mir Dinge, die unser aller Leben verbessern. Auf dass wir es in Zukunft leichter haben, weniger schwer arbeiten müssen und uns ein paar Sorgen weniger quälen.«

Dass dies nicht notgedrungen auf seine Forschung im Gebiet des rauchschwachen Schießpulvers zutraf, verschwieg er. Allerdings – wer wusste schon, was der Mensch aus einer Erfindung zu machen imstande war? Wohl niemand besser als Alfred Nobel, seines Zeichens Erfinder des Dynamits …

»Du wirst sehen«, fuhr Frederik fort, um das Mädchen von der Eiseskälte abzulenken, »schon bald werden fantastische Apparate unser tägliches Leben zu etwas machen, von dem heute nur die Wenigsten zu träumen wagen. Kanonen, mit denen wir auf schlechtes Wetter schießen, damit die Sonne wieder lacht. Oder Dampfschiffe, auf denen wir direkt von der See aus an Land weiterreisen können.«

»Wirklich?«

Frederik spürte, wie ihn das Staunen des Mädchens anspornte. »Aber natürlich! Stell dir Flugapparate vor, mit denen wir uns jederzeit in die Lüfte schwingen können. Oder Hotels, die auf Rädern fahren. Du schläfst in einer Stadt ein und wachst in einer anderen auf. Und anstatt unseren Körper zu schinden, müssen wir nur mehr Apparaturen bedienen. Wenn du es dir vorstellen kannst, kann es auch Wirklichkeit werden!«

»Ich wäre schon froh, wenn ich und Mutter nicht mehr frieren müssten.«

Erst jetzt fiel Frederik auf, dass das Mädchen statt Schuhe nur schmutzige Stofffetzen um die Füße gewickelt hatte. Suchend wandte er den Kopf hin und her, entdeckte einen Verkaufsladen, der sein Sortiment zur Weihnachtszeit mit Glühwein und Lebkuchen erweitert hatte. Je näher die beiden dem Laden kamen, umso stärker duftete es herrlich nach süßen Gewürzen.

Frederik kaufte zwei Stück Lebkuchen, dazu zwei Becher voll Glühwein. Er selbst genehmigte sich nur einen kleinen Schluck, den Rest überließ er Sophie. Die genoss sichtlich den würzigen Geschmack des Gebäcks wie auch die Wärme, die ihr das Getränk verlieh.

Dann gingen sie weiter.

Bis sie beim Zuhause des Mädchens ankamen, erzählte er dem Mädchen noch von reichlich tollkühnen Ideen, die natürlich allesamt erst verwirklicht werden mussten. Doch allein die Vorstellung daran schien zu reichen, um Sophies Antlitz immer wieder aufleuchten zu lassen.

Endlich hatten die beiden die Eintrachtstraße erreicht. Auch der Sturm flaute ab, machte Platz für leisen Schneefall.

Eine Frau, nur in Lumpen gehüllt, die trotz der Kälte auf den Stufen eines Hauses saß, sprang mit einem Mal auf und rannte auf das Mädchen zu.

»Sophie!«

Das Mädchen streckte die Hände aus und begann herzzerreißend zu weinen. Die Mutter, der ebenfalls dicke Tränen die schmutzigen Wangen hinabliefen, schloss ihr Kind in die Arme, riss es hoch und drückte es an sich. Dann übersäte die Frau das Gesicht ihrer Tochter mit unzähligen Küssen.

Bei der Szene verspürte Frederik eine angenehme Wärme im Leib.

»Wie kann ich Ihnen nur danken, Herr?«, fragte schließlich die Mutter mit stockender Stimme. Die vergangenen Stunden hatten sie wohl stark mitgenommen. Und entgegen Frederiks Erwartung roch er in ihrem Atem keine Spur von Alkohol. Vorurteile sind noch der Untergang der Menschheit, kam ihm in den Sinn.

Er blickte zu dem Mädchen, das ihn überglücklich anstrahlte.

»Sophies Lachen ist mir Dank genug«, meinte der Erfinder, wollte sich abwenden und hielt doch inne. Dann griff er in seine Manteltasche und holte ein Bündel Geldscheine hervor. Dort, wohin er zu gehen gedachte, würde er das

Geld nicht brauchen. »Das letzte Hemd hat keine Taschen«, wie seine Großmutter zu sagen pflegte.

Er drückte der Frau die Scheine in die Hand, legte schützend vor neugierigen Blicken seine eigene darauf.

»Kaufen Sie damit Schuhe für Sophie«, sagte er und sah, dass die Frau selbst ebenfalls keine besaß. »Und auch ein Paar für Sie. Und bereiten Sie mit dem Rest ein Festmahl für sich und Ihre Lieben zu, das würde mich freuen. Mit Braten und allem Drum und Dran.«

Bei dem Wort »Braten« leuchteten Sophies Augen auf.

Doch die Frau schüttelte den Kopf. »Ich danke Ihnen, aber ich kann das nicht annehmen.« Sie kämpfte erneut mit den Tränen. »Und sehen Sie mich nur an. Sie wollen bestimmt nicht, dass ich es Ihnen sonst wie vergelte.«

Frederik zuckte unbeeindruckt mit den Schultern. »Wenn Sie das Geld nicht wollen, werde ich es eben in den Rhein werfen.«

Die Mutter hielt inne. Schließlich legte sie ihre Hand auf die seine. Mehr als ein geflüstertes, zutiefst ehrliches »Danke« kam ihr nicht über die Lippen.

Frederik kniete sich zu Sophie. »Ich wünsche dir Frohe Weihnachten. Mögen all deine Träume in Erfüllung gehen.«

Das Mädchen nickte demütig. »Kommen Sie mich wieder einmal besuchen, Herr Frederik?«

Der lächelte schmal. »Wenn es mir möglich ist, werde ich es tun. Leb wohl.«

Der Erfinder ließ das Armenviertel hinter sich, immer noch mit einem Kloß im Hals. Auch wenn es das Schicksal mit ihm nicht gut gemeint hatte, was sollten erst die Menschen sagen, die in solch unfassbar armen Verhältnissen hausen mussten wie Sophie und ihre Mutter? Zumindest würden sie das nächste halbe Jahr einigermaßen über die Runden kommen, davon war er überzeugt, denn der Betrag, den er verschenkt hatte, reichte für weit mehr als für zwei Paar Schuhe und ein Festmahl.

Eigenartig erleichtert atmete er auf, empfand die Winterluft mit einem Mal als wohltuend und erfrischend.

Wohlan, dachte er sich, nun bin ich bereit, den letzten Weg zu gehen.

Da flog ihm eine Krähe auf die rechte Schulter, blieb einfach neben seiner Wange sitzen.

»Bist du nun zufrieden, Jacques?«, fragte er, ohne sich eine Antwort zu erhoffen.

Doch die Krähe schüttelte den Kopf.

Frederik schob die Brauen zusammen. »Was heißt hier ›Nein‹? Ich habe dich gefüttert, meiner Nachbarin geholfen und ein verirrtes Kind zu seiner Mutter geführt, alles an einem Tag. Bei den Engländern wird man für so was zum Ritter geschlagen.«

Ein unwilliges Krächzen untermauerte die Meinung des Vogels.

Der Erfinder seufzte theatralisch. »Was soll ich denn noch tun? Den Weltfrieden herbeiführen?«

Als ob sie eine Antwort geben wollte, pikte ihn die Krähe ins rechte Ohr.

»Aua!« Frederik zuckte zusammen. »Jetzt reicht es mir aber! Verschwinde!«

Laut krächzend stieß sich der Vogel von seiner Schulter ab, flog davon. Frederik sah ihm nach, sah, worauf das Tier zusteuerte.

Der Friedhof. Frederik schluckte. Seine Hände begannen zu zittern, sein Mund wurde staubtrocken. Dafür war er noch nicht bereit.

Für sein eigenes Grab durchaus, nicht jedoch für das auf diesem Friedhof.

Inmitten der unzähligen Gräber, jedes behütet mit einer Decke aus Schnee, dort lag sie – seine Anna. An diesem Ort war er nur ein einziges Mal gewesen, bei ihrer Beerdigung. Seither hatte er nicht den Mut aufbringen können, hierher zurückzukehren. Dort zu stehen, wo ihre sterblichen Überreste begraben lagen. Und sich erneut des unermesslichen Verlustes bewusst zu werden, den er erlitten hatte.

Trotzig wischte er sich eine Träne aus dem Auge. Er musste gar nichts tun! Zudem hatte er das Gefühl, dass ihm seine Anna das letzte Jahr immer zur Seite gestanden hatte, auch wenn er sie dafür nicht mehr umarmen konnte.

Frederik wandte sich gerade ab, da landete Jacques zu seinen Füßen, stimmte ein zeterndes Geschrei an, das für argwöhnische Blicke der Passanten sorgte.

»Du wirst ja doch keine Ruhe geben, habe ich recht?«

Der Vogel flog wieder von dannen.

Der Erfinder gab sich einen Ruck, steckte die Hände in die Manteltaschen und schritt auf den Gottesacker zu.

Bedächtig, Schritt für Schritt, näherte sich Frederik jener Reihe von Grabsteinen, in der er seine Liebste begraben wusste. Schließlich erspähte er das schmiedeeiserne Kreuz, das ihren Namen trug. Immer langsamer wurde sein Tempo, als würde ihn der Wind davon abhalten, näher zu kommen.

Er erkannte Jacques, der auf dem Kreuz saß und ihn zu beobachten schien. Und er sah noch etwas anderes – eine zusammengekauerte Gestalt, in schwarzes Gewand gehüllt, die am Fuße des Kreuzes kniete.

Als Frederik nur mehr wenige Schritte vom Grab entfernt war, fuhr die Gestalt hoch, wandte sich ihm zu. Eine junge Frau sah ihn an, die Augen rotgeweint, das Antlitz fahl.

»Guten Tag«, grüßte der Erfinder mit leiser Stimme.

Die Frau nickte ihm zu.

»Sie … sind eine Freundin von Anna?«

»Nein.« Die Frau schluckte. »Ich bin Else, Annas Schwester.«

Frederik runzelte die Stirn. »Das … Anna hat nie erwähnt, dass sie eine Schwester hat.«

Else nickte voll Gram. »Und das war allein meine Schuld, müssen Sie wissen. Zeitlebens war ich auf Anna eifersüchtig. Zeitlebens habe ich geglaubt, ihr würde das Glück nur so zufliegen, während ich … na ja. Bitte entschuldigen Sie, Sie müssen mich für sehr dumm halten.«

»Nein, ich …« Er überlegte. »So konnten Sie sich mit Anna nicht mehr aussprechen. Das tut mir sehr leid.«

Else winkte ab. »Damit muss ich eben fertigwerden. Wann immer es mir möglich ist, komme ich hierher, rede mit ihr und bitte sie um Verzeihung.« Sie presste kurz die Lippen aufeinander. »Sie habe ich hier aber noch nie gesehen. Woher kannten Sie Anna?«

»Ich bin Frederik, ihr Gemahl.«

Die junge Frau schien wie vor den Kopf gestoßen.

»Ich … ich habe einfach nie den Mut aufbringen können hierherzukommen«, fuhr er fort. »Zumal ich glaube, dass Anna immer noch bei mir ist. Ich weiß, das klingt sehr eigen, aber –«

»Nein, ich weiß genau, was Sie meinen.« Else lächelte gerührt. »Wie ich erfahren habe, war meine Schwester sehr glücklich mit Ihnen. Danke.«

»Und ich mit ihr.«

Die beiden teilten ein sanftes Lächeln.

Mit einem Mal stieß sich die Krähe vom Eisenkreuz ab und setzte sich, wie zuvor, frech auf Frederiks Schulter.

»Ist das … Ihr Vogel?«

»Anna hat ihn angefüttert.« Der Erfinder machte eine unschlüssige Geste. »Aber zu irgendwas scheint Jacques mich auserkoren zu haben.«

Dann machte der Vogel einen Satz, landete auf Elses Schulter und schmiegte seinen Kopf an ihre Wange. Die junge Frau stand da wie zur Salzsäule erstarrt.

Frederik schmunzelte. »Wie es scheint, hat Jacques auch für Sie was übrig.«

Else kicherte zaghaft.

Frederik rang nach Worten, ließ es jedoch sein. »Dann gehaben Sie sich wohl, Else. Alles Liebe.«

Die junge Frau ergriff Frederiks Arm. »Wissen Sie«, sagte sie, »morgen ist der Weihnachtsabend und –«

»Ich weiß.« Frederik war wie vor den Kopf gestoßen. »Schon das zweite Weihnachten ohne –«

Er brach ab.

»Ja, morgen kommen die Familien zusammen, aber … ich bin ganz allein in der Stadt. Halten Sie mich bitte nicht für aufdringlich, aber wenn Sie nichts Besseres vorhaben, was sagen Sie dazu, wenn wir in die Kirche gingen und gemeinsam für Anna eine Kerze anzündeten?«

Frederik zögerte.

»Ich könnte uns auch eine Kleinigkeit kochen, wenn Sie mögen. Ich vermute, Sie sind auch allein?«

»Ja, ich –« Frederik schüttelte entschlossen den Kopf. »Nein, eigentlich bin ich nicht allein.«

»Oh.«

Der Erfinder schmunzelte. »Ich lebe neuerdings in unstatthafter Gemeinschaft mit einer Krähe.«

Else lächelte, warmherzig und ehrlich.

So wie *sie* es getan hatte, kam Frederik in den Sinn.

Der Erfinder überlegte. Die Schlinge würde ihm wohl nicht davonlaufen. Und auch wenn es völlig unmöglich war, dass die Krähe in irgendeiner Form etwas mit den seltsamen Ereignissen des heutigen Tages zu tun hatte, so würde es wohl auch nicht schaden, das Unvermeidbare noch ein wenig hinauszuzögern. Denn manchmal war es klüger, auf sein Herz zu hören, auch wenn einem der Verstand etwas anderes befahl. So zumindest würde es ihm Anna raten.

»Also gut«, meinte Frederik schließlich. »Dann sehen wir uns morgen, wieder hier, um fünf Uhr?«

Else ließ seinen Arm los. »Das würde mich sehr freuen, Frederik. Ehrlich.«

»Dann bis morgen.«

Der Erfinder ließ das Grabmal hinter sich, wissend, dass ein Teil seines Herzens für immer dortbleiben würde. Er warf noch einen Blick zurück, sah, wie Else wieder vor dem Grab kniete, diesmal jedoch eine Hand auf das Kreuz gelegt, als würde sie sich bedanken.

Jacques kam geflogen, setzte sich auf seine Schulter und ließ sich so nach Hause kutschieren.

Frederik atmete tief durch. Vielleicht würde er doch ein weiteres Weihnachten verkraften können …

Und zum ersten Mal seit sehr langer Zeit war er gespannt, was für Fantastereien die Zukunft für ihn bereithalten würde.

XII.
Das Festmahl

1905

Ihr Kinderlein kommet

(Text: Christoph von Schmid /
Melodie: Johann Abraham Peter Schulz, 19. Jhd.)

Ihr Kinderlein, kommet, o kommet doch all!
Zur Krippe her kommet in Bethlehems Stall.
Und seht, was in dieser hochheiligen Nacht
Der Vater im Himmel für Freude uns macht.

O seht in der Krippe, im nächtlichen Stall,
Seht hier bei des Lichtleins hellglänzendem Strahl,
In reinlichen Windeln das himmlische Kind,
Viel schöner und holder, als Engel es sind.

Da liegt es – ach Kinder! – auf Heu und auf Stroh,
Maria und Josef betrachten es froh;
Die redlichen Hirten knien betend davor,
Hoch oben schwebt jubelnd der Engelein Chor.

O beugt wie die Hirten anbetend die Knie,
Erhebet die Händlein und danket wie sie!
Stimmt freudig, ihr Kinder, wer wollt sich nicht freun,
Stimmt freudig zum Jubel der Engel mit ein!

Was geben wir Kinder, was schenken wir dir,
Du bestes und liebstes der Kinder dafür?
Nichts willst du von Schätzen und Freuden der Welt,
Ein Herz nur voll Unschuld allein dir gefällt.

Ein kleines Flämmchen entsprang an der Spitze des Dochts einer Kerze, reihte sich in den warmen Schein der restlichen Lichtlein ein, die den festlich geschmückten Weihnachtsbaum erhellten.

»So hatte ich mir das gewünscht«, meinte Auguste mit einem erleichterten Seufzen.

Die junge Frau, die erst vor wenigen Wochen ihren neunzehnten Geburtstag gefeiert hatte, stieg von der wackeligen Leiter, die vonnöten gewesen war, um auch die obersten Kerzen des knapp zwei Mann hohen Baums zu erreichen.

Sie legte ein abgebranntes Schwefelholz in eine metallene Schale, dann stemmte sie die Arme auf die Hüfte und betrachtete zufrieden ihr Gesamtwerk.

Die Tanne verströmte einen frischen, harzigen Duft. An ihren Zweigen hing eine kaum überschaubare Menge an glitzernden Kugeln sowie Zierrat aus bemalter Dresdner Pappe – aus Karton gepresste Aufhänger – in Form von Spielzeugen, Lokomotiven und Kutschen.

»Was meint ihr?«, fragte Auguste über ihre Schulter. »Ist unser Weihnachtsbaum nicht wunderschön?«

Die vier Gestalten hinter ihr antworteten mit zustimmendem Gemurmel, was die junge Frau nur noch verzückter lächeln ließ. Ihre Stupsnase, die mit Sommersprossen übersät war, runzelte sich auf Höhe der Augen, die sich zeitgleich verengten. Ihr rundes Gesicht strahlte eine selige Zufriedenheit aus.

Schließlich fiel ihr Blick auf ein halbes Dutzend Päckchen, die dem Baum zu Füßen lagen, jedes von ihnen ein Meisterwerk mit aufwendig gebundenen Schleifen.

Niemand der anderen vier Anwesenden sprach derweil ein Wort.

»Ich vermeine, ich bin so weit«, sagte Auguste und rieb sich entschlossen die Hände. »Ich weiß nicht, wie es euch geht, meine Lieben, aber ich habe einen Bärenhunger!«

Mit diesen Worten wandte sie dem Baum den Rücken zu und schritt am offenen Kamin vorbei, in dem Holzscheite lichterloh brannten und knacksten. Den Saal überspannte eine Kassettendecke aus dunklem, kunstvoll verziertem Holz, an den Wänden hingen großflächige Ölgemälde, die idyllische Landschaften zeigten.

Am Ende der lang gezogenen Tafel angekommen setzte sich Auguste in einen weichen, mit Leder gepolsterten Sessel.

Der Tisch war festlich eingedeckt, mit Geschirr aus feinstem Porzellan und dem guten Silberbesteck, das auf strahlend weißen Stoffservietten seiner Verwendung harrte. Die Vielzahl an Löffeln, Gabeln und Messern versprach ein üppiges Mahl, ebenso die vielen ovalen Servierplatten inmitten der Tafel, noch zugedeckt mit versilberten Gloschen. Die raffiniert gestalteten figuralen Ornamente darauf verhießen, was sich darunter köstlich zubereitet verbergen mochte – Fisch, Wild, Rind, Gemüse und Beilagen aller Art. Die Saucieren waren randvoll mit kastanienfarbigen Soßen, die Terrinen mit dicken, gebundenen Suppen.

Auguste nahm die Stoffserviette vor sich, legte sie sich auf den Schoß und blickte zu den vier anderen am Tisch.

»Wollen wir ein Gebet sprechen, bevor wir zu essen beginnen?«

Niemand sprach ein Wort.

Ohne eine Antwort abzuwarten, schloss die junge Frau die Augen und presste die Handflächen aneinander, wie Kinder es taten.

»Vater aller Gaben, alles, was wir haben, alle Frucht im

weiten Land, ist Geschöpf in deiner Hand. Hilf, dass nicht der Mund verzehret, ohne dass das Herz dich ehret, was uns deine Hand beschert. Amen.«

Die anderen in der Runde murmelten ebenfalls ein »Amen«.

Auguste griff den Schöpflöffel der Terrine, die am nächsten stand, und bediente sich so hastig an der Brühe, als bestünde die Gefahr, dass man sie ansonsten übervorteilen würde.

Dann löffelte sie die dampfende Suppe, die wunderbar cremig war und herzhaft nach Knoblauch schmeckte.

Niemand sprach derweil ein Wort.

Als die Vorspeise zur Neige ging, kippte Auguste den Teller von sich weg, so, wie es die Tischmanieren verlangten, und löffelte alles bis auf einen kleinen Rest heraus. Dann schloss sie kurz die Augen, verinnerlichte, wie unvergleichlich gut der Geschmack war, gleich so, als wollte sie ihn sich merken, für kargere Zeiten.

Die junge Frau atmete noch einmal tief durch.

»Ein Lob an die Köchin«, sprach sie, ließ dann ihren Blick gemächlich über die anderen vier in der Runde gleiten.

Henriette, eine alte Frau, die sie mit großen Augen ungläubig anstarrte.

Julius, ein Mann mittleren Alters, das Antlitz schweißgebadet.

Betty, seine Frau, ebenfalls im mittleren Alter, der eine dicke Träne nach der anderen über die Wangen lief und die ihre Lippen derart fest aufeinanderpresste, dass sie nur noch fahle Striche formten.

Karl, noch ein Jüngling, nur unwesentlich älter als Auguste selbst. Mit gebeugtem Kopf starrte er konsterniert auf den leeren Teller vor sich, das Gesicht gerötet, während in seiner Schulter ein schmaler Dolch steckte.

Allen vieren waren die Unterarme an die Stuhllehnen gefesselt.

Auguste runzelte die Stirn. »Wie unhöflich von mir«, tadelte sie sich selbst, legte die Serviette beiseite und ging zu der alten Frau.

Sie goss zwei Schöpflöffel Suppe in den Porzellanteller vor ihr, nahm ihren Löffel und begann, die Alte zu füttern – mit jener Sorgfalt, wie es Mutter bei ihrem Nachwuchs taten. Wenn etwas von der Speise danebenlief, schabte sie es mit dem Löffel ab und verabreichte es erneut. Danach säuberte sie die Gefütterte behutsam mit der Serviette.

»Alles schön brav aufessen«, wiederholte Auguste mehrmals liebevoll. »Sonst lacht uns morgen womöglich nicht die Sonne. Und das wollen wir doch nicht, hab ich recht?«

Mehrmals verschluckte sich die alte Frau, die bereits auf die siebzig zuging, musste prusten oder ausspucken. Doch Auguste ließ sich davon nicht aus der Ruhe bringen. Erst als Henriette auch das letzte bisschen Suppe gegessen hatte, ließ sie von der Alten ab.

Mit süßlichem Lächeln wandte sie sich Julius zu, der die grotesk anmutende Fütterung seiner Mutter stumm ertragen hatte.

»Du musst bestimmt auch schon hungrig sein«, sagte Auguste und begann, die Prozedur bei ihm zu wiederholen.

Nachdem auch der Mann seine Suppe verabreicht bekommen hatte, trat Auguste hinter Betty. Doch diese weigerte sich, die Lippen zu öffnen. Störrisch wandte sie den Kopf hin und her, als fürchtete sie, Auguste würde ihr Gift einflößen.

»Aber, wer wird denn?«, sagte Auguste in einem Tonfall, als spräche sie mit einem unartigen Kind. »Habe ich zuvor nicht hinlänglich erklärt, was geschehen würde, wenn wir dieses Festmahl nicht so begehen, wie es Familien tun?«

Die Frau verkrampfte sich.

»Lass uns doch einfach in Frieden!«, platzte es aus ihr heraus. Dann fügte sie kleinlaut hinzu: »Lass meine Familie bitte in Frieden.«

Auguste schnaubte gekränkt. Dies war nicht, was sie vereinbart hatten. Ganz und gar nicht, verflucht noch einmal!

Mit hastigen Schritten umrundete Auguste die Tafel, bis sie hinter dem Jüngling angelangt war. Dann drehte sie den Dolch in dessen Rücken um neunzig Grad.

Karl brüllte auf vor Schmerzen.

Seine Mutter schluchzte Entschuldigungen, seine Großmutter hielt jedoch den Blick, so abgeklärt, wie es einem nur im hohen Alter gelang.

»Dann hast du doch Hunger?«, fragte Auguste Richtung der Frau. Die nickte gequält.

»Na siehst du, es geht doch.«

Auguste ging wieder zurück, nahm den Löffel und fütterte Betty mit Hingabe und Geduld.

Als Karl an der Reihe war, verschluckte er sich mehrmals an der verabreichten Speise, wohl ob seiner Schmerzen. Auguste rügte sich im Stillen, dass sie so hastig vorgegangen war. Also halbierte sie die Menge Suppe auf dem Löffel, wissend, dass es eben doppelt so lange dauern würde, bis der Teller leer war.

Aber aufgrund dessen, was zu erleben sie gezwungen war, hatte Zeit für sie eine gänzlich andere Bedeutung als für die meisten.

Nachdem sich auch Karls Suppenteller geleert hatte, kehrte Auguste auf ihren Platz an der Spitze der Tafel zurück und erhob das Glas aus Bleikristall, in dem eine purpurrote Flüssigkeit schlummerte.

»Was für ein wunderschöner Weihnachtsabend!«, sagte sie verzückt. »Ich danke euch noch einmal für eure Einladung.«

Auguste trank das halbe Glas Rotwein leer, genoss die süße Bitterkeit der gekelterten Trauben.

»Wer von euch will so wie ich wissen, was uns die Küchenfee gezaubert hat?«

Zustimmendes, wenn auch zögerliches Gemurmel.

»Also gut!« Auguste sprang auf, hob eine Glosche nach der anderen von den silbernen Servierplatten und kommentierte entzückt, was darunter zum Vorschein kam.

»Oh, gefüllter Braten! Hecht in Buttersoße! Mhm, Gemüse mit Sauce Hollandaise! Gemengsel in Muscheln! Herzhafte Kartoffelklöße! Kohl mit Kastanien! Ah, Rehkeulen!«

Nachdem sie alle Speisen aufgedeckt hatte, wischte sich Auguste genießerisch über den Mund. »So, nun weiß ich nicht, womit ich beginnen soll.«

Sie griff nach einer Rehkeule, zögerte, wollte sich Muscheln nehmen, zögerte erneut, schnupperte am Braten und an den Saucen.

»Ich kann mich beim besten Willen nicht entscheiden.« Lächelnd blickte sie zu Julius. »Womit würdest du beginnen?«

Der Gefragte wirkte überfordert. Er rang nach Worten, aber es kamen ihm keine über die Lippen.

Augustes Gesicht entglitt das Lächeln, wurde zu einer finsteren Fratze. Sie schritt zu Karl, packte den Griff des

Dolchs in seinem Rücken. »Ich habe dir eine einfache Frage gestellt!«

Doch Julius vermochte nur, ein unverständliches Gestammel von sich zu geben.

Mit einem entschlossenen Ruck zog Auguste den Dolch aus des Jünglings Rücken, marschierte zu dem Stammelnden und rammte diesem die Waffe hinterrücks in den Leib.

Erneut hallte ein Schrei durch den edlen Speisesaal.

»So probiere doch den gottverdammten Hecht!«, entfuhr es der alten Frau. Ihr Tonfall verriet, dass sie eigentlich »Erstick an dem Fraß« sagen wollte.

Auguste sah zu Henriette, war mit einem Mal wieder wie ausgewechselt – heiter und beseelt. »Also gut!«

Sie nahm Platz und tat wie ihr geheißen. Genüsslich begann sie, den Fisch zu verspeisen.

»Oh, die Buttersauce ist ein Gedicht, die müsst ihr auch probieren!«, schwärmte sie mit vollem Mund. »Ihr solltet wahrlich der Köchin Salär erhöhen.«

Nach dem Hecht verlustierte sich Auguste ein wenig am Kohl, dann an den Rehkeulen und dem Braten.

Ein Aufschrei riss sie mit einem Mal aus ihren Gaumenfreuden. »Warum?«

Irritiert blickte Auguste zu Betty, die offen in Tränen ausbrach.

»Warum nur tust du uns das an?«

Auguste kaute ohne Hast, wie es sich geziemte. Schluckte und tupfte sich danach den Mund ab, wie es sich geziemte. Dann schleuderte sie der Frau einen Teller entgegen – wie es sich so gar nicht geziemte –, auf dass er an der Wandvertäfelung krachend zersplitterte.

»Wie kannst du es wagen?«, fuhr sie die Frau an, ein

diabolisches Funkeln in den Augen. »Du weißt doch ganz genau, warum … Mutter!«

Die Frau verstummte, biss sich wieder auf die Lippen.

Auguste deutete mit dem Speisemesser in der Hand in die Runde. »Ihr alle wisst, warum ich es wage, oder etwa nicht? Bruderherz?«

Karl sah zu Boden.

»Vater?«

Julius wandte den Blick ab.

»Großmutter?«

Keine Reaktion.

»Na also! Wie wunderbar harmonisch, dieser stille Einklang«, meinte Auguste spöttisch. »Was fehlt noch zu einem traditionellen Weihnachtsabend im Kreise der Familie? Wir haben den geschmückten Baum erhellt, wir haben geschlemmt … Ah! Ein Weihnachtsmärchen, natürlich!«

Auguste stand auf, zog ein dickes, in Leder gebundenes Buch aus dem Regal neben dem Kamin, setzte sich wieder und schlug es auf einer zufälligen Seite auf. Mit verschwörerischem Blick sah sie in die Runde, dann wandte sie sich den Seiten zu.

»Es war einmal eine kleine Messerschleiferei in Königsberg. Betrieben wurde sie von einer Familie, deren Kinder Karl und Auguste gerne mithalfen. Reich war die Familie nicht, aber sie hatten ein Dach über dem Kopf und vor allem einander, und das genügte ihnen – zumindest schien es so.«

Auguste sah von den vergilbten Seiten von »Ludwig Preyssingers Astronomischer Bilder-Atlas« auf, die mit illustrierten Darstellungen von »Kometen und Aerolithen« bedruckt waren. Die gefesselten Familienmitglieder verharrten stumm und regungslos auf ihren Plätzen, schienen den Redeschwall des Eindringlings schlicht über sich ergehen zu lassen.

»Eines Tages«, fuhr Auguste fort, »kam ein Fremder in die Stadt, der ob seines Reichtums von jedermann hofiert wurde. Auch der Messerschleifer selbst bot dem reichen Mann seine Dienste an, lasteten doch Schulden, die sich jahrelang angehäuft hatten, schwer auf den Schultern des Vaters. So schliff er alle Messer und Scheren des Reichen, und auch wenn er dafür nobel entgolten wurde, so war es doch nur ein Tropfen auf den heißen Stein.

Am Tag seiner Abreise besuchte der Reiche überraschend die Werkstatt des Messerschleifers, denn ihm war zu Ohren gekommen, welch hübsche Tochter dieser hatte. Kurze Verhandlungen später verblieb eine Truhe mit Reichtümern in der Werkstatt – und das Mädchen musste mit dem Manne fortziehen. ›In eine sorgenfreie Zukunft‹, wie es hieß. ›Zum Wohle aller‹, wie es hieß.

Die Reise führte das Mädchen, das noch keine zehn Lenze zählte, in ein tief verschneites Land weit im Osten, wo eine fremde Sprache gesprochen wurde. Das Mädchen musste fortan weder Durst noch Hunger leiden, es bekam die schönsten Gewänder, wurde in der fremden Sprache unterrichtet und lernte viel über die Tiere, über Zahlen und die Welt im Allgemeinen. Nur dorthin gehen, wohin es wollte, durfte es nicht. Und es hatte dem Mann gefällig zu sein, wenn diesem danach war. Und gerade in den ersten Jahren war ihm sehr oft danach.

Das Mädchen wurde immer trauriger, und wenn ihm Dinge widerfuhren, die es kaum aushielt, dann flüchtete es sich in die letzte Erinnerung, die ihm von seiner Familie geblieben war – das Weihnachtsfest. Über die Jahre gewann diese Erinnerung immer mehr an Größe, an Festlichkeit und Glanz, an Barmherzigkeit und Liebe. Ebenso wuchs der Wunsch des Mädchens, diese eine Erinnerung irgendwann wieder zur Wirklichkeit werden zu lassen.«

Bei dem letzten Satz zuckte Augustes Gesicht unbeherrscht und wirr, schien sich gegen etwas zu stemmen, das Überhand zu nehmen drohte. Einige tiefe Atemzüge später hatte sich die junge Frau wieder beruhigt.

»So nahm das Mädchen, das längst keines mehr war, die beschwerliche Reise auf sich, um ein letztes Mal im Kreise seiner Familie feiern zu können.«

Mit lautem Knall klappte sie den Bilder-Atlas zu.

»Und wenn sie nicht gestorben ist, so lebt sie auch noch heute.«

Stille, lautstark unterbrochen von betretenem Schweigen.

Schließlich meldete sich die Großmutter zu Wort. »Du warst eben der Preis«, sagte sie, bar jeden Gefühls. »Ein Leben, für das vier andere gerettet werden konnten. Das muss dir nicht gefallen, Auguste, aber es ist die Wahrheit.«

»Die Wahrheit!« Die junge Frau spie die Worte förmlich aus. »Vielleicht aus deiner Sicht. Aber willst du wissen, wie meine Wahrheit aussah? Hast du dich in all der Zeit jemals gefragt, warum der Mann euch so viel Geld bezahlt hatte, nur damit ich mit ihm mitkomme?«

Ein knappes Zucken der Augenwinkel verriet, dass die Alte wohl weniger abgeklärt war, als sie auf den ersten Blick vermuten ließ.

»Natürlich wussten wir das. Aber wir hätten alles verloren, verstehst du? Alles! In der Gosse wären wir gelandet.«

»Vielleicht.« Auguste zögerte. »Aber zumindest wären wir gemeinsam in der Gosse gelandet. Und gemeinsam hätten wir uns daraus wieder erhoben.«

»Ach, Mädchen«, meinte Henriette mit einem Seufzen. »Es mag ja herzig sein, was sich ein Kinderkopf so zusammenspinnt. Aber das heißt noch lange nicht, dass dem auch so gewesen wäre. Das Leben ist schlicht unbarmherzig, ob zu einem allein, zu einer Familie oder einem ganzen Volk.«

Auguste lächelte bitter. »Was du nicht sagst, Großmutter. Aber danke für die Lektion. In den letzten neun Jahren wäre mir nämlich ein solcher Gedanke gar nie in den Sinn gekommen, inmitten des Schlaraffenlandes, in dem ich mich gesuhlt habe.«

»Überlebt hast du dennoch!«, keifte Betty. »Und was dich nicht umbringt, macht dich nur härter.«

Auguste lachte schal. »Ach, sind wir schon bei den Wahlsprüchen angelangt?« Sie richtete das Speisemesser auf die Frau. »So will ich dir meinen verraten: ›Gleiches mit Gleichem‹. Was hältst du davon?«

Die Mutter wagte es nicht, etwas zu entgegnen.

»Das dachte ich mir.«

Karl hob argwöhnisch den Kopf. »Aber warum gerade jetzt? Warum ausgerechnet am Heiligen Abend?«

Auguste parierte mit einem bitteren Lächeln. »Verzeiht, liebstes Bruderherz, dass mein Erscheinen nicht konveniert. Eine frühere Flucht gelang mir nicht, weil mein Herr noch am Leben war. Erst vor wenigen Wochen änderte sich dies aufgrund eines Herzstillstands.«

»Eine glückliche Fügung«, meinte der Jüngling halb laut.

»Das und ein Eisendorn, den ich in ihn hineinrammte«, führte Auguste trocken aus. »Erst dann vermochte ich, meinem goldenen Käfig zu entfliehen, versteckt in Karren und auf Booten, beschützt von Leuten, die es gut mit mir meinten, ohne etwas dafür zu wollen.«

Sie winkte ab. »Aber ich meine, so etwas kennt ihr nicht. Irgendwann erreichte ich schließlich Königsberg, und glaubt mir, ich habe nicht schlecht gestaunt, als ich sah, was ihr mit meinem Blutzoll geschaffen habt.«

»Julius ist zu einem gewandten Geschäftsmann avanciert«, sprach Betty mit Stolz in der Stimme, sah dann zu ihrem Sohn. »Und Karl kommt ganz nach ihm.«

»Da wird mir ja richtig warm ums Herz«, meinte Auguste kalt. »Natürlich hätte ich schon zwei Tage früher bei euch sein können, aber ihr habt es ja selbst gehört, wie sehnlich sich das Mädchen ein Weihnachtsfest gewünscht hat. Also sollte es das auch bekommen.«

Auguste lehnte sich in dem weich gepolsterten Stuhl zurück, atmete tief durch. Essen und Wein verursachten eine angenehme Müdigkeit, wobei auch die Last, die sie zeitlebens auf ihren Schultern getragen hatte, mit einem Mal gänzlich von ihr abgefallen zu sein schien. Endlich hatte sie erreicht, wovon sie so lange geträumt hatte. Auch wenn natürlich eines fehlte – die Liebe, die Zuneigung, die Herzenswärme, die sie sich ebenfalls herbeigesehnt hatte. Das überglückliche Strahlen in den Augen der anderen, wenn sie ihre verloren geglaubte Tochter zum ersten Mal wiedersahen. Aber man konnte im Leben eben nicht alles haben.

»Also ist nun der nächste Höhenpunkt des Heiligen Abend gekommen«, sagte Auguste und klatschte laut in die Hände. »Die Übergabe der Geschenke! Wer braucht schon Liebe oder Besinnlichkeit, wenn man jenen etwas von greifbarem Wert schenken kann, die man eigentlich nicht besonders leiden kann!«

Die junge Frau stand auf, ging Richtung des Christbaums. Sie nahm eins der Pakete, die darunter lagen, und öffnete es.

»›Für meine Betty, von Julius‹«, las sie vor und präsentierte den anderen Familienmitgliedern den Inhalt. »Ein wunderschönes, funkelndes Geschmeide. Ich bin beeindruckt. Und Vater bekommt ... eine gediegene Meerschaumpfeife und einen edlen Füllfederhalter.«

Die Eheleute warfen sich einen sorgenvollen Blick zu.

»Mein Lieblingsbruder Karl darf sich gar über eine goldene Uhr freuen«, fuhr Auguste fort. »Und Großmutter bekommt einen neuen Knauf für ihren Gehstock, gefertigt aus Silber mit Perlmutteinlagen.«

Die junge Frau griff sich ans Herz.

»Wenn diese Geschenke nicht vor ›Liebe‹ triefen, dann weiß ich auch nicht. Einfach nur wunderbar.«

Zwei Schritte und einen beherzten Griff später riss Auguste den Dolch aus dem Rücken ihres Vaters. Der schrie auf.

»Aber nun wollen wir zu meinen Geschenken kommen, wenn's euch recht ist.« Die junge Frau wog die Klinge in der Hand, setzte ein sinistres Lächeln auf. »Wer von euch möchte mich als Erstes beschenken?«

»Sie hat mich damals dazu überredet!«, brach es mit einem Mal aus Julius heraus, der seine Frau entgeistert anstarrte. »Deine Stiefmutter meinte, es wäre die einzige Möglichkeit, uns vor der drohenden Verarmung zu retten!«

»Julius!«, gab sich diese entsetzt. »Immerhin warst du es doch, der letztendlich so entschieden hat, du Lump!«

»Du hast mich doch immer schon nach deiner Pfeife tanzen lassen! Was du damit anrichtest, war dir doch einerlei. Hauptsache, du gewinnst daraus einen Vorteil!«

Hilfesuchend blickte Betty Auguste an, die nun auf sie zuschritt.

»Halte ein! Ich ... Außerdem war es Karl, der ursprünglich die Idee dazu hatte!« Bettys Stimme überschlug sich. »Karl war es, der dem Reisenden von deiner Schönheit vorgeschwärmt hatte.«

»Verflucht, Mutter!«, protestierte der Jüngling. »Du und deine Giftschleuder von Mundwerk wisst auch nicht, wann es genug ist!«

Julius brüllte auf. »Wenn man wie du einen goldenen Löffel im Arsch stecken hat, ist es ein Leichtes, anderen für alles die Schuld zu geben! Nur keine Verantwortung übernehmen!«

Auguste deutete mit dem Dolch auf ihren Stiefbruder. »Du hast ... aber ... du warst doch mein großer Bruder. Ich habe dich vergöttert.«

Der hielt kaum ihrem Blick stand. »Es ... tut mir leid. Ich war es einfach so leid, dass sich immer alles um dich gedreht hat. Auguste hier, unser süßes Nesthäkchen dort, und – ach, weißt du was, das stimmt doch alles nicht. Letzen Endes dachte ich mir schlicht nicht viel dabei, so einfach ist es.«

»Oh.« Auguste konnte ihre Kränkung nicht verbergen. »Hast du wenigstens versucht, mich zu finden, als du älter wurdest?«

Karl senkte den Kopf.

Auguste schluckte, wandte sich dann an ihre Großmutter. »Und was hast du zu all dem zu sagen?«

»Tu, was du glaubst, tun zu müssen. Ich habe mein Leben gelebt«, meinte diese stur. »Und ich habe nie daran gezweifelt, dass Julius nur das Beste für uns alle wollte. Und das tue ich auch heute nicht.«

»Nun gut, bei manchen Menschen ist der Kopf eben nicht zum Denken da«, entgegnete Auguste schnippisch.

Dann sah sie von einem Familienmitglied zum anderen. Sah die Wut, die mit einem Mal aufgeflammt war und sich gegen den jeweils anderen richtete. Ein Zorn, der sich offenbar schon lange angestaut hatte und der nun freigesetzt wurde, wie Dampf aus einem lang verstopften Ventil.

»Eigentlich«, sagte Auguste ruhig, »wollte ich heute die Einzige sein, die dieses Haus lebend verlässt. Ich wollte mir ein Weihnachtsgeschenk machen, mir ganz allein – meine lang ersehnte Rache. Denn dieses Gefühl ist das Einzige, was neben dem Wunsch nach einem Weihnachtsfest mit euch bestehen blieb. Aber wisst ihr was?«

Sie rammte den Dolch in die hölzerne Tafel.

»Mein Geschenk an mich ist, dass ich euch alle am Leben lasse. Mögt ihr fortan mit all der Schuld, all der Apathie leben, die eure Leben so bedeutungslos machen. Ich gehe fort.«

Auguste schlüpfte in einen geschundenen Pelzmantel, der in einer Ecke lag, setzte sich eine wollene Haube auf.

»Was kannst du schon tun?«, fuhr Betty sie an. »Du kannst nichts. Du bist nichts. Und du hast nichts!«

»Da hast du ausnahmsweise recht, liebste Mutter. Ich habe keine Wurzeln, die mich fesseln. Keine Religion, die mich knebelt. Keine Menschen, die mich einsperren. Ich bin ein freier Mensch, und mehr als Freiheit brauche ich nicht.«

Mit diesen Worten verließ Auguste ihre ehemalige Familie, ließ deren Anwesen zurück und behielt nur die Erinnerung an ein köstliches Mahl und einen prachtvollen Christbaum.

Irgendwann lernte Auguste jemanden kennen, der sich als ihr Seelenverwandter entpuppte, und hatte mit ihm drei Kinder, denen sie all die Liebe zukommen ließ, die ihr einst verwehrt geblieben war.

Und wenn sie nicht gestorben ist, so lebt sie auch noch heute …

Alle Bücher von Bastian Zach:

Geisterfotograf Hieronymus Holstein ermittelt:

1. Fall: Donaumelodien – Praterblut
ISBN 978-3-8392-2650-6

2. Fall: Donaumelodien – Totentaufe
ISBN 978-3-8392-0021-6

3. Fall: Donaumelodien – Leichenschmaus
ISBN 978-3-8392-0125-1

weitere:

Donaumelodien – Morbide Geschichten
ISBN 978-3-8392-2708-4

O Tannengrauen
ISBN 978-3-8392-0283-8